पीढ़ी-दर-पीढ़ी

पीढ़ी-दर-पीढ़ी

रजनी सिंह

विद्या विहार, नई दिल्ली

प्रकाशक : **विद्या विहार**
19, संत विहार (पहली मंजिल) गली नं. 2, अंसारी रोड, नई दिल्ली–110002
 / संस्करण : 2025 / मूल्य : तीन सौ रुपए
मुद्रक : श्री साई प्रिंटर्स, साहिबाबाद ISBN 978-93-82898-54-2

PEERHI-DAR-PEERHI
novel by Smt. Rajni Singh ₹ 300.00
Published by **VIDYA VIHAR**
19, Sant Vihar (First Floor), Street No.2, Ansari Road, New Delhi-2

पुरोआदित्य

'गहरी और कोमल बात नारी ही कह सकती है। दर्द के अनुभव और एहसास पुरुष लेखक के वश की बात नहीं।'

—विक्टर ह्यूगो

यदि गौर से देखा जाए तो साहित्य रचनाकार की उसके परिवेश के प्रति रचनात्मक प्रतिक्रिया है, जिसके मूल में युग चिंतन की अजस्त्र धारा प्रवहमान रही है। इस कोमल एवं मूल्यवान भावना को अभिव्यक्ति प्रदान करने के कारण ही साहित्यकार को युगीन परिवेश का सजग प्रहरी माना जाता है। जहाँ साहित्यकार की चेतना युगीन मूल्यों से संचालित और संचारित होती है। वहीं सामाजिक वातावरण, धार्मिक एवं सांस्कृतिक भावबोध, राजनीतिक उथल-पुथल, आर्थिक स्थिति तथा सामाजिक व्यवस्था भी उसे प्रभावित करती है। इन्हीं तमाम पहलुओं को वह अपनी प्रतिभा, संवेदनशील तथा संप्रेषण कौशल के माध्यम से साहित्यिक रूप प्रदान करता है। इस सृजन-प्रक्रिया के जरिए समकालीनता के हर स्पंदन को रेखांकित होते जाना एक तरह से साहित्य और युगीन परिवेश का अंतर्संबंध स्थापित होना ही है। इस प्रक्रिया तथा पास्परिक संबंधों की ज्यामिति को उपन्यास विधा में व्यापकता एवं पारदर्शिता से देखा, परखा और जाना जा सकता है।

इसमें संदेह नहीं कि साहित्य की उपन्यास-यात्रा अत्यंत विस्तृत एवं सार्थक है, लेकिन कुछ ही उपन्यास ऐसे हैं, जिन पर समय की बरसात का कोई असर नहीं हुआ है। किसी भी उपन्यासकार को उसकी औपन्यासिक कृति की गुणवत्ता, मूल्यवत्ता एवं उसमें निहित शाश्वत सत्य ही कालजयी बनाते हैं। साहित्य-सृजन में मात्रात्मकता की अपेक्षा गुणात्मकता का ही महत्त्व रहा है और आज भी है। इस महत्त्वपूर्ण संदर्भ ने नई सदी की महिला

उपन्यासकारों से अपनी अलग पहचान बनानेवाली डॉ. रजनी सिंह इतिहासबोध और युगबोध से सुपरिचित लेखिका हैं। वे हिंदी साहित्य की एक सशक्त एवं संवेदनशील महिला उपन्यासकार हैं, जिन्होंने विविध विषयों पर सृजित कृतियों के बल पर अपना साहित्यिक जनपथ निर्मित किया है। उनका लेखन बहुकोणीय है, जिसके आयतन में कविता, कहानी, उपन्यास, अध्यात्म, बाल-साहित्य, यात्रा-वृत्तांत, स्त्री विमर्श आदि समाहित हैं। उन्होंने अपनी रचनाओं में अपने परिवेश, ज्ञान, अनुभव एवं युग-चेतना को उच्चसीमा पर लिपिबद्ध किया है। इसी वजह से उनकी रचनाएँ साहित्य में एक विशिष्ट पहचान लिए हुए हैं। भूमंडलीकरण के इस आधुनिक परिवेश में डॉ. रजनी सिंह का 'देखा गया अनुभव' और 'भोगा गया अनुभव' इतना विशाल है कि वह राष्ट्रीय सीमाओं को लाँघकर अंतरराष्ट्रीयता से जुड़ गया है। उनके वैश्विक चिंतन की यही व्यापकता उन्हें हिंदी साहित्य में एक नई पहचान देती है।

डॉ. रजनी सिंह का उपन्यास 'पीढ़ी-दर-पीढ़ी' विशुद्ध रूप से समाजोन्मुख ऐतिहासिक उपन्यास है, जो पुरखों का जीवन घटनाओं, टकराहटों एवं व्यवस्थागत जद्दोजहद पर आधारित है। उपन्यास में अतीत टिमटिमाता है, वर्तमान जगमगाता है और भविष्य थिरकता है। इतिहास, राजनीति, देश-प्रेम, समाज, लोकजीवन, मानवीय संघर्ष, सत्ता मनोविज्ञान, तार्किकता, नारी अस्तित्व एवं अस्मिता, मानवाधिकार, सांप्रदायिक सद्भावना, नारी स्वाभिमान आदि तत्त्व-तथ्यों से बुनी कथा अपने कहन, शैली-वैशिष्ट्य एवं भाषिक संरचनात्मक सौंदर्य की दृष्टि से उपन्यास को एक सर्वोत्कृष्ट साहित्यिक कृति बनाती है। लेखिका ने पात्रों के माध्यम से 400 वर्षों की गाथा और उसमें से ढाई-तीन सौ वर्षों की प्रौढ़ कथा की सत्यता को एक अन्वेषिका के रूप में व्यक्त किया है। सच की बुनियाद पर खड़ा यह उपन्यास अतीत और वर्तमान को बड़े कलात्मक ढंग से उजागर करता है।ध

उपन्यास में मुगल शासन, ब्रिटिश शासन, 1658 से 1750 तथा 1961 के दौरान घटित घटनाएँ सामाजिक तथा राजनीतिक उथल-पुथल के जीवन दृश्य चलचित्र की मानिंद आँखों के सामने घूमते नजर आते हैं। महाराज अग्रसेन और महारानी अग्रजा के वंश से उत्पन्न अग्रवाल परिवार वीरता और शौर्य के लिए प्रसिद्धि प्राप्त कर चुका था। अत्यंत न्यायप्रिय एवं कुशल शासन होने के बावजूद वह एक जिद्दी गुत्थी को सुलझा न सका कि 'सात पीढ़ियों तक पुत्र का पिता की संपत्ति पर अधिकार है, लेकिन पुत्री का नहीं।' यह कानून आजादी की लड़ाई तक चलता रहा, भले ही 1947 के बाद इसमें

कुछ परिवर्तन हुआ, लेकिन मुस्समात सरस्वती कुँवर, तुलसा कुँवर और मुस्समात रुक्मणी ने अपने पतियों के असमय निधन के बाद भी वैश्य परिवार की संपत्ति, जायदाद और सम्मान को इतने दीर्घकाल में बनाए रखा और आनेवाली पीढ़ियों को 'जीवन जीने की कला' का पाठ भी पढ़ा दिया। उपन्यास में यह स्वर बलपूर्वक व्यंजित है कि यदि इनकी सूझ-बूझ से पुत्री मेहताब कुँवर तथा दामाद भगीरथ दास को सारी जिम्मेदारियाँ सौंपी न गई होतीं तो सारी जायदाद पुत्री के वंशजों के स्थान पर दूर के रिश्तेदारों द्वारा लूट ली गई होती।

उपन्यास की एक अन्य आकर्षणनुमा एवं आश्चर्यमयी विशेषता यह है कि 1600 से 1900 तक के बहुमूल्य प्रलेख समय की लंबी गाथा को समेटे हुए हैं। इनमें न केवल पूर्वजों की कीमती जानकारियों का खजाना है बल्कि मुसलिम शासन एवं अंग्रेजी शासन की दमन-नीतियों का वर्णन भी है। यह एक नायिका प्रधान उपन्यास है, जिसमें 106 वर्षों तक की लंबी आयु भोगने वाली नायिका मुस्समत रुक्मणी कुँवर ने अपने वीरांगनापन से सिद्ध कर दिया कि स्त्री भी पुरुष की तरह आवश्यकता पड़ने पर पारिवारिक जिम्मेदारियाँ सफलतापूर्वक निभा सकती है और इसका साक्षात् उदाहरण इसी वंश की सुपुत्री स्वयं उपन्यास की लेखिका हैं।

'पीढ़ी-दर-पीढ़ी' उपन्यास चिंतन का एक नया झरोखा यह खोलता है कि उपन्यास और इतिहास सत्य की तलाश की दो भिन्न स्वतंत्र विधियाँ हैं। चूँकि दोनों ही का माध्यम भाषा है, इसलिए इनमें गहरे रिश्ते का होना स्वाभाविक बात है। उपन्यास और इतिहास एक-दूसरे से जुड़ते हुए और अपनी आधार सामग्री का उपयोग करते हुए अपने-अपने विशिष्ट सत्य तक पहुँचते हैं। यदि इतिहास उपलब्ध साक्ष्यों के आधार पर अतीत की पुनर्रचना है तो उपन्यास भी एक महत्त्वपूर्ण साक्ष्य है। ऐतिहासिक उपन्यास लेखन के लिए कल्पना का महत्त्व केंद्रीय है। लेखिका डॉ. रजनी सिंह बड़े कल्पनात्मक ढंग से उपन्यास को इतिहास की आधार-सामग्री की जमीन पर रचती है, जिसमें एक विशिष्ट सत्य की अनुभूति विद्यमान है। यह सत्य अतीत का है, वर्तमान का है और युग बदल जाने पर भी यह प्रासंगिक, जीवंत और अनुभूतिपरक बना रहेगा। उपन्यास में व्यंजित इस सत्य को कृति की राह से गुजरते हुए ही अनुभव किया जा सकता है।

यह उपन्यास तत्कालीन ऐतिहासिक धरातल पर स्त्री-पुरुषों की सफलताओं, असफलताओं, आकांक्षाओं और निराशाओं को बारीक अभिव्यक्ति प्रदान

करता है। इसमें नारी की गौरव-गाथा है तो पुरुष की विजय का नाद भी है, जो उपन्यास के अंत में स्वतः गुंजित होता है। लेखिका का मानना है कि नारी कोमल है, लेकिन कमजोर नहीं। मर्यादासंपन्न है तो आवश्यकता पड़ने पर विद्रोहिणी भी है। इस बिंदु पर लेखिका का 'नारी विमर्श' उत्कर्ष को छू जाता है। उपन्यासकार ने नारी-दर्द और मानवीय-वेदना को सशक्त वाणी दी। उपन्यास का अपना अद्वितीय रंग है, अनूठी आभा है। यह उपन्यास इतिहास को शाश्वतता में रूपांतरित करता है। आश्चर्य नहीं कि लेखिका के दिमाग में अतीत मृत नहीं बल्कि सजीव है और इसी कारण पात्र, भाषा, परिवेश, विवरण एवं व्याख्या भी सजीव है।

लेखिका पराक्रम, सदाचारपूर्ण अटूट गतिशीलता, अनवरत धैर्य और सहिष्णुता के साथ-साथ पराजयों में भी अनुकूल उत्कर्ष की प्रवृत्ति की पक्षधर हैं। उन्होंने उपनिषद के इस सूत्र को उपन्यास में ध्वनित किया है कि अंधकार भरे दुःख से प्रारंभ करता हुआ मानव जीवन दुःखों, अपमानों, विवशताओं, तिरस्कारों और अभावों के साथ-साथ वैर-विरोधों से आगे निकलता हुआ लक्ष्य की ऊँचाई पर पहुँचकर अनुकूल ज्योति प्राप्त कर लेता है, असत्य से जूझता हुआ सत्य के शिखर पर आरूढ़ हो जाता है। इस तरह आँसू से प्रारंभ हुआ जीवन भी संगीत बन जाता है।

निस्संदेह, वर्तमान में ऐतिहासिक उपन्यास लेखन में आए सूखेपन को 'पीढ़ी-दर-पीढ़ी' उपन्यास हरीतिमा प्रदान करता हुआ हिंदी उपन्यास के विकास को गति देता है। इस महत्त्वपूर्ण उपन्यास से डॉ. रजनी सिंह को 21वीं सदी की महिला उपन्यासकारों में एक सम्मानीय दरजा प्राप्त होता है। इतिहास और उपन्यास, कल्पना और यथार्थ, तथ्य और सत्य के अद्‌भुत सम्मिश्रण के कारण यह उपन्यास प्रत्येक मनीषी साहित्यकार और उपन्यास प्रेमी के चिंतन, अध्ययन और रसास्वादन का केंद्र बनेगा। अतः इसका स्वागत किया जाना चाहिए।

—डॉ. अमरसिंह वधान
प्रोफेसर एमरिट्स
डी. लिट्.

गांधी जयंती, 2014
निदेशक
उच्चतर शिक्षा एवं शोध केंद्र
3150, सेक्टर 24-डी
चंडीगढ़-160023
मो. 09876301085

वंदन

मातृ शारदे द्वार तेरे करबद्ध विनय मेरी
पूर्ण कामना करो भाव मन-शब्दों में भर दो
अधकचरा सब ज्ञान ध्यान धर तकूँ राह तेरी
पाऊँ निर्मल चित्त शुद्ध वक्तव्य विनय भर दो
श्वेत स्वरूप भव्य अनूप मुग्ध मोहिनी देवि
हँस-कमल पग पखार वीणा हृदयंगम धर दो
हाथ जोड़ ब्रह्मा, विष्णु, शिव बाट जोहते देवि
कृपा दृष्टि कर हरो विपद शब्द-माल सज दो
चरण पखारूँ प्रेम पुकारूँ विद्या दो देवि
मिटे तमस ज्योति जगमग संसार दमक दो
मधुर ध्वनि संगीत सुसरगम गूँजे देवि
बीना तारों से झंकृत ज्ञान-कोष झर दो

प्रथम पूज्य देवाधिदेव गणपति हर बाधा
करूँ प्रणाम गाऊँ गुणगान मंगल कर गाथा
जय गणेश महाराज विनायक रिद्धि-सिद्धि दाता
सुख-शांति संतोष सफलता पल में दे जाता
वक्रतुंड महापुंड मूसक मोदक प्रिय साथा
लंबोदर, एक दंत अखुरथ महादंत प्रख्याता
कृपा करी वाल्मिकी व्यास कथा विचित्र वाँचा
'रजनी' सुध लो स्वामी महाकाय नाशो बाधा
'उपन्यास' चरणों में सादर शुभ-मंगल अनुवादा
वरद हस्त धर सफल लिखूँ पाए यश विश्वासा

कृतं मे दक्षिण हस्ते जयो मे सव्य आहितं
अर्थात्: यदि मेरे दाएँ हाथ में कर्म है तो मेरे बाएँ हाथ में विजयश्री अवश्य प्राप्त होगी।

–'ऋग्वेद मंत्र'

पुरोवाक्

एक प्रयास, जिसमें मेरी भावनाओं की श्याम-सलोनी बदरा उड़ान से टपकती रिमझिम बूँदों से घिरा मन-थल कल्पनाओं को रसविभोरकर अतीत के सतरंगी इंद्रधनुषी लोक में विचरता कुछ व्यक्त करने को आधार ढूँढ़ता विकल है। कलम की तीव्र-धार अपनी सीमाएँ तोड़ जब कागज पर आकृतियाँ बना डालती है, तो किसी 'उपन्यास' का जन्म होता है। समय अत्यंत बलवान है, इसीलिए सोचा तभी सार्थक रूप ग्रहण करता है, जब उसका समय आ जाता है। समय की महिमा हमारे विद्वज्जनों ने बड़े सारगर्भित शब्दों में लिखी है। 'क्षण का विवेचन दार्शनिकों ने इस प्रकार किया है कि कमल के पत्ते पर सूई मारी जाए तो सूई को पत्ते निकलने में तीन क्षण लगेंगे, अर्थात् एक क्षण स्पर्श, दूसरा छेदन और तीसरा पार जाना।

रामायण, महाभारत और वेद-पुराण समय के सुव्यवस्थित स्वरूप के गुणग्राही हैं। वाल्मीकि और व्यास पर समय का प्रभाव पड़ा तो 'क्रौंच वध' तथा उत्पन्न भावों के माध्यम से अमर कृतियाँ रचित करा दीं। समय मनुष्य को भले-बुरे क्षणों का अनुभव करा उसे मित्र और शत्रु की उपाधि भी प्रदान करा देता है। समय ही इतिहास का रचयिता अर्थात् ब्रह्मा है। स्मरणीय रहे 'न समय से पहले कोई कार्य होता है, न तकदीर से ज्यादा कुछ प्राप्त होता है।' पहेली बुझाने से कोई मकसद सिद्ध नहीं होता, हाँ 'पहेली' को रुचिकर बनाकर पाठकों तक पहुँचाने से अवश्य आत्मसंतोष मिलेगा। 'सच' को सच कह पाना कितना दुरूह-कार्य है, यह सर्वविदित है। परंतु सच पर दुनिया की सभी इमारतें खड़ी रहती हैं। यद्यपि 'अतीत' को वर्तमान में पिरोकर परोसना और सत्यता से अपने पाठकों को अवगत कराना अत्यंत परोपकारी कार्य है, वरना कितना कुछ यूँ ही समय की रेत में दफन हो जाता रहा है। यही विचार, यही प्रेरणा, यही ललक मुझे इस उपन्यास को रचने के लिए उत्प्रेरित करती

रही है। ईश्वर से साष्टांग प्रणाम करते हुए बुद्धि-विवेक की याचना करती हूँ, जिससे सत्पथ पर यह कृति पठनीय बन जाए।

इतिहास के पन्ने भारतवर्ष के हृदय पर अच्छे-बुरे सभी रूप में काल-गाथा का गहरा प्रभाव छोड़ चुके हैं। आततायियों का आगमन करीब 1500 साल पूर्व से शुरू हो गया था। भारतवासियों की संचित संस्कृति और संपदा दोनों का विनाश करने का कुविचार आततायियों को उद्वेलित करता रहा। भारतीयों का स्वभाव सदैव सहिष्णुता और प्रेम का रहा है, उसी का अनुचित लाभ उठाकर विदेशियों ने हर बार भारत को लूटा, मसला और बरबाद किया। जब तक हमारा बुद्धिमान देशप्रेमी वर्ग सँभला, तब तक देर हो चुकी थी। यह कांड दीर्घकालीन चला। 1947 में आजाद भारत में साँस की प्रथम लहर आई। लाखों देश-प्रेमियों के 200 वर्ष के अथक प्रयासों, त्याग-बलिदानों और तन-मन-धन के समर्पण के बाद जननायक महात्मा गांधी के साथ उनके स्वतंत्रता सैनानियों के प्रयासों तथा अहिंसक आंदोलनों से यह आजादी प्राप्त हो पाई थी। इससे पहले का इतिहास काले अक्षरों में दर्ज हो चुका था। तुर्क, ईरानी, अफगानी चढ़ाइयाँ निरीह भारतीयों के खून से रँगी पड़ी है। कहीं खून-खराबा, अत्याचार, कत्लेआम, बालक-वृद्ध मौत के घाट, स्त्रियों का बलात्कार आदि से इतिहास के पृष्ठ रँगे हुए हैं। इन सबके बाद अंग्रेजों ने भी कुछ इसी तरह अन्याय और दुष्टाचारों से भारत की जनता को अपनी चपेट में जकड़कर दासता का जीवन जीने को विवश किया। इन सबके पीछे कहीं-न-कहीं हमारी संकुचित मानसिकता, लोभ-लालच और स्वार्थ हावी रहा, जिसने अपनों द्वारा अपनों को यह दुर्दिन देखने को विवश किया।

कहते हैं, जब सिकंदर समुद्र के रास्ते हमारे देश में घुसा तो उसने अलग-अलग दूरियों पर आग जलती देखकर उसे आश्चर्य तथा जिज्ञासा हुई कि इसका क्या कारण है? अत: उसने अपने दूत इसकी जानकारी लेने भेजे। दूत जब लौटकर आए तो उन्होंने इसका कारण यह बताया कि यह सब भिन्न-भिन्न मतों को माननेवाले हैं। सिकंदर खुशी से उछल पड़ा और उसने अपने दूतों को समझाकर भेजा कि इनमें आपस में विरोधाभास पैदा करो और फिर इन पर चढ़ाई कर देंगे। वही हुआ, एक-दूसरे से ईर्ष्या और बैर के कारण सिकंदर भारत पर आक्रमण करने में सफल हुआ। इन्हीं कारणों का लाभ उठाकर विदेशियों ने भारतभूमि पर अपना बर्बर राज्य स्थापित कर भारतीय जनता पर अनेक जुल्म और अत्याचार ढाए।

उपरोक्त विवरण किसी भी साहित्यकार को विह्वल कर उसे कलम-कागज

उठाने को विवश कर देगा। कुछ ऐसा ही मेरे साथ हुआ, जब वैश्य परिवार में विवाहोपरांत पदार्पण कर इसकी पीढ़ी-दर-पीढ़ी हुई व्यथा की जानकारी प्राप्त कर सकी तो मेरा भावुक हृदय उद्वेलित हो उठा और हृदय में बीज रूपी विचार ने अपना जमाव कर लिया। समय रूपी अग्नि की तपस उसे अंकुरित करने में सफल हुई और उपन्यास 'पीढ़ी-दर-पीढ़ी' का अंकुरण तरुवर बनता चला गया। मन-साधना अनेक उद्देश्यों से फलित होने लगी और आनेवाली पीढ़ियों को अतीत के कड़वे सत्यों से परिचित कराने और उनसे उत्पन्न अनेक दुष्परिणामों से सबक लेकर अपनी भारतभूमि की रक्षा, सुरक्षा और संरक्षण के लिए भविष्य में उचित कदम उठाने के उपायों पर एकजुट होकर चलना सीखना होगा।

उपन्यास का केंद्रीय विचार सूक्ष्म ज्योति की भाँति महिलाओं द्वारा उठाए गए उन पहलुओं को दृष्टिगोचर कराना है, जो वैदिक-काल में सनातन नारी के मूल्यों का संरक्षण और परिवर्तन कर नारी-सम्मान और श्रेष्ठता को धार्मिक और सामाजिक-परंपरा में नैसर्गिकता से अपनाया जाता था। समाज की परंपराएँ और धर्म की सात्त्विक नीतियाँ तभी संपूर्णता प्रदान करती थीं, जब नारी की श्रेष्ठता को सार्थकता प्रदान की जाती थी। नारियाँ सभी अनुष्ठानों में अपनी बहुमूल्य भागीदारी से उन्हें संपन्नता प्रदान करती थीं। वर्तमान संदर्भ में नारी अपनी प्रबल इच्छाशक्ति, सुदृढ़ विचार, प्रतिबद्धता और अपने दायित्व-भावना से अपने परिवार, समाज और देश के प्रति अपने कर्तव्यों का निर्वाह करने में प्राथमिकता प्रदान कर रही है। संपत्ति और जायदाद सुरक्षा से लेकर अपने पिता और ससुराल दोनों कुलों के सम्मान की रक्षा करने में सक्षम भूमिका निभा रही हैं।

इस उपन्यास के महिला पात्र उस काल में भी पुरुषों की तुलना में अधिक धैर्यवान, साहसी और जिम्मेदारी को आत्मसात् करते हुए सक्षमता निभाते हैं। जहाँ पुरुष अपनी आयु के बढ़ने के साथ-साथ अपनी कार्यक्षमता में दुर्बलता महसूस करते हैं, वहाँ 106 वर्ष की आयु तक जीनेवाली नारी अपनी निर्णयक्षमता, परामर्शदृढ़ता और देखभाल रखने का जज्बा बदस्तूर, जिंदादिल रखती हैं। रुक्मिणी कुँवर एक ऐसी ही नारी हैं, जो अपने संस्कारों की जड़ों को पीढ़ी-दर-पीढ़ी फैलाती हैं, जिससे पीढ़ियाँ संस्कारित होती हैं, हो रही हैं और आगे भी होंगी।

यह उपन्यास नायिका प्रधान उपन्यास है। सामान्यत: ऐतिहासिक उपन्यासों में कल्पना-शक्ति का पुट अधिक होता है और घटनाओं और तिथियों को ही आधार बनाते हुए कथ्य का प्रतिपादन किया जाता है, लेकिन प्रस्तुत उपन्यास

में कथा-वस्तु, चरित्र-चित्रण, देश-काल, संवाद, परिवेश आदि सभी तथ्य सत्य पर आधारित हैं। उपन्यास की भाषा-शैली को सरल, सरस, स्पष्ट, बोधबद्ध और प्रवाहमयी इसलिए रखा गया है कि प्रत्येक वर्ग का पाठक इसे रुचि के साथ पढ़ सके और इसकी बहुमूल्य ज्ञान-गंगा में गोता लगाकर मूल्यपरक तथ्यों को अपने जीवन में उतार सके।

इक्कीसवीं सदी के प्रारंभिक काल में दस्तक देनेवाला ये उपन्यास 'पीढ़ी- दर-पीढ़ी' भारतीय समाज को यह दिशा-निर्देश भी देता है कि आर्थिक उदारीकरण, बाजारीकरण, वैश्वीकरण और उपभोक्ता संस्कृति ने हमारे सामाजिक, नैतिक और सांस्कृतिक मूल्यों को जिस बेरहमी से बदरंग कर दिया है, उससे बचाव किया जाना चाहिए।

नई शताब्दी अपने साथ पारिवारिक-विघटन, एकल-परिवार प्रणाली, लिविंग इन रिलेशनशिप, पीढ़ी-संघर्ष और लिंग-मूल्यवक्ता का उपहास आदि अप्राकृतिक और अनैतिक विशेषताओं को लेकर आई है । इससे बचने का एक ही उपाय है कि हम भारतीय संस्कृति की जड़ों की ओर लौटें। नारी पहचान, अस्तित्व और अधिकारों के प्रति उदारवादी दृष्टिकोण अपनाते हुए नारी- अस्मिता और सम्मान को प्राथमिकता दें। यही प्रबल स्वर इस उपन्यास में भी गुंजित है।

यह उपन्यास एक गहरा संदेश देनेवाला उपन्यास है कि अकेले व्यक्ति में न ही हरकत होती है और न ही बरकत होती है। एक संयुक्त परिवार अथवा भरा-पूरा परिवार समाज और देश के लिए एक अमूल्य निधि के समान अनमोल होता है और उसके सामूहिक प्रयासों से प्रगति और उत्थान बुलंदियों पर पहुँच जाता है। इस उपन्यास की तीनों नारी पात्र इस साक्ष्य का प्रतीक हैं कि किस प्रकार पुरुष सदस्यों के असमय और कम उम्र में कालद्रवित हो जाने के पश्चात् भी एकजुट होकर संपत्ति, जायदाद और आनेवाली पीढ़ियों को एक समृद्ध और सम्मानजनक पारिवारिक मूल्य प्रदान करने में महत्त्वपूर्ण भूमिका निभाती है।

भारतीय संस्कृति के मौलिक उद्देश्य 'बहुजन सुखाय-बहुजन हिताय और सर्वे भवन्तु सुखिनः की भावना का सम्मान करते हुए मैं अपने सभी सहयोगी बंधुओं और पारिवारिक स्नेहीजनों डॉ. सुरेशचंद्र सिंह (पति) और पुत्रियाँ-दामाद सौ. अनुभा-डॉ. अनिल गड़ोड़िया, डॉ. विभा-डॉ. सिद्धार्थ गौड़, डॉ. श्वेता बंसल-डॉ.अजय गर्ग, डॉ. जया बंसल-मा. गौरांग सिंह बंसल, डॉ. रूपम वाला एवं ई. अमीषी-ई. रौनक, डॉ. शैरी स्वप्निल, मानसी नयम, वैभव अनंत

नाती-नातिन को स्नेही धन्यवाद देती हूँ, जो मेरे लेखन के प्रेरणा-स्रोत हैं।

अति श्रद्धेयवान डॉ. अमर सिंह वधानजी, प्रो. अमेरट्स और अनेक शोध-संस्थानों के प्रणेता को मेरा सम्मानभरा धन्यवाद, जिनके अथक परिश्रम से मेरे कृतित्व को सौंदर्य और पूर्णता प्रदान हुई। ईश्वर उनके मनोरथों को सार्थक करें, जो अपने प्रियजनों के कार्यों में अविस्मरणीय सहयोग प्रदान करने के लिए सहर्ष उत्साहित रहते हैं और निज कार्य की भाँति रुचि से उसे गुणवक्तापूर्ण बनाते हैं। अंत में पुनः अपनी पुत्री डॉ. जया बंसल को विशेष आशीर्वाद देती हूँ, जिसकी विशेष श्रम साध्यता से यह उपन्यास सुंदरता को प्राप्त कर पाया।

–रजनी सिंह

रजनी विला, डिबाई-202393
उ.प्र. (भारत)
मो. 09412653980
rajnisingh2009@yahoo.com

1

सन् 1960 का समापन और 1961 का पदार्पण होनेवाला है। उत्तर भारत के ग्रामीण अंचल में स्थापित कस्बा 'डिबाई' एक बार पुनः अपने समृद्ध और सुसंस्कृत अग्रवाल परिवार के वंशज का दांपत्य-जीवन सँवारने के लिए उत्सुक है। पुरातन संस्कारों से सुसज्जित इस परिवार के सभी सदस्य नववधू का स्वागत करने के लिए गृह के बाहरी दरवाजे पर एकत्रित हैं। स्वागत कर्ताओं में सजे-धजे परिवारजनों के साथ रिश्तेदार और मित्रगणों का समुदाय भी उनका साथ बड़े उत्साह, उल्लास और उत्सुकता से दे रहा है। नववधू को उसका मन आनंद प्रदान कर रहा है। नववधू अपनी यात्रा व मायका छोड़कर आने से उदासी के क्षणों में भी पति-गृह तथा अपने दांपत्य-जीवन के प्रारंभ से खुशियों में डूबी है और स्वागत कोलाहल का संपूर्ण आनंद उठा रही है। दरवाजे की रस्म संपन्न होती है और गृह पदार्पण, साथ में गाँठबद्धपति जो कि स्व. मंगल सिंह (सिंह) जमींदार के सुपुत्र हैं और इसी वर्ष मेडिकल की डिग्री (एम.बी.बी.एस.) लेकर आए हैं और अपने पिताश्री के स्वर्गवास के कारण अपने पुरखों और फिर पिताश्री के विस्तृत साम्राज्य को सँभालने की प्राथमिकता के उद्देश्य से 'डिबाई अस्पताल' (जिला परिषदीय) में चिकित्सा अधिकारी पद पर आसीन हुए हैं, अपनी मुसकराहट से खुशी का इजहार कर रहे हैं।

नववधू बालिग लड़की अपने अरमानों का रंगीन गुलदस्ता सजाए सुंदर भविष्य की कल्पनाओं के संसार में खोई अत्यंत जागरूक, जिज्ञासु और कर्तव्यपरायणा नारी है। यह सब चाटुकारिता नहीं, वरन् 18 साल की उम्र में हासिल की उपलब्धियाँ बयान कर रही हैं। उसका शौक खादी के वस्त्रों का उपयोग, गांधीवादिता के अहिंसा, सत्य और सहिष्णुता पक्षों को उजागर करता है। कला-विद्या के विभिन्न विषयों में प्रशिक्षण तथा उच्च स्नातकीय शिक्षा

प्रमाण-पत्र एक योग्य व्यक्तित्व का प्रदर्शन करने में सक्षम नजर आता है। नववधू की नीची नजरें नारी-सुलभ संवेदनाओं को स्वाभाविक रूप से प्रस्तुत कर रही हैं, परंतु मन और मस्तिष्क के किसी कोने में गृह की पुरातन निर्माण-कला के प्रति जिज्ञासा का गहन अध्ययन चल रहा है। एक गज (मीटर से कुछ कम) मोटी दीवारें ककइया ईंट (छोटी, पतली ईंट) से निर्मित, लंबे-चौड़े कमरे (कोठे), जिनमें बाहर बड़े बरामदे तीन तरफ और आँगन का वृहद् आकार अपनी प्राचीनता का बयान कर रहा है। छतों पर बँधी सफेद (चाँदनी) चादर का बड़ा रूप से तनवाकर साफ-सुथरा रूप दिया गया है। नववधू को एक लंबे रास्ते से चलकर पूजाघर में बिठाया जाता है, जिससे उसके मन में किसी किले जैसे विशाल भवन का आभास प्रतीत होता है। अनेक रहस्यमयी और अनसुलझे प्रश्नों से जूझती, जिज्ञासा भरी मुद्रा में आस-पास का नवीन वातावरण समझने की कोशिश करती है, तभी एक दस-बारह वर्ष की लड़की घूँघट उठाकर, 'चाचीजी' कहकर भाग जाती है। मन सिहर उठता है। वह नववधू की सीमाओं की ठिठोली उड़ाती सी लगती है। उसे नहीं मालूम कि यह नई-नवेली उम्र से ज्यादा आत्मविश्वासी और दृढ़संकल्प वधू है। शिक्षाविद् पिताश्री मुरारी लाल गुप्त और सत्यसंकल्पी माताश्री शरबती देवी की संतान हैं, जिसमें संपूर्ण नारी-चरित्र गुण ठूँस-ठूँसकर भरे हुए हैं। प्रवीणता और बुद्धिमत्ता का सम्मिश्रण किसी से धोखा खाने की स्थिति में नहीं है। हाँ ! यह हो सकता है कि आवश्यकतानुसार जानबूझकर ठगे जाने के लिए तैयार हो जाना, अन्य बात है।

फिर वही जिज्ञासा, क्योंकि उसके पीछे स्वभाव ही है वरन् ससुराल की दरो-दीवार ही ऐसी हैं कि सब कार्य अपनी गति से चल रहे हैं, परंतु वधू दिमाग उस 200-250 साल पुरानी हवेली के इतिहास से परिचित होने के लिए दिनचर्या में से अधिक-से-अधिक समय इतिहास के कलेवर से रूबरू होने के लिए बेचैन है। पति का अभिन्न साथ और प्रेम का चुंबकीय स्पर्श अपने नैसर्गिक पहलुओं पर कार्य कर रहा है। बीच-बीच में कमरे, जिन्हें 'कोठे' कहा जाता है, उनकी निर्माण-कला अपना बीता युग कहने के लिए व्यग्र हैं। खोजी मस्तिष्क, जिज्ञासु मन और अपने भारत देश की 1000 साल की गुलामी से व्यथित कलेजा युवा मन की संवेदनाओं को झकझोरने के लिए काफी है। याद आता है-इसी बीच जब विवाहोपरांत प्रथम बार भाई 'रामविष्णु' बहन को लेने आए तो कुशलक्षेम के पश्चात् जो प्रश्न दागा, वह विचारणीय था। रजनी! ऐसे घर में तुम कैसे रहोगी? तो रजनी का तुरंत उत्तर

था, हमें क्या पता ये तो आप लोगों ने ही तय किया है। ज्ञात हो कि उस जमाने में लड़कियाँ अपनी इच्छा सीमाओं में ही प्रकट कर पाती थीं। यद्यपि परिवार शिक्षित तथा लड़की-लड़का के भेदभाव से मुक्त था फिर भी संकोच और बड़ों का सम्मान शिष्टाचार की निशानी माना जाता था। अनुशासन प्राथमिकता पर होता था। लड़की की रजामंदी ली जाती थी, जिसमें लड़कियाँ लाज और प्रेम से अपनी रुचि को दरशाती थीं। विवाह पश्चात् लड़की में जिम्मेदारी तथा बोलने की हिम्मत आती थी। इन्हीं सब बातों का लाभ रजनी को मिला और उसके शिक्षित मन ने अपने प्रश्नों के संसार को कभी पति डॉ. सुरेशचंद्र सिंह और कभी अपनी विधवा सासू माँ जानकी देवी से चतुराई से जानने का कार्य चालू रखा। ससुर जमींदार 'ठाकुर मंगल सिंह' (सिंह) एक वर्ष पहले अल्प आयु में ही अर्थात् 58 वर्ष की उम्र में दिल का दौरा से स्वर्गवासी हुए, जिसके कारण पूरी जायदाद तथा मुकदमे (जिनमें वे पारंगत थे) अधर में रह गए। खैर, हमारा मकसद तो है इतिहास के रहस्यमयी पृष्ठों की जानकारी व उनसे सबक लेना। इसके लिए हमें थोड़ा और जानना होगा। हमारे कोठों में लगी चाँदनी में कभी-कभी साँप भी निकल आते हैं। सुनकर डर के मारे शरीर में सिहरन और बचने के लिए उनके मालिक श्री शिवजी महाराज से हृदय से प्रार्थना की। निकलें परंतु मुझे पहले दिखाई न दें अर्थात् कई बार ऐसा हुआ कि 'साँप' 'साँप' और अपने शिव-मंदिर के पुजारी श्याम लाल गुसाईं आए और साँप को किसी पात्र में भरने से पहले उसे पूँछ पकड़कर झकझोरा और शक्ति कम करके ले गए, उस समय मुझे देखने का अवसर प्राप्त हुआ। सासू-माँ तथा पूर्वजों द्वारा घर में रह रहीं मौसी व चंदी बुआ का कहना होता यह पुराने पूर्वज हैं, दिखाई दे जाते हैं, काटते नहीं।

एक और रहस्य 'रसोई में एक इकदरा' (अर्थात् ऐसी छोटी कोठरी जिसमें आधा झुककर अंदर घुसना होता और उसमें से एक रास्ता 4/5 कि. मी. दूर बसे बाग में खुलता। यह भेद पुराने मुगल साम्राज्य के समय का है, जिससे इस परिवार को सुरक्षा की दृष्टि से इसका इस्तेमाल करने की योजना के तहत बनवाया गया। इसके बारे में अपने पूर्वजों से पीढ़ी-दर-पीढ़ी सुना गया। समय के साथ इसे बंद करा दिया गया।

जमींदारी का आनंद भोगते और अपनी शोहरत से आस-पास के क्षेत्रों में ही नहीं वरन् मुगल शासन तक में अपनी प्रतिष्ठा और दिलेरी की धाक जमाने वाले हैं, ख्वाजा रूप सिंह। विरोधाभास से सुननेवाला सोचने को विवश होता है कि ये वैश्य (अग्रवाल) हैं और 'ख्वाजा' मुसलिम उपनाम और सिंह

अर्थात् 'ठाकुर' का आभास, 'सचमुच' जानने की इच्छा होती है कि असलियत क्या है?

'हिंदू-मुसलिम सम्मिश्रण', इसे यूँ भी मान सकते हैं कि भारतीय संस्कृति इंद्रधनुषी है। एक में कई रंग। लेकिन वास्तविकता कुछ और ही है।

अकबर बादशाह की समन्यायिक शासन-प्रणाली से प्रभावित एवं जहाँगीर का विलासी शासन नकारते हुए शाहजहाँ ने अपनी नीतियों में सरलता एवं कलात्मकता दोनों का समावेश कर अपने आपको पूर्व शासकों से बेहतर दिखाने की कोशिश की। हिंदू और मुसलिम दोनों धर्मों के प्रति उदार-नीति को अपनाया। इसी शासन में 'वैश्य' परिवार को युद्ध-क्षेत्र में कौशल दिखाने के अवसर भी मिले तथा जमींदारी में नवीन प्रणाली से पैदावार को भी उन्नत कर दिखाया। सन् 1627 से 1668 तक मुसलिम बादशाह शाहजहाँ का शासनकाल था, इसे इतिहासकारों ने 'गोल्डन पीरियड ऑफ मुगल रूल' का नाम भी दिया है। इस शासनकाल में बादशाह द्वारा बहादुरी और स्वामी भक्ति के लिए बख्शीशें तथा जागीरें भी बाँटी जाती थीं, साथ ही देशद्रोही एवं दगाबाजों को कड़ी सजा दी जाती थी। 'ठाकुर', 'कानूनगो' और 'ख्वाजा' उपाधियाँ इसी शासनकाल में शुरू हुईं और कुँवर रूपसिंह सिंघल भी इन उपाधियों से नवाजे गए। शाहजहाँ के शासनकाल में ख्वाजा रूप सिंह एक वफादार 'रईया' के रूप में जाने जाते थे। बहादुरी और वफादारी की धाक बादशाह के मन में बस गई थी। एक बार जब आपातकाल में हुक्मरान के आदेश पर लाम (लड़ाई) पर भेजा गया तो तुरंत ठाकुर रूप सिंह कानूनगो ने स्थिति का गंभीरता से सामना करते हुए दल-बल के साथ दुश्मन के दाँत खट्टे कर जीत दर्ज कराई, जिससे बादशाह खुशी से फूल गए और बख्शीशों से निहाल किया। 'डिबाई' कोल सूबा अकराबाद की काफी जमीनें भेंट में प्रदान कीं। 'ख्वाजा' पदवी भी इसी बीच मिली और रूप सिंह अब 'ख्वाजा रूप सिंह' बोले जाने लगे। उनकी साख दोनों कौमों में अर्थात् हिंदू-मुसलिम दोनों में जमी। ऊपरी तौर पर उनकी प्रसिद्धि से उनके आस-पास के प्रशंसा करते, परंतु कुछ ईर्ष्यावश उनसे जलते जो कि स्वाभाविक था। किसी का बादशाह द्वारा प्रशंसा का पात्र बनना, समस्तरीय वर्ग को ईर्ष्या का पात्र तो बना ही देता है।

ख्वाजा रूप सिंह के पुत्र गोवर्धनदास भी यौवनावस्था में पदार्पण करने लगे, इसलिए उन्होंने अपनी पत्नी शारदा देवी से सलाह-मशविरा करके अपना निवास-स्थान सुनिश्चित कर एक हवेली का निर्माण कराना निश्चित किया।

इसके लिए 'डिबाई' कस्बा कौल में प्राप्त जमीन पर एक भव्य हवेली का निर्माण कराया। 'हवेली' ककईया-ईंटों से निर्मित मजबूत एक गज मोटी दीवारों से बनवाई, जिसमें तीन तरफ बरामदे तथा मोटे सरदलों (लकड़ी के लट्ठे चौकोर) से दो गेट जिसमें एक जनाना और दूसरा मुख्य द्वार पीतल के बड़े-बड़े कुंदों एवं पीतल की खूबसूरत कीलों से सुसज्जित बनवाया। एक पूजाघर की भी व्यवस्था की गई। शारदा देवी ने विशेष इच्छा से अपना रसोईघर तथा पूजाघर बनवाया। धन-दौलत और जमीन की कोई कमी न थी, अत: लक्ष्मी के आशीर्वाद से बड़ी हवेली जिसमें जनाना आँगन तथा बाहर मरदाना-चौक और उसके दोनों तरफ दो-दो बैठकें (जमींदारी के कुशल संचालन हेतु) बनवाईं। हवेली के चारों ओर सुरक्षा के लिए खाई खुदवाई गई और मुख्य द्वार पर चौकीदार रहमान के लिए कोठरी बनवाई। सुरक्षा की पूरी व्यवस्था का विशेष ध्यान रखा गया। नेक-नियति से ख्वाजा रूप सिंह पत्नी शारदा देवी के सहयोग से पुण्य-धर्म करने में चुस्त रहते। पुत्र गोवर्धनदास भी अब अपने पिताश्री के व्यावसायिक कार्यों में पूरी रुचि लेने लगे और अपने पिताश्री ख्वाजा सिंहजी की तरह 'ठाकुर' कुँवर गोवर्धनदास गठीले बदन के अचकन-पाजामा और सिर पर गोल टोपी पहनकर खूबसूरत नौजवान नजर आते। आलम यह था कि सभी की नजरों में हिंदू कम और मुसलिम ज्यादा नजर आते। दाढ़ी और उर्दू शायराना अंदाज उनके व्यक्तित्व के मुख्य आकर्षण थे। रहन-सहन रईसी और ऊपर से सरस्वती माँ की कृपा हुई और शिक्षा में भी पारंगत हो गए और व्यवसाय (जमींदारी) कला में भी प्रवीणता प्राप्त कर ली। ख्वाजा रूप सिंह पुत्र की प्रतिभा को देख अभिभूत थे। माताश्री शारदा देवी के गुण सरलता और अध्यात्म ज्ञान भी उनके स्वभाव की प्रमुखता बन गया था। हवेली के सभी प्रबंधों में उनकी विशेष रुचि थी, जिससे हुक्का, पान और आगंतुकों के स्तरानुसार स्वागत और आदर का ध्यान रखा जाता। 'डिबाई' की नामी-ग्रामी हस्ती ठाकुर गोवर्धनदास तथा कानूनगो ख्वाजा रूप सिंह अपनी शोहरत के लिए प्रसिद्ध हो गए। पतिव्रता पत्नी अपने पति के कार्यों में स्वसमर्थता से हाथ बँटाती और अपने बेटे गोवर्धन दास को हिंदू संस्कृति और परंपराओं की व्यावहारिकता का ज्ञान करातीं। माताश्री की शिक्षाओं और पिताश्री के शासन प्रबंध की कुशलता के अनुकरण से गोवर्धनदास एक सुयोग्य संतान तथा भावी परिवार प्रशासनिक बन गए। विवाह योग्य कन्याओं की नजरों में योग्य और इज्जतवान दामाद की संभावना जगाने लगे। मेरठ के पास कस्बा जाकड़पुरा के जमींदार मक्खन लाल मित्तल ने

अपनी खूबसूरत पुत्री 'स्वर्णलता' का रिश्ता ख्वाजा ठाकुर रूप सिंह कानूनगो के होनहार पुत्र गोवर्धनदास से तय कर दिया। दोनों पक्ष राजी हुए और विवाह तिथि पंडित ब्रह्मदत्तजी से शोधवाकर सभी संस्कार शुरू किए। हिंदू विवाह विधि को परंपरागत रूप देते हुए विवाह के सभी उत्सव लगुन (पीली चिट्ठी) हल्द-हाथ और रतजगा हुआ, जिसमें महिला-मंडली जरी की साड़ियाँ, लहँगा-ब्लाउज पहनकर, आभूषणों से सुसज्जित 'मंगल गान' गाने लगीं। बारात का शुभ-प्रवास, शुभ समय शोधकर हुआ और पाँच दिन बारातियों ने सभी आदर-सत्कार प्राप्त किए। ढोल-ताशे एवं शहनाइयों की मधुर गुंजार के बीच विवाह संपन्न हुआ और दुलहन स्वर्णलता अपने दूल्हे गोवर्धनदास के साथ मातृ-पिता के घर से विकल मन ससुराल आई। दुलहन के जेवरात व पोशाकें डिबाई में चर्चा का विषय रहीं। दुलहन के साथ मगद, बेसन के लड्डू तथा मठ्ठे नमकीन आए। बारातियों को चाँदी का सिक्का तथा एक थैली सूखे मेवों की लड़की के माता-पिता ने भेंट दी। कलाबत्तू और जरदौजी के जड़ाऊ लहँगा-चुन्नी सासू-माँ ने चढ़ाए तथा नजदीकी दादी-नानी आदि को दहेज में साड़ियाँ आईं। ख्वाजा रूप सिंह ने भी समदाने (बेटे की ससुराल) में खूब बख्शीशें बाँटी। प्रसन्नता के उस शुभ अवसर पर चौदह वर्ष की स्वर्णलता और सत्रह वर्ष के गोवर्धन दास प्रेमपाश में ऐसे बँधे कि दस वर्ष में चार पुत्रों और एक पुत्री के माता-पिता बन गए। पाँचों बच्चे दादा-दादी की आँखों के तारे और खूब ठाठ-बाट से लालन-पालन के बीच पलने लगे। चारों पुत्र बलराम दास, भारती चंद, घासी राम, हीरामन तथा पुत्री ललिता की शिक्षा के लिए एक आचार्य संस्कृत और हिंदी भाषा के लिए गुरु सर्वेश्वर और उर्दू के लिए उस्ताद रहीम मियाँ घर पर ही तालीम देने आने लगे। सभी बेटे खानदानी व्यापार व जमींदारी के तौर-तरीके सीखने लगे और अपने खानदान की आन, बान और शान के मुताबिक आचार-विचार, अनुशासन तथा संस्कार सीख गए।

ठाकुर रूप सिंह कानूनगो अब वृद्धावस्था की दहलीज पर पहुँच गए और हवेली में ही कामकाज, रोकड़-बही आदि हिसाब-किताब करने लगे। शारदा देवी भी पुत्र-वधू स्वर्णलता के कुशल और स्नेही व्यवहार में पौत्र-पौत्री के साथ अपना निर्देशन देती रहतीं। घर में कई सहायक कर्मचारी गृहस्थी के कार्यों में हाथ बँटाते रहते । हाँ, जब कच्चा खाना बनता अर्थात् सुबह की दाल-रोटी-साग-भात में नौकरों को रसोई में न घुसने दिया जाता, क्योंकि भोजन रसोई में जमीन पर आसन बिछाकर किया जाता और दादी-दादा

परहेज मानते। अतः स्वर्णलता इस परहेज के तौर-तरीकों का काफी ध्यान रखतीं। ठाकुर गोवर्धन दास ने अपने पुत्रों को उम्र के परिपक्व पड़ाव पर चढ़ते देख, उन्हें विभिन्न कार्यों में प्रशिक्षित करा अलग-अलग जिम्मेदारियों से नवाजा। साथ ही स्वयं मुखिया का भारी भरकम उत्तरदायित्व निभाने लगे। मौका देखकर ज्येष्ठ पुत्र ठा. बलरामदास का विवाह सुसंस्कृत परिवार की पुत्री 'मनकावती' से धूमधाम से कर दिया। मनकावती भरे-पूरे परिवार की सुलक्षिणी पुत्री ने ससुराल में सबका मन मोह लिया। परिवार के सभी सदस्यों की इच्छानुसार कार्य करना और बुजुर्ग दादा-दादी की सेवा में लगे रहना उद्‌देश्य बना लिया। देखते-ही-देखते ठा. भारती चंद्र भी वैवाहिक सूत्र बंधन में बँध गए। हुआ यूँ कि ठा. भारती चंद्र अपने दादाश्री की भाँति अत्यंत कुशाग्र-बुद्धि के थे और अपने दूसरे भाइयों से कद-काठी में मजबूत, लंबे और गोरे-चिट्टे थे। अतः बरेली में रायबहादुर कुशलक्षेम गर्ग ने अपनी शिक्षित और सौंदर्यवती पुत्री चंद्रावती देवी के साथ विवाह-संबंध होना निश्चित कर दिया। प्रबल इच्छाशक्ति के धनी, हिंदुत्व और देश-प्रेम भावना से अन्याय के खिलाफ आवाज बुलंद रखनेवाले भारती चंद्र का विवाह हाथी की सवारी पर बहुत धूमधाम से हुआ। पत्नी चंद्रावती भारती चंद्र से एक वर्ष बड़ी थी, अतः भाग्यशाली कहलाने लगी। भारती चंद्र अपनी नवप्रौढ़ा पत्नी के प्रेमपाश में ऐसे बँधे कि सबकुछ भुला बैठे। बागों की देखभाल व साज-सँवार कराना भी भूल गए। जब पिताश्री को पता लगा तो पत्नी स्वर्णलता को उन्हें समझाने के लिए प्रस्ताव रखा, तब जाकर दोनों पति-पत्नी को होश आया और अपनी गलती पर शर्मसार हुए। गोवर्धनदास की जान-में-जान आई। अब तक यह घटना कर्मचारियों के बीच चर्चा का विषय बन गई थी। इस बीच ख्वाजा रूप सिंह को हृदयाघात हुआ और बहुत कोशिशों और वैद्य-हकीमों के इलाज के बाद भी स्वर्ग सिधार गए। अंतिम-संस्कारों और अंत्येष्टि-क्रियाओं का कर्मकांड अत्यंत विधि-विधान तथा भोज-उत्सव के साथ किया गया। पत्नी शारदा देवी वियोग और बिछुड़न से इतनी व्यथित हुईं कि पक्षाघात की शिकार हो गईं। घर में अस्त-व्यस्त व्यवस्था उत्पन्न हो गई, लेकिन हिम्मत और समझदारी से काम लेते हुए सब सामान्य हुआ, परंतु एक मास के अंतराल से शारदा देवी भी परलोक सिधार गईं। कुँवरानी स्वर्णलता अपने सास-ससुर के इतनी जल्दी हुए वियोग से काफी घबराईं, परंतु गोवर्धनदास तथा बच्चों ने उन्हें सँभाला और देवी-भगवती का पाठ व यज्ञ कराया। पुनः स्थिति सामान्य हो गई। भारती चंद्र ने अपनी जिम्मेदारी गंभीरता

से सँभालते हुए पिताश्री को आश्वस्त किया कि सबकुछ पुनः उच्चस्तरीय हो जाएगा। भारती चंद्र ने इस बीच ग्राम घुसराना गैल और ग्राम गालिबपुर की जमींदारी खरीद ली और अपना क्षेत्रफल बढ़ाते चले गए। अपनी बहन का विवाह जमींदार परिवार मानकचंद्र बजाज के लड़के त्रिभुवन चंद्र के साथ धूमधाम से कर दिया। दोनों छोटे भाइयों का विवाह भी तय कर दिया। खुशियाँ और समृद्धियाँ परिवार के चरण चूमने लगीं।

2

समय की तेज रफ्तार का पहिया खुशियों की डोर पर आकाश छूने लगा। अब तक औरंगजेब बादशाह के शासनकाल ने अपनी दस्तक दे दी थी। औरंगजेब ने अपने पिता शाहजहाँ को बंदी बनाकर बंदीग्रह में डाल दिया था और उन्हें अनेक यातनाएँ दी जा रही थीं। कट्टरपंथियों का जमावड़ा लगातार अपने पैर फैला रहा था। मुसलिम अपने को हिंदुओं से अधिक अधिकारवान मानने लगे। उन्हें हिंदुओं के ऊँचे रहन-सहन में ईर्ष्या की बू आने लगी। असलियत में यह सब बदलती शासन-व्यवस्था के कारण होने लगा। औरंगजेब का शासन जिसमें 'बादशाह प्रसन्न उसकी पौ बारह और जिससे नाराज उसका सिर कलम'। न असलियत जानने की कोशिश, न दोषी का दोष पता लगाने की। हिंदू इस शासन का शिकार ज्यादा होने लगे। कारण स्पष्ट था कि जिन्हें पिछले शासन में सुविधाएँ और सुख ज्यादा मिले थे, उनके प्रति बदले की भावना से बादशाह के कान भरे जाते और बादशाह कान के कच्चे हो रहे थे, क्योंकि उनका स्वभाव एक न्यायप्रिय शासक का न होकर तास्सुबी शासक का ज्यादा हो गया था। बिना साक्ष्यों के विश्वास कर लेना औरंगजेब के अपरिपक्व स्वभाव का परिचायक था। हिंदू-मुसलिम के प्रति भेदभाव शासक का नहीं, तास्सुबी आदतों से विक्षिप्त था। इससे प्रभावित अनेक घटनाओं से भारतवर्ष की विभिन्न जातियों के हिंदू सताए जा रहे थे। बादशाह की इस कमजोरी का लाभ मुसलिम समुदाय उठाने के लिए अपने विरोधियों के खिलाफ साजिश रचते और बादशाह से 'फरमान' जारी करा देते। कभी-कभी ऐसा भी देखा जाता कि मुसलिम भाइयों के साथ मिलकर अपना स्वार्थ सिद्ध करने के लिए हिंदू भी हिंदू को सजा दिलवा देते।

जमींदारी की व्यवस्था में तीनों भाइयों के साथ मिलकर भारती चंद्र ने

बहुत संपदा बढ़ा ली थी। उनके कई बच्चे भी हो गए थे। दुर्भाग्यवश और भाइयों के कोई संतान या तो पैदा ही नहीं हुई या असमय बाल-मृत्यु का शिकार हो गई। इस कारण सभी भाइयों का ध्यान इनके बच्चों पर ही रहता। इनकी तरक्की देखकर वे बहुत खुश होते, लेकिन मित्र-मंडली चाटुकार बनकर अपना मकसद सीधा करती। प्रत्यक्ष न होकर अप्रत्यक्ष उनकी वसुधा और संपत्ति से जलते।

भारती चंद्र बचपन से ही शान-शौकत से गर्वीले स्वभाव के थे, लेकिन अब उनका झुकाव शासन की अनैतिक और अप्रजातांत्रिक घटनाओं से क्रांतिकारी रूप धारण करने लगा। वह कहीं भी, किसी भी देशवासी के साथ अन्याय या जोर-जबरदस्ती भरा व्यवहार होने पर क्रोधित हो उठते। पत्नी चंद्रावती उनके ऐसे क्रोध पर समझाती कि समाज और शासन की हवा देखकर चलना चाहिए, वरना परिवार को कष्ट उठाना पड़ सकता है।

भारतीचंद्र अपने कुछ नजदीकी साथियों के साथ एक संस्थान भी बनाने के लिए विचार करने लगे, जो शासन द्वारा सताए व्यक्तियों के बचाव के लिए कार्य करेगा। इसके लिए उन्होंने अपनी परिश्रम से कमाई-संपदा भी खर्च करनी प्रारंभ कर दी और देखते-देखते भारतीचंद्र देशप्रेम की प्रबल भावना से क्रांति का झंडा लेकर निकल पड़े। ठाकुर गोवर्धनदास आयु के अंतिम पड़ाव की तरफ बढ़ रहे थे, अपने पुत्र का क्रांतिकारी रूप देखकर पेरशान हो उठे। उन्हें मालूम था कि यह कदम कभी भी पुत्र की जान का घातक बन सकता है। परिवार में पत्नी चंद्रावती पतिश्री के ऐसे व्यवहार से अपने मन को धीरज न दे पाती, बच्चों के भविष्य की दुर्गतिपूर्ण अवस्था की कल्पना से सिहर उठती। कहते हैं विपदा शेर की दहाड़ की भाँति हृदय दहला देती है। ठाकुर गोवर्धनदास ने अपने एक परममित्र जिलेदार प्रताप सिंह चौधरी से सलाह- मशविरा की कि किस प्रकार पुत्र को क्रांतिकारियों के घेरे से निकालकर लाया जाय। पुत्र किस प्रकार धन और बल की बरबादी करता देश के लिए शासन का विरोधी बन रहा है। एक-न-एक दिन इसका नतीजा अहितकर ही होगा, क्योंकि औरंगजेब का शासन सर्वविदित है। जिलेदार स्वयं अपनी नौकरी बड़ी होशियारी और चालाकी से अपनी खाल बचाकर करते थे। अतः उन्होंने अपने जिगरी मित्र को आश्वासन तो दिया, परंतु वह जानते थे कि असलियत में क्रांतिकारी संगठन काफी आगे निकल चुका है और उनका उनके प्रति नरम व्यवहार कभी भी पकड़ा जा सकेगा।

ठाकुर गोवर्धनदास ने सारी परिस्थिति भाँपते हुए अपने पौत्र मकरंद राय

को अपनी जायदाद की साज-सँवार के प्रति रुचि पैदा कराना प्रारंभ कर दिया। जमींदारों द्वारा किसानों से लगान वसूलना और फिर शासन को पहुँचाना जमीदारों को अपनी जमीनों के बदले में करना होता था, अतः ये सीखना आवश्यक था। दादाश्री के निर्देशों को मकरंद राय बड़े गौर और ध्यान से सुनते और धीरे-धीरे जमींदारी के कार्यों में निपुणता लाने लगे। उन्हें स्वयं ये एहसास होने लगा कि पिताश्री भारतीचंद्र की अनुपस्थिति और धनव्यय स्थिति से छुटकारा नहीं मिल सकता। अतः परिवार की व्यवस्था सुचारू रूप से चलाने के लिए अपने दादाश्री आदि के सहयोग से ही चलना होगा। दिल्ली से चलनेवाला शासन पूरे भारतवर्ष के व्यक्तियों को भूत के खौफ की भाँति सताता देखकर भारतीचंद्र और उनके साथी लुक-छुपकर देशवासियों को शासन के अत्याचारों के विरोध में उकसाते, समझाते कि ये शासन मानवता और भारतीय संस्कृति का दुश्मन है, अतः इसके खिलाफ आवाज उठाओ।

गोवध, हिंदू प्रतिभाओं का तिरस्कार और मनुष्य का मनुष्य के प्रति घृणित व्यवहार भारतीचंद्र का रक्त खौलाता, अतः वह विद्रोहियों की भाँति अपने सहयोगियों के साथ गरीब, भूखे और असहाय व्यक्तियों की सहायता करने में अपना अधिक-से-अधिक समय व्यतीत करते।

परिवार वाले उनके ऐसे कार्यों से अति व्यथित रहते और जब वह आते तो समझाते कि 'औरंगजेब का शासन है, बादशाह की खिलाफत करना मौत को दावत देना है।'

पत्नी चंद्रावती रो-रोकर बेहाल हो जाती तो उससे यह कहकर कि 'मुझे मेरे उद्देश्य से भटकाना ठीक नहीं, अब तो मैं अन्याय के प्रति कुछ करके ही रहूँगा, चाहे मेरी जान चली जाए, उनकी हठधर्मिता को देखकर ठाकुर गोवर्धनदास जमींदार कानूनगो भी विवश हो गए, क्योंकि उन्हें मालूम था कि चाहे रेत से तेल निकल जाए, आकाश जमीन पर आ जाए, गंजे के बाल आ जाएँ और अनहोनी होनी में बदल जाए, परंतु भारतीचंद्र अपनी प्रतिज्ञा से नहीं हट सकता, अतः पत्थर से सिर फोड़ने से कुछ नहीं बनेगा। एक और बात कि अब ये मिलने तो आ जाता है, यदि ज्यादा कुछ कहा तो यह मिलने आना भी बंद कर देगा।

देश और देशवासियों के प्रति हो रहे जुल्मों से सताए किसान भाई और यौवन की दहलीज पर चढ़ती गरीब घरों की कन्याएँ भी अपने संरक्षण और सहयोग के लिए इन क्रांतिकारियों से मदद लेने के लिए हरसंभव कोशिश करते।

भारतीचंद्र के बच्चे अपने दादाश्री गोवर्धनदासजी और चाचा-ताऊओं के

ऊपर निर्भर रहते। बड़े पुत्र मकरंद राय ने अपनी माताश्री और दादाश्री के कुशल निर्देशन में अपनी शिक्षा प्राप्त करने के लिए कठिन परिश्रम किया और 'मैट्रिक' पास कर हिंदी, उर्दू और फारसी भाषाओं का ज्ञान भी अर्जन किया।

इसी बीच भारतीचंद्र जब एक अरसे तक घर नहीं आए तो पता लगा कि दिल्ली चले गए हैं। दिल्ली में 'बल्ली मारान' में हिंदुओं की मार-काट हुई है। इस घटना से परिवार में घबराहट से खाना भी नहीं बना और तभी किसी खबरची ने सूचना दी कि भारतीचंद्र और कुछ और मित्र बंदी बना लिये गए हैं। सुनकर जमींदार गोवर्धनदास और पत्नी चंद्रावती होशो-हवास खो बैठे। यह स्थिति हो गई कि काटो तो खून नहीं और होंठों पर ताला लग गया। बच्चे सब सहम गए। शासन की तानाशाही की खबरें नित-प्रतिदिन सुनी जाती रहती थीं। शासन के उसूलों के खिलाफ कदम का अभिप्राय सिर पर मौत का छा जाना।

क्रांतिकारी और देशसेवी के साथ जैसा व्यवहार उस शासन में हो रहा था, उसका प्रत्यक्ष प्रमाण बहुत शीघ्र वैश्य जमींदार परिवार के बीच आ गया।

'शासन के नियमों की अनदेखी और उल्लंघन से उत्पन्न हुए अवरोधों के कारण तीन लोगों को दोषी पाया गया, जिसमें भारतीचंद्र, मुकुलराय और त्रिवेणी दास को आजन्म कारागाह की सजा दी जाती है।'

सुनकर परिवार के सदस्यों की ऐसी दशा हो गई, जैसे किसी बिच्छू ने काटा हो, फिर शराब पिला दी हो और फिर उसे नहर में फेंक दिया गया हो। धीरज धर ठाकुर गोवर्धनदास के मुख से निकला "पूर्णस्य पूर्णमादाय पूर्णमेवावशिष्यते" अर्थात् ईश्वर सर्वव्यापी है, सबको देखता है। ईश्वर हमारी रक्षा करेंगे। कहकर ठाकुर साहब निष्प्राण से हो गए।

पत्नी चंद्रावती की आँखों के समक्ष घोर अंधकार के बादल मँडराने लगे। मंजिल काँटों से भरी देखकर छोटे बच्चों को हृदय से लगाने लगी। परिस्थिति की विडंबना भाँपकर ज्येष्ठ पुत्र मकरंद राय ने अपनी भावनाओं को वश में करते हुए विवशता से विचार किया और सभी को समझाया कि चाहे समुद्र सूख जाए, परंतु बादशाह का आदेश नहीं टल सकता, अतः हमें विवेक से काम लेना होगा, जिससे व्यवसाय और परिवार पर और विपत्ति न आने पाए।

ठाकुर गोवर्धनदास कानूनगो ने पौत्रश्री के गंभीर सुझाव पर मोहर लगाते हुए परिवार को इस विपत्ति की घड़ी में एकजुट होकर साझा प्रयास करने की सलाह दी।

समय बड़ा बलवान होता है, कहकर दादाश्री ने पौत्र मकरंद राय को धीरे-धीरे जमींदारी के सारे गुर और तरीके सिखाने शुरू कर दिए। छोटे भाई भी अपने परिवार पर आई मुश्किलों को महसूस कर सहमे से हो गए हैं, देखकर मकरंद राय ने अपनी माताश्री से सलाह-मशविरा कर उन्हें योग्य बनाने के लिए कुछ करना है विचार।

इस बीच पिताश्री भारतीचंद्र की खोज-खबर लाने के लिए कई शुभचिंतकों से सलाह माँगी, परंतु पता लगा कि यह इतना आसान नहीं, परंतु कोशिश की जाएगी। मायूस मन से पुत्र मकरंद राय दिल थामकर रह गए। ऐसी परिस्थितियों को देखकर कुछ विरोधी जो वैश्य-परिवार की समृद्धि और संपदा से जलते थे, उपहास उड़ाते नज़र आए कि देशसेवा के लिए क्रांतिकारी बनने की गुस्ताखी का फल सामने आ गया। दूसरों की विपत्ति पर हँसनेवाले भूल जाते हैं कि एक दिन हो सकता है कि उन्हें भी कष्ट उठाना पड़े, परंतु ईर्ष्या और जलन मनुष्य का विवेक हर लेती है।

मकरंद राय ने भाई-बहनों को अच्छी शिक्षा दिलाने के लिए योग्य शिक्षक का चयन किया और वह सभी भाषाओं, वेद शास्त्रों तथा अध्यात्मिक वाल्मीकि रामायण का ज्ञान कराने लगे। मकरंद राय एक होनहार और विलक्षण प्रतिभा के धनी नौजवान थे, वह अपने व्यवसाय में पारंगत थे, अतः कलकत्ता के एक व्यवसायी अद्धच्यूत राय गुप्ता ने अपनी सर्वगुण संपन्न पुत्री 'सुकन्या' का रिश्ता मकरंद राय के साथ जोड़ने का विचार रखा। शीघ्र ही गोवर्धनदास और पुत्रवधू चंद्रावती ने अपनी रजामंदी दे दी और निश्चित तिथि पर बड़ी धूमधाम से बारात रेल द्वारा कलकत्ता गई। भव्य आदर-सत्कार के बीच विवाह-कार्यक्रम संपन्न हुआ। अद्धच्यूत राय गुप्ता बहुत बड़े व्यापारी थे, अतः उन्होंने राजसी इंतजाम किया। इधर गोवर्धनदास ने भी अपनी पौत्र-वधू के लिए एक सेर सोना के आभूषण तथा कीमती पोशाकें तैयार कराईं। लोगों में चर्चा थी कि दोनों पक्ष धनवान तथा सेठ हैं। शीघ्र ही कलकत्तावालों ने अपनी दूसरी पुत्री 'वसुंधरा' का विवाह भी मकरंद राय के छोटे भाई से कर लिया। दोनों भाई कलकत्ता की दोनों बहनों के साथ विवाह-बंधन में बँध गए। परिवार में पुनः खुशियों का चमन खिल उठा।

गोवर्धनदास ने इस बीच पुण्य-धर्म को महत्त्व देना शुरू कर दिया। उन्होंने कुएँ खुदवाए तथा धर्मशाला करनवास गंगा किनारे बनवाई और गंगा स्नान दर्शनार्थियों की सुविधाओं के लिए तख्त, चंदन और जल पिलाने के लिए एक पंडित भी नियुक्त कर दिया। उनका स्वास्थ्य कमजोर होने लगा। पौत्र वधू

सुकन्या ने चार पुत्र और दो पुत्रियों को जन्म दिया। समय रहते नन्हे-नन्हे शिशु घर की शोभा बन गए। गोवर्धनदास कानूनगो अचानक दिल का दौरा पड़ने से 85 वर्ष की उम्र में स्वर्गवासी हो गए। ईश्वर ने उनका साथ दिया। और पिता विहीन बच्चों का लालन-पालन करने का समय मिल गया और पौत्र भी समर्थ हो गए और जमींदारी का विशाल साम्राज्य भी सुचारू करने में सक्षम हो गए। इस बीच दादाश्री ने दोनों पौत्रों को पृथक्-पृथक् जमींदारी देकर उत्तरदायी बना दिया था। सर्व समर्थ तथा पूर्ण जिम्मेदार मकरंद राय ने पत्नी सुकन्या की सलाहानुसार दादाश्री की सभी अंत्येष्टि-क्रियाएँ वेद- शास्त्रों में बताई विधि और परंपरागत रीतियों से संपन्न कीं। हिंदू धर्म के प्रबल अनुयायी और अन्य धर्मों के प्रति सद्भाव रखनेवाले मकरंद राय ने अपने दादाश्री का विमान और परपोते द्वारा चँवर ढुलवाए। तेरहवीं पर नगर-भोज का आयोजन किया गया। पंडितों ने यज्ञ-विधि के अनुसार मृतक शांतिपाठ के मंत्रों से संपन्नता की। दान-दक्षिणा तथा सभी वस्तुएँ-वस्त्र तेरह पंडितों में वितरित किए गए।

परिवारीजनों के सुझाव एवं सलाह से मकरंद राय जमींदार ने 'मथुरा' में 'गोवर्धन शिव मंदिर' बनवाया और वहाँ के पंडे और एक पंडित के साथ मिलकर रख-रखाव की सभी व्यवस्था कर दी। इसके रख-रखाव के लिए मंदिर से लगी कई दुकानें भी बनवाने के लिए धन दिया, जिससे सुचारू व्यवस्था के लिए धन भी उपलब्ध होता रहे। दादाश्री की अस्थियों को हरिद्वार गंगा में प्रवाहित करने पति-पत्नी दोनों गए।

समय बीतते कभी देर नहीं लगती। मकरंद राय ने अपने लड़कों के विवाह के लिए उनकी सही आयु देखी। तीनों ज्येष्ठ पुत्रों के विवाह सुयोग्य कन्याओं से किए गए, लेकिन तीनों के कोई संतान जिंदा नहीं रही। कनिष्ठ पुत्र टीकम सिंह जमींदार का विवाह मुरादाबाद के बरतन व्यापारी सेठ छीतर मल की पुत्री गंगाधारा के साथ संपन्न हुआ। गंगाधारा सौंदर्य में अद्वितीय तथा बुद्धिमान परिवार की लड़की थी। उसने ससुराल में सभी का मन मोह लिया और एक वर्ष के अंदर ही पुत्र मनसा राम को जन्म देकर सभी देवरानी/जेठानी के बीच खुशियों के फूल खिला दिए। चंद्रावती वृद्धावस्था में पौत्र-सुख पाकर फूली न समाई, अतः नामकरण संस्कार, छठी तथा यज्ञ-मंत्र आदि से सभी शुभ-कर्म कराए। अपनी बहन, बेटियों को स्वर्ण आभूषण तथा जरदौसी के वस्त्र-साड़ियाँ (पाँचों कपड़े) उनके परिवार सहित भेंट किए। मित्र-मंडली में मकरंद राय जमींदार ने चाँदी का गिलास प्रत्येक को बाँटा। इसी बीच मकरंद राय के छोटे भाइयों ने जायदाद में अपना हक माँगा। अतः मकरंद राय ने हिस्सा-बाँट कर

दिए। मनसा राम अपने दादाश्री और पिताश्री के साथ छोटी सी उम्र में ही काम में हाथ बँटाने लगे और शीघ्र ही हिसाब-किताब का काम देखने लगे। भारतवर्ष में इस समय अंग्रेजों का प्रभाव बढ़ने लगा। मसालों का व्यापार करते-करते वो देश की गुप्त विभाग कार्यप्रणाली में भी अपनी दबिश बनाने लगे।

मकरंद राय तथा उनकी पत्नी सुकन्या ने सब व्यावसायिक जिम्मेदारी टीकम सिंह जमींदार पुत्र को सौंप दी और स्वयं हरिद्वार बाबा हरिदासजी के आश्रम में अंतिम जीवन शांति और अध्यात्म-भक्ति से बिताने के लिए चले गए।

इसी बीच चंद्रावती साँस उखड़ने के कारण काफी कमजोर हो गईं। उन्हें आँखों से भी कम दिखाई देने लगा, अतः भगवान् से प्रार्थना करतीं कि अब अपने पास बुला लें। एक दिन प्रातः जब देर तक नहीं जागी तो पौत्र टीकम सिंह ने देखा कि दादीश्री अभी तक नहीं उठी हैं तो आवाज लगाई तो आवाज का उत्तर न सुनकर पत्नी गंगाधारा से कहा कि देखिए!

गंगाधारा के मुख से चीख निकली, "दादी माँ को क्या हो गया, गरदन लटकी है और…।"

दादी माँ अंतिम सफर पर चली गई थीं। हरिद्वार पिताश्री और माताश्री के पास सूचना भेजी, लेकिन उनकी अनुपस्थिति में पौत्र टीकम सिंह ने दाग दिया। खबरची ने लौटकर बताया कि भागवत गीता का सप्ताह चल रहा है, अतः वह नहीं आ पाएँगे। सभी जातक-संस्कार विधि-विधान से योग्य पंडितजी के द्वारा कराए गए। तेरहवीं में एक गाय और उसके लिए वर्ष भर का चारा तथा अन्य खर्चों के लिए नकद रोकड़ भी दी गई।

राजनीति में उलटफेर हो रही थी और औरंगजेब के बेटे गद्दी के लालच में आपस में लड़ने लगे। इधर अंग्रेज इस कमजोरी का लाभ उठाकर अपना वर्चस्व बढ़ाने लगे। इधर 'मनसा राम' अपने व्यवसाय में निपुण हो गए और जवानी की दहलीज पर पहुँच गए। उन्होंने अंग्रेजों की चाल पहचानने के लिए अपने नानाश्री मुरादाबाद वालों से मिलकर एक अंग्रेज के साथ बरतन का व्यवसाय करने की योजना बनाई। अंग्रेज इंग्लैंड के लिए शुद्ध पीतल के बरतनों पर चाँदी का पानी (पत्तर) चढ़ा हुआ का व्यवसाय करने लगा और इस कार्य में मनसा राम का भी प्रतिशत लाभ था। धीरे-धीरे यह कार्य इतना बढ़ा कि मनसा राम को काफी धन अर्जित हुआ और टीकम सिंह जमींदार के पास विवाह योग्य कन्याओं के संदेशों की लंबी सूची लग गई। बरेली के पास कस्बा जगतपुरा के मनोहर लाल जिंदल, खजांची, दिल्ली की पुत्री जगदंबा के साथ संबंध तय कर दिया।

जगदंबा अपने माता-पिता की अकेली संतान तथा आधुनिक प्रणाली में रहनेवाली सोलह वर्ष की खूबसूरत कन्या थी। लाड़-प्यार में पली, परंतु मधुर व्यवहार वाली शिक्षित लड़की थी। बहुत शीघ्र मनसा राम और जगदंबा का विवाह धूमधाम से संपन्न हुआ। दान-दहेज में आधुनिक गृह-सामग्रियाँ तथा चाँदी के बरतन आदि आए। वधु और वर के लिए स्वर्ण-आभूषणों के विभिन्न डिजाइनों में मोती, माणिक, हीरा, पन्ना आदि के बहुमूल्य जेवरात आए। सासू-माँ गंगाधारा के लिए गले का स्वर्णहार आया तथा सोने की अशर्फियाँ ससुर टीकम सिंह को भेंट की गईं। वर-पक्ष ने भी अपनी शान में कमी न आने दी और चाँदी के सिक्कों से बेटे-बहू पर वार किया। पुत्रवधू के लिए हौलदली तथा मीना और कुंदन के आभूषण चढ़ाए। विवाह इतना उच्च शान से हुआ कि जगतपुरा में तथा डिबाई दोनों में चर्चा का विषय रहा।

जगदंबा ससुराल में पहले तो अच्छा महसूस नहीं कर रही थी, क्योंकि वह पिताश्री के पास नौकरी पर दिल्ली रही थी। अतः कस्बे में उसका मन नहीं लगा, लेकिन धीरे-धीरे मनसा राम ने भी अपना बरतनों का विदेश भेजने का व्यवसाय छोड़ दिया और पत्नी की राय से डिबाई में रहकर अपना जमींदारी का व्यवसाय सँभालने लगे। खुशियों के दिन कैसे निकल गए, पता भी न चला और मनसा राम के पिताश्री टीकम सिंह जमींदार के अचानक दोपहर का भोजन करने बैठते ही गिरने से क्षण मात्र में प्राणपखेरू उड़ गए। घर में कोहराम मच गया कि क्या कोई बाहरी हवा (भूत) का प्रकोप हुआ या किसी ने कुछ दे दिया और वैद्य मूलाराम और हकीम फैज अली बुलाए गए, परंतु व्यर्थ रहा। दोनों का जवाब यही था कि अचानक ऐसा होने का मतलब 'किसी बाहरी हवा का प्रकोप'। मनसा राम पिताश्री का विछोह सहन करने में पहले असमर्थ हुए, लेकिन पता चला कि जगदंबा को कुछ महीनों का गर्भ है। अतः खुशियों और गम के बीच सामंजस्य बनाते परिवार ने अपने प्रिय टीकम सिंह का दाह-संस्कार गमगीन हृदय से सभी वेद-शास्त्र विधियों से पंडितजी के निर्देशन में किया। घर के नौकर-चाकर भी इस विछोह से द्रवित हो उठे। पहले तो जगदंबा को लगा कि मेरे ससुराल में आते ही ससुरश्री गुजर गए, क्यों? परंतु सासू-माँ गंगाधारा ने समझाया कि यह सब विधि-विधान है। हमारा उनका साथ इतना ही था और वह तुम्हें बहुमूल्य उपहार (बच्चा) भी दे गए हैं। अतः महसूस न करो। जगदंबा को सासू-माँ के दुलार भरे वाक्यों से संतोष मिला।

❋ ❋

3

समय रहते जगदंबा ने पुत्री रोहिणी को जन्म दिया। घर में 'लक्ष्मी' का रूप धरकर आनेवाली ये नन्ही परी अपनी माताश्री जगदंबा के नाक-नक्शे तथा शरीर पर गई थी। छोटी सी शिशु लंबा कद और गौर वर्ण। सबको लगा कि गोवर्धन दास की कद काठी है। खुशियों से सभी में मिठाइयाँ बाँटी गईं और पुत्री जन्म से उत्पन्न रिश्तेदारों के उदासीन व्यवहार के बाद भी भविष्य में खूब दान-पुण्य तथा ब्राह्मण कन्याओं को भोजन, वस्त्र दिए गए। प्रेम और उल्लास के बीच देखते-देखते तीन पुत्र लगातार दो-दो साल के अंतराल से पैदा हुए। घर बच्चों की किलकारी से भर गया। ज्यों ही पुत्री रोहिणी शिक्षा पाने लायक हुई, माता-पिता ने एक शिक्षक संस्कृत तथा हिंदी पढ़ाने तथा जीवन-मूल्यों की शिक्षा देने को एक शिक्षिका का भी प्रबंध कर दिया। 'स्त्री-शास्त्र' की शिक्षा-नीति निपुण माताश्री जगदंबा ने अपनी पुत्री को देनी शुरू कर दी। साथ ही पुत्रों को भी यथायोग्य शिक्षा तथा व्यवसाय के तौर-तरीकों से निपुण करना शुरू कर दिया। देश में गोरों के आगमन की आहट से अंग्रेजी भाषा के प्रति भी रुझान नई पीढ़ी का आने लगा था, परंतु मनसा राम जमींदार अत्यंत दूरगामी बुद्धि के थे, अतः उन्होंने बच्चों को निरुत्साहित किया। अब रोहिणी चौदह वर्ष में पदार्पण कर चुकी थी। अतः माताश्री जगदंबा को पुत्री के विवाह की फिक्र हुई। मनसा राम पुत्री के लिए व्यावसायिक वर चाहते थे, लेकिन जगदंबा नौकरीपेशा वर चाहती थी। उनके अंतःमन में स्वयं के छोटी जगह पर रह जाने से मिली निराशा के कारण अपनी पुत्री को दिल्ली या अन्य शहर में स्थापित करना चाहती थीं। वैसे रोहिणी भी अपने रहन-सहन में किसी शहरी लड़की से कम न थी। साड़ियों का चुनाव तथा नए माहौल के लंबे अँगरखे उसे पसंद आते थे । मनसा राम ने कई वर देखे, परंतु नौकरी पेशा वाले अच्छे चरित्र के न थे। अंत में पुलिस की नौकरी में दरोगा राघव मल मित्तल पुत्र जमींदार नन्हे मल पसंद आए और विवाह-संबंध जोड़ दिया। मेरठ के मशहूर जमींदार नन्हे मल की ख्याति फैली हुई थी। विवाह दोनों पक्षों के स्तर से खूब ठाठ-बाट से संपन्न हुआ। पाणिग्रहण-संस्कार और सप्तपदी (सात फेरे) सब विधि-विधान से संपन्न हुए। भाइयों ने भी अपनी बहन को खूब प्रेम से और अश्रुपूरित हृदय से विदा किया।

छोटा भाई जसवंत सिंह अपने को जसवंत सिंह सिंघल कहाकर ऊँची शान-बान से सुसज्जित रहने लगे हैं, कारण अत्यंत होनहार तथा प्रतिभाशाली उच्च जमींदार परिवार की संतान हैं। बचपन से ही अपने विचारों के धनी तथा काम के प्रति समर्पित व्यक्तित्व हैं। बड़े भाई सादा सरल स्वभाव के हैं। बड़े दोनों भाइयों का विवाह मनसा राम जमींदार ने एक ही परिवार की दो बहनों सुलक्षणा और अनुगामिनी से कर दिया। कुछ ही दिनों के बाद जसवंत सिंह जिन्हें प्यार से जस्सू भी कहते हैं, का विवाह अनूपशहर कस्बे के निवासी शिक्षक कुँवरस्वरूप गर्ग की पुत्री कुँवरानी के साथ तय कर दिया। वहाँ से कई बार विवाह प्रस्ताव आता रहा है। यह सोचकर कि परिवार शिक्षित है और पुत्री भी अच्छे आचरण और शिक्षा ग्रहण किए हुए है, अत: जसवंत के लिए अच्छी रहेगी, विचारकर कि शुभ कार्य में देर क्या? और विवाह शान-शौकत से किया गया। दोनों पक्षों में प्रेम और स्वागत का आदान-प्रदान किया गया । गंगा की पवित्र धारा के निकट बसा अनूपशहर अपनी साहित्य प्रतिभाओं के लिए भी मशहूर है अत: बारात के तीन दिन के उत्सव में एक दिन देश-प्रेम के गीतों का रसास्वादन भी रखा गया। देश में अंग्रेजों के खिलाफ सुगबुगाहट पैदा होने लगी है, अत: हिंदू-मुसलिम अपना विरोध जाहिर करने के लिए गीतों के माध्यम से अपनी भावनाओं को प्रकट कर रहे हैं। मराठवाड़ा में भी कुछ मुगल साम्राज्य के खिलाफ और कुछ जगह अंग्रेजों के खिलाफ विरोध के स्वर गूँजने लगे हैं। नई सदी में नई आवाज गूँजने लगी है। सन् 1800 की बहार से नया खुमार देश-प्रेमियों को अपनी आजादी की तड़प में पुकार रहा है। सन् 1757 का प्लासी-युद्ध स्वतंत्रता के दीवानों की चाहत था, पर विवाहोत्सव पर देश-प्रेमी गीतों ने गंगा मैया के द्वार पर मानो स्वतंत्रता की सिहरन से निजात दिलाने के लिए अलाव जला दिया हो। कुँवरानी और ठाकुर जसवंत सिंह के सभी वैवाहिक कार्यक्रम मित्रों, रिश्तेदारों और परिवारिक जनों के मध्य जोर-शोर से प्रसन्नता के माहौल में संपन्न हुए। बारात विदा लेने को तैयार हुई तो जगदंबा माताश्री के भाई कुलवंत नरायन ने शोर मचा दिया कि मेरी स्वर्ण-मुद्रिका दुलहन पक्ष के किसी व्यक्ति ने चुरा ली है। जिसने सुना, भर्त्सना करने लगा। लेकिन तहकीकात की गई तो पता लगा कि उनके बक्से में ही कपड़ों में उलझ गई थी, अत: झगड़ा होते-होते बच गया।

नववधू के स्वागत में जसवंत सिंह ने अपनी हवेली की पुताई और रोगन-रंग खूब मन-माफिक कराया था और रोशनी के लिए दरवाजे के सामने

एक खंबा तथा एक अंदर दुबारी (गैलेरी) में खंबा लगवाकर शाही लालटेन लगवाई, जिसमें रोशनी की चमक से हवेली चमकने लगी। कुँवरानी ने नवगृह में प्रवेश कर वहाँ के सारे तौर-तरीके, रीति-रिवाज बहुत शीघ्र समझ लिये और इस कारण सासू-माँ की लाड़ली बहू बन गई। पढ़ी-लिखी तो थी ही, अत: जसवंत सिंह के हिसाब-किताब और बही की जानकारी भी लेती रहती। दूसरी तरफ आते ही पुत्र को जन्म दिया तो अपनी जिठानियों के बीच ईर्ष्या का पात्र भी बन गई। जगदंबा कुँवर ने अपने पौत्र का नाम कुंदन रख दिया और देखते-देखते कुंदन अपने शैशवावस्था से वैभवमयी लालन-पालन में बड़े होने लगे। कुंदन अब कुंदन सिंह कहे जाने लगे। उनके ताऊश्री, जिन्हें कुंदन बड़े पिताश्री कहते, उन्हें बड़ा होते देख बलैंया लेते। इसका एक कारण यह भी था कि इन बड़ों के कोई संतान नहीं हुई, किसी के हुई तो जिंदा न रह पाई, अत: पूरे परिवार का ध्यान कुंदन पर रहता। बाल-सुलभ क्रियाओं से कुंदन सबको एक सूत्र में बाँधे रहते। कभी उनकी दाढ़ी में हाथ डालते, कभी खुद भागते और उन्हें दौड़ाते। यह सब देख-देखकर माँ, ताई साहिबा भी मन- ही-मन प्रसन्न होतीं । दादाश्री मनसा राम एवं दादीश्री कुँवर जगदंबा कुंदन सिंह की सलामती और आयु-दीर्घता के लिए भगवान् शिवजी तथा सती माता राजस्थान से दुआ माँगते कि यह अकेला वारिस है, इसकी रक्षा करें। घर की बड़ी दादी माँ गंगाधारा अस्वस्थ हो गईं। उन्हें खाँसी तथा बुखार ने घेर लिया और फेफड़ों में पानी भर जाने से काफी परेशान रहने लगी । वैद्य आत्माराम उनका अच्छा इलाज कर रहे हैं, लेकिन कभी लाभ नजर आता है, कभी ज्यों का त्यों और एक महीने की अस्वस्थता से उन्होंने दम तोड़ दिया। अंतिम संस्कार अत्यंत गमगीन माहौल में किया गया। सभी जातक-संस्कार पंडितजी की विधि के अनुसार किए गए। मनसाराम पत्नी के वियोग में जैसे एकांत वासी हो गए। राम-भजन में लीन रहने लगे।

इधर कुंदन सिंह जमींदार वैभवी राजपाट और अत्यंत लाड़-प्यार में नौजवान लंबे-चौड़े, सुंदर, भव्य कद-काठी तथा तीखे नाक-नक्शों से बिलकुल राजकुमार लगने लगे। अचकन तथा पाजामा और गले में स्वर्णमाला से देखनेवालों की दाँतों तले उँगली दब जाती। ठाकुर जसवंत सिंह जमींदार ने मुगल साम्राज्य के जगह-जगह असफल होने और अंग्रेजी साम्राज्य के बढ़ते पैरों से फैली 'फूट डालो और राज्य करो' की नीति को भाँपते हुए सुरक्षा पहलुओं पर विचार किया और अपनी संपत्ति और जमींदारी के बचाव के लिए विभिन्न माध्यमों से सुरक्षा बढ़ा दी। ठाकुर कुंदन सिंह अपने पिताश्री

के इस निर्णय से प्रसन्न हुए। वे अपने घोड़े पर बागों और खेतों पर किसानों से फसल की खैर-खुशहाली की खबर लेने जाते और उनके दुःख-दर्द भी उतने ही ध्यान से सुनते। किसानों और काश्तकारों को अपना भविष्य सुखद दिखाई दिया, क्योंकि इससे पहले उनके दुःख-दर्द के बारे में कोई जमींदार बात नहीं करता था। इससे कुंदन सिंह की प्रतिष्ठा बढ़ी। उनके विवाह के लिए दूर-दूर से रिश्ते आने लगे। अकेले वारिस और विस्तृत कारोबार के कारण पिताश्री जसवंत सिंह ने सोचा कि दोनों बड़े भाइयों और भाभी साहिबाओं के अरमानों की आस कुंदन सिंह सोलह साल पूरी कर सत्रहवें में लग गए हैं और सभी गुणों में दक्ष हैं, अतः उनके लिए सुशिक्षित, सुसंस्कृत और अच्छे परिवार की लड़की पत्नी रूप में चाहिए। स्याना गाँव में प्रतिष्ठित परिवार श्री रघुनंदन सहाय वैश्य की पुत्री देवी से रिश्ता जोड़ लिया गया। कार्तिक माह पंचमी का विवाह पंडित भोला शंकर वशिष्ठ से शोधवाया गया। जसवंत सिंह ने अपने वृद्ध पिताश्री मनसा राम को यह शुभ समाचार सुनाया तो वह खुशी से फूले न समाए और पौत्र कुंदन को बुलाकर आशीर्वाद दिया कि तुम्हारा दांपत्य-जीवन सुखी बीते और वंश-बेल बढ़े। कुंदन सिंह ने अपने दादाश्री के चरण स्पर्श किए और पिताश्री के गले लगकर, उनके भी चरण स्पर्श किए। माताश्री कुँवरानी ने अपने पुत्र को दोनों ताऊश्री तथा ताईश्री से आशीर्वाद लेने तथा उनके चरण स्पर्श कर उन्हें पूर्ण सम्मान प्रदान करने का निर्देश दिया। कुंदन सिंह माताश्री के आज्ञाकारी तथा विवेकशील संतान होने के नाते अपनों का आदर-सत्कार करना, अपने जीवन की दीर्घ आयु के लिए महत्त्वपूर्ण मानते रहे हैं। उन्हें याद आया और वह घोड़ा लेकर अपने पुरखों तथा ईश्वर के दर्शन करने निकल पड़े।

इसी बीच भारतीचंद्र के गहन मित्र जो जाति से गौसाईं थे, का स्वर्गवास 103 वर्ष की उम्र में हुआ। लोगों का कहना था कि ये दोनों मित्र लँगोटी यार थे, एक आत्मा दो शरीर थे। जो भी हो, सभी का यह विचार रहा कि इन्हें गंगा नदी में प्रवाहित कर इनकी स्मृतिस्वरूप अंतिम पुष्प उनकी कब्र के पास अर्थात् शिवालय के पास ही चढ़ा दिए जाएँ, जिससे मित्रता का एक उदाहरण बना रहे। देश की स्थिति अव्यवस्था के दौर से गुजरने लगी। जगह-जगह मार-काट, नृशंस हत्याएँ तथा हिंसा का माहौल पैदा होने लगा। बहन-बेटियों की इज्जत यूँ तो मुगल राज्य में भी सुरक्षित नहीं थी और अब अंग्रेजों की रंग-भेद नीति के कारण अन्याय और उद्दंडता से लिप्त हो रही थी। अंग्रेज अब मुसलमान और हिंदू राजाओं को एक-दूसरे के प्रति भड़काकर

देश का माल इंग्लैंड भेजने लगे। अंग्रेजों की इन चालों से अनभिज्ञ ये दोनों आपस में एक-दूसरे का गला काटने पर आमादा रहते। कुछ विवेकशील देशप्रेमियों ने इन्हें समझाने का प्रयत्न किया तो उन्हें अपना दुश्मन समझने लगे। देशवासियों की मानसिक शिथिलता का लाभ लगातार अंग्रेज उठा रहे थे। छत्रपति शिवाजी, लक्ष्मीबाई, तात्या टोपे जैसे देशप्रेमी अपने बलिदानों से देश की रक्षा करने के लिए अंग्रेज दुश्मनों से लोहा ले रहे थे। बहादुर शाह जफर भी मुगल शासन की बागडोर सँभालने में कुछ उम्र के चढ़ाव से और कुछ अंग्रेजों की कूटनीति से अपने को मानसिक पीड़ा के दौर से गुजरने को मजबूर हो रहे थे।

अंग्रेजों का प्रभाव बढ़ने से उनका रहन-सहन देखकर भारतीय भी उनकी नकल करना चाहते। उनके कोट-पैंट तथा हैट और गले में टाई, पैरों में बूट देखकर स्वाभाविक था कि मनचले भारतीय तड़क-भड़क में खोने लगे। यहाँ तक देखा गया कि अंग्रेजों ने भारतीय नौकरों को अपने कपड़े 'उतरन' दिए और उन्हें पहनकर अंग्रेजों की मैम भी खूब हँसती कि कैसे बंदर से दिखाई दे रहे हैं। इस प्रकार भारतीयों के साथ उपहासात्मक व्यवहार करने से न चूकते। काले-गोरे का भेद भी बढ़ने लगा। कुंदन सिंह देश-प्रेम की बयार से अछूते न थे। मुगल साम्राज्य में फैला परदा प्रथा अंग्रेजों के राज्य में कुछ खुली साँस लेने लगा। उनकी मेम, बेटियों के स्वतंत्र विचारों और पहनावा बेपर्द होने से भारतीय महिला और बच्चियों को कुछ साहस बँधा, यद्यपि परदा-प्रथा, सती-प्रथा और बाल-विवाह भारतीयों को पिछले तीन सौ वर्षों से ज्यादा रहे मुगल साम्राज्य से उपहार में मिला, उनकी जड़-जड़ में समा गया था और भारतीय पुरुष भाई इन सब के इतने आदी हो गए थे कि वह अपनी महिलाओं को इन सब व्यवस्थाओं से अलग न होने के लिए बाध्य करते।

4

ढोल-ताशों और नफीरी की मधुर धुन के साथ कुंदन सिंह का पाणिग्रहण संस्कार संपन्न हुआ। माताश्री कुँवरानी ने सभी विवाह-संस्कार, हल्दी-हाथ, लगन-माढ़ा, रतजगा, कुँआ-पूजन, घूरा-पूजन तथा लग्न-माँगर अत्यंत उल्लास और खुशियों के बीच अपने सभी रिश्तेदारों के साथ मनाए। सभी को नेग

एवं उपहार देकर प्रसन्न किया गया। वंश-बेल और पुत्र-विवाह की खुशियों से सराबोर जसवंत सिंह भी साफा तथा अचकन-पाजामा की जरी-भरी शोभा से अपने जमींदारी ठाठ का प्रदर्शन करते सभी के आकर्षण का केंद्र बने हुए थे। दूल्हा वेश में कुंदन सिंह अपने आकर्षक व्यक्तित्व से दुलहन पक्ष के स्वागत-कर्ताओं को मोह रहे थे। उनकी खीम-ख्वाब की पोशाक उनके शौकीन मिजाज की परिचायक दिखाई दी। दुलहन के भाँवरों (सप्तसदी) के लिए मंडप में घुसते ही सभी उपस्थित बाराती पक्ष एवं दुलहन पक्ष की नजरें देवी की तरफ पहुँच गईं। लाल जरी का लहँगा, ब्लाउज तथा जरदोजी से कढ़ाईदार दुपट्टा बरबस खूबसूरत देवी को सबसे सुंदर नारी होने का अवसर प्रदान कर रहा था। उपस्थित समाज में सभी इस विवाह के इंतजाम और आव-भगत की प्रशंसा करते नजर आए। तीन दिन रुकी बारात के ठहरने, बिस्तर और खान-पान का सुचारू रूप से इंतजाम किया गया। अग्रवाल धर्मशाला के विशाल प्रांगण में हरशृंगार, कनेर और चंपा-चमेली के पुष्पों से निकलती सुगंध ने सभी का मन मोह लिया। दुलहन के माता-पिता और बड़े भाई ने अपनी इकलौती संतान (पुत्री) का हृदय से उमड़ते ममत्व के साथ विवाह प्रबंध किया। विदाई अश्रुपूरित हृदय और विभिन्न प्रकार के बहुमूल्य सामानों से पुत्री को संतुष्ट करते हुए विदा किया।

दांपत्य-जीवन का सुखद आनंद देवी-कुँवर की कुंडली में न था। एक वर्ष के अंतराल में ही यह जोड़ी बिछुड़ गई। कुंदन सिंह अपनी पत्नी का विछोह सह न पाए और उदासीनता के सागर में डूब गए। जसवंत सिंह तथा पत्नी कुँवरानी इस अप्रिय घटना से परेशान हो उठे। उनके एक मित्र कलकत्ता में सहोदय घोष व्यवसायी थे। इन्होंने उनसे अपनी परेशानी को जाहिर किया, तो पहले तो वह भी सकते में आ गए। उन्होंने विश्वास दिलाया कि 'मित्र! चिंता न कर, मैं तेरे लिए और कुंदन के लिए कुछ-न-कुछ अवश्य करूँगा।' कुछ ही दिनों बाद सहोदय घोष ने संदेश भिजवाया कि कुंदन को कुछ दिन के लिए कलकत्ता घूमने मेरे पास भेजो। कुंदन सिंह जब चचा सहोदय घोष से मिले तो उन्होंने अपना रुई (कपास) की फैक्टरी का भ्रमण कराया तथा नील की खेती के व्यापार की जानकारी भी दिलाई। कुंदन कलकत्ता घूमे तथा कुछ अंग्रेज व्यापारियों से भी मुलाकात की ओर उनकी सोच में बहुत बड़ा अंतर आया। वहीं उनकी मुलाकात भीष्म प्रताप अग्रवाल से हुई, जिन्होंने कुंदन के आकर्षक शारीरिक सौष्ठव तथा प्रतिभा को भाँपा। उन्होंने एक दिन उन्हें अपने निवास पर दोपहर के भोजन के लिए बुलाया। उन्हीं दिनों उनके छोटे भाई

विश्व प्रताप अग्रवाल की पुत्री भी आई हुई थी। असलियत में ये लोग कासगंज जिला के रहनेवाले थे और भीष्म प्रताप अग्रवाल बड़े व्यवसायी थे, परंतु संतान कोई न थी। अतः अपने भाई की तीन पुत्रियों से अत्यधिक लगाव व स्नेह करते थे। सरस्वती नाम की ये भतीजी अपने ताऊश्री के पास अकसर आती रहती और व्यापार में भी रुचि रखती, यद्यपि ताईश्री लड़की होने के नाते यह सब पसंद न करती, परंतु स्वाभाविक रुचि से सरस्वती सीख लेती। उस दिन जब कुंदन सिंह दोपहर के खाने पर आए तो सरस्वती खाने में अपनी ताईश्री तथा घर के रसोइए के साथ सहयोग करती रही। खाने के मध्य सेठ विश्व प्रताप अग्रवाल ने सरस्वती पुत्री का परिचय कुंदन सिंह को कराया। बात आई-गई हो गई। सेठ विश्व प्रताप ने नील की खेती पर भी काफी प्रकाश डाला और वहाँ इसकी खेती के लिए कुंदन सिंह को सुझाव दिया। कुंदन सिंह ने इसके लाभ-हानि तथा आयात-निर्यात के सभी पहलुओं पर चर्चा की और समझा। उनका झुकाव इस व्यापार के प्रति ऐसा हुआ कि उन्होंने डिबाई आकर पिताश्री को अपनी यात्रा के विवरण से लेकर व्यापार की बारीकियों से परिचित कराया। माताश्री कुँवरानी ने पुत्र में अवश्यंभावी परिवर्तन देखा तो ईश्वर को मनाने लगी और ब्राह्मणों को भोजन और वस्त्र बाँटे। देखते-ही-देखते नील की खेती लहलहाने लगी और सीधा कलकत्ता रेल के द्वारा सामान भेजा जाता और जसवंत सिंह के दोस्त भीष्म प्रताप अग्रवाल इसमें रुचि लेकर माल उतरवाने लगे। व्यवसाय ऐसा पनपा कि चारों तरफ साख फैलने लगी। इधर विश्व प्रताप अग्रवाल कासगंज से अपनी दत्तक पुत्री सरस्वती देवी का रिश्ता सेठ कुंदन सिंह जमींदार के साथ करने के उद्देश्य से जसवंत सिंह जमींदार तथा उनके बड़े भाइयों के पास आ गए। सन् 1805 में सेठ कुंदन सिंह का विवाह बड़ी धूमधाम से उनसे सात वर्ष छोटी सरस्वती देवी के साथ कर दिया गया। अत्यंत बुद्धिमान और समझदार सरस्वती ने अपनी ससुराल में आकर सबका मन मोह लिया। प्रिय पुत्रवधू को ससुरश्री ने उसकी सासूश्री के समक्ष समझाया कि किस तरह अकेला वारिस और जमींदारी होने से कुंदन को तुम्हें अपना पूरा समर्थन तथा सहयोग देकर इस परिवार के अतीत के यश और प्रतिष्ठा को कायम रखने के लिए त्याग और समर्पण करना होगा। पुत्रवधू जिन्हें प्यार से सरस्वती कुँवर कहा जाता, ने अपने पूज्यजनों की आज्ञा को शिरोधार्य किया। कुंदन सिंह कुशल, योग्य एवं बुद्धिमान पत्नी पाकर अपने को अधिक समर्थ और सक्षम महसूस करने लगे। आपस में प्रेम-पलों में कहते, "तुम्हारा जैसा नाम है, वैसी ही हो, साथ ही लक्ष्मी देवी भी हो, जब से तुम्हें देखा, तभी से व्यवसाय इतना उच्च

शिखर पर पहुँच गया।" सरस्वती कुँवर शर्म से मुसकरा जाती। सरस्वती कुँवर को मालूम था कि ये परिवार मेरे लायक ही है। विवाह में बेशकीमती सामानों को देखकर मायके में उसकी बहनों और सखियों ने भी यह कहकर उसमें गर्व भरा था।

"कुँवरानी सासू-माँ की पुत्रवधू सरस्वती कुँवर कहलाने लगी और कुछ दिनों बाद जमींदारनी भी कहलाने लगेगी", कहकर चिकौटी काटती एक सखी ने हँसकर कहा।

सरस्वती कुँवर को उस समय के 'पेशसि' अर्थात् सुनहले-रुपहले तारों से कढ़ा घाघरा भी चढ़ा, जिसे मध्य काल में 'पेशराज' कहा गया और सीताहरण के समय आकाशमार्ग से जाती सीताश्री के उत्तरीय का रंग पीला कढ़ा हुआ कपड़ा था, उस तरह का चढ़ाया गया था। ऐसा भी माना गया कि जब भरत के साथ कौशल्या आदि माताएँ आई थीं, तो अपने साथ सीताजी के लिए विभिन्न वस्त्र आदि भी लाई थीं। साहित्यकार कालिदास ने अपनी पुस्तक 'रघुवंश' में रत्न जड़े मखमल के परिधानों का वर्णन किया है। सरस्वती कुँवर भी ऐसी भाग्यशाली नारी रहीं। पंद्रह वर्षीय सरस्वती कुँवर घर में सभी की आँखों का तारा बन गईं। सासू-माँएँ उनका हर प्रकार से खयाल रखतीं तथा ईश्वर से मनौती माँगतीं कि घर में शिशु किलकारी से सभी का मन चीता हो जाए। अत्यंत वृद्ध दादाश्री मनसा राम एक दिन सोते में ही प्राण त्याग बैठे। सोने की सीढ़ी चढ़ चुके दादाश्री का अंतिम-संस्कार विमान निकालकर तथा ढोल-ताशे के स्वरों के बीच किया गया। छोटे बच्चों को उनकी अरथी के नीचे से निकाला तथा गरीबों को चाँदी के सिक्के निछावर करके बाँटे। सौ वर्ष का उत्तम जीवन जी चुके दादाश्री अत्यंत भाग्यवान माने गए। इधर कुंदन सिंह जमींदार की रईसी से कुछ लोग जलने लगे। अतः कुंदन सिंह ने अपनी सुरक्षा देखते हुए अपनी हवेली के चारों तरफ खाई खुदवा ली, जिससे डाकू आदि आक्रमण न कर सकें। मुख्य द्वार पर चोर ताला तथा बजरंगा लगवा लिया।

संपदा और यश कभी भी बिना दुश्मनों के नहीं रहे। कुंदन सिंह जमींदार नील वालों को भी जाने-अनजाने वैभव और वसुधा के झिलमिल संसार की धमक भरपूर होने से ईर्ष्या करनेवाले व्यक्ति उन्हें धमकियाँ भेजने लगे। सबको मालूम था कि इनके पूज्यजन वृद्ध हो रहे हैं और ये अकेले लड़के हैं। अतः जसवंत सिंह ने अपने पुत्र की सुरक्षा के लिए सुरक्षाकर्मी एक साढ़े छह फीट लंबा किसान-पुत्र रख लिया। यह उनके साथ-साथ रहता और सब

वस्तुस्थितियों पर पैनी निगाह रखता। बड़े दोनों भाईश्री और भाभीश्री अपने जीवन के अंतिम पड़ाव पर चल रहे थे। उन्हीं दिनों पुत्रवधू सरस्वती कुँवर ने एक पुत्र को जन्म दिया, जो बहुत तंदुरुस्त तथा मोटा था। उसका नाम पंडित ने दुर्गा प्रसाद रखा। तभी एक-एक कर वृद्ध ताईश्री और ताऊश्री का देहांत हो गया। उनके सभी जातक संस्कार बड़े विधि-विधान और रीति-रिवाज से किए गए। कुंदन सिंह ने दाग लगाया और दाह-संस्कार गंगातट पर किया। गाय-अन्न-वस्त्र और स्वर्ण दानस्वरूप पंडितों को दिया। तेरहवीं-संस्कार बृह्म-भोज के साथ की।

भारतवर्ष की स्थिति अत्यंत शोचनीय हो रही थी। ईर्ष्या, लालच और निहित स्वार्थों में लगे छोटे-छोटे राज्यों के राजा आपस में कलह तथा लड़ाई करके अपने देश की ही आर्थिक स्थिति कमजोर करने लगे और इसका असली लाभ अंग्रेज उठाने लगे। 'दो बिल्लियों की लड़ाई में बंदर की चाँदी' कहावत शत-प्रतिशत चरितार्थ होने लगी। अंग्रेजों के ऐसे व्यवहार से सरकारी कर्मचारी विशेषकर पुलिस विभाग अपना आर्थिक लाभ उठाने और आगे-पीछे के बैर का बदला लेने के लिए जनता को परेशान करने से न चूकते। जो कोई उनका विरोध करता उन्हें मौका मिलते ही लूट लेते। भारतीय संस्कृति और भाषा को अपदस्थ करने के उपाय अंग्रेज ऑफिसर भारतीयों से ही कराते। गरीबों और देशप्रेमियों को झूठे आरोपों में फँसाकर सजा दी जाती तथा उनसे 'बेगार' (बिना पैसा दिए काम) लिया जाता। दुर्व्यवहार चरम-सीमा पर होने लगा।

सरस्वती कुँवर अपने पुत्र दुर्गा प्रसाद का लालन-पालन भावी जमींदार तथा जिम्मेदार उत्तरदायी की तरह करने लगीं। उनके एक पुत्री भी हुई, परंतु असमय जिगर की बीमारी से पीड़ित हो, मृत्यु का ग्रास बन गई। कुलीन संभ्रांत परिवार की पुत्रवधू सरस्वती कुँवर जब अपने मायके जाती तो ससुरश्री टमटम सजवाते और एक शाहिद साथ जाता और पौत्र दुर्गा प्रसाद की सुविधा के लिए आयुर्वेदिक दवाएँ भी साथ रखा देते। गौना-रौना-पाँव पलटना और साल में एक बार अपने माता-पिता परिवार वालों से मिलने जाने का सब इंतजाम कराते। कुंदन सिंह का पत्नी और पुत्र के पीछे मन न लगता तो बहाने बनाकर मिलने पहुँच जाते। पत्नीश्री जब मायके से लौटतीं तो उनकी माताश्री गाय के घी से निर्मित लड्डू कागज से बने कठौतों में रखकर उनके साथ भेजतीं। पतिश्री अपनी सासू-माँ के हाथ के बने लड्डुओं की प्रशंसा करने से न चूकते। 'ससुराल के लड्डू में विशेष खिंचाव रहता है', कहकर दादी माँ चुटकियाँ लेतीं।

इसी बीच श्राद्ध की पूरनमासी (क्वार मास) को जसवंत सिंह तथा पत्नी कुँवरानी अपने पूर्वजों को जल-तर्पण करने गंगाजी (राजघाट) गए। बैलगाड़ी का रास्ता और बैलों की तंदुरुस्त जोड़ी में दोनों स्नान, ध्यान तथा दान-पुण्य करते लौट रहे थे, तभी दूसरी तरफ से आती बैलगाड़ी जिसकी रफ्तार तेज थी, ने टक्कर मारी और दोनों पति-पत्नी छिटककर रास्ते के किनारे झटके से गिरे। कुँवरानी झटका सहन न कर पाईं और वहीं मृत्यु को प्राप्त हो गईं। साथ ही जसवंत सिंह लहूलुहान अवस्था में गाड़ी साज तथा साथ में गए नौकर द्वारा घर लाए गए। पत्नी कुँवरानी के मृत शरीर को देख जसवंत सिंह बिलखने लगे और घर आते-आते वह भी अंतिम साँस दे बैठे। घर में कोहराम मच गया और देखते-देखते दु:ख की इस घड़ी का समाचार नगर में आग की तरह फैल गया। कुंदन सिंह की बुआ रोहिणी बाई (जसवंत सिंह की बड़ी बहिन) ने यह दु:खद समाचार सुना तो वह अपने को रोक न पाईं। चूँकि वह पतिश्री का देहांत हो जाने के बाद विधवा जीवन बिता रही थी और एक पुत्र जो अपनी पत्नी के साथ इतना गुलाम हो गया था कि इनकी परवाह भी नहीं करता था, उससे परेशान यह गम सुनकर द्रवित हो उठीं और भाई-भाभी के अंतिम-संस्कार में शामिल होने आ गईं।

पुत्र कुंदन सिंह ने अपने पूज्य और प्रिय माता-पिता का दाह-संस्कार नगर निवासियों और शुभ-चिंतकों की उपस्थिति में पंडित भोला शंकर के निर्देशित नियमों के अनुसार किया। अपार जनसमूह उन्हें धैर्य और हिम्मत बँधाने को मौजूद रहा। ब्रह्मभोज तथा तेरहवीं सभी दान-दक्षिणा से संतुष्ट कर ब्राह्मणों को विदा किया। नगर-भोज भी संपन्न किया। कलकत्ता से श्री घोष तथा सेठ भीष्म प्रताप अग्रवाल तथा उनके साथ कई व्यवसायी, जिनमें अंग्रेज भी शामिल थे, रेल-यात्रा से आए। पत्नी सरस्वती कुँवर के परिवारजन पगड़ी की रस्म निभाकर भोज में शामिल हुए और वापस लौट गए। रोहिणी बुआश्री ने अपनी यादों का पिटारा खोला और बचपन में बीते स्वर्णिम दिनों की स्मृति से भतीजे कुंदन सिंह और भतीजी बहू सरस्वती कुँवर को वाकिफ कराया। बुआ सासूश्री से सुनकर उन्हें अपने बड़ों की स्मृति ताजा करने में सहजता महसूस हुई। अत: दोनों पति-पत्नी ने बुआश्री के चरण स्पर्श किए, जिससे उन्हें बुआश्री ने खूब-खूब आशीर्वाद दिया कि 'युग-युग जिओ और दुनिया की सारी खुशियाँ तुम्हें मिलें।'

मौका देखकर सरस्वती कुँवर ने बुआश्री से अब हमेशा के लिए हमारे पास ही रहने का अनुरोध किया। रोहिणी बुआ यूँ तो सच्चे मन से यही चाह

रही थीं कि वापस बेटे-बहू के पास न जाऊँ, क्योंकि जब वे अपनी माता से स्नेह-सम्मान ही नहीं रखते तो मैं ही क्यूँ जाऊँ? सोचकर पहले तो असमर्थता दिखाई, लेकिन फिर तैयार हो गई। सरस्वती कुँवर को मालूम था कि हवेली में अब वह अकेले रह गए हैं और समय की हवा खराब है। नौकर-चाकर यद्यपि कई पुराने भी हैं, लेकिन निगरानी के लिए बुजुर्ग बुआश्री से बहुत हिम्मत रहेगी, सोचकर दोनों पति-पत्नी को राहत मिली।

कुंदन सिंह के अपने माता-पिता के विछोह के पश्चात् जीवन-चर्या में स्वाभाविकी परिवर्तन आने लगा। अब वे अधिक गंभीर हो गए। किसानों का विपत्ति में आर्थिक सहयोग करना तथा कुआँ खुदवाना और धर्मशाला बनवाकर यात्रियों को सुख सुविधा हेतु लोटा, बालटी-रस्सी आदि का प्रबंध करना उन्होंने अपने जीवन का उद्देश्य बना लिया। उन्होंने अपनी जमीन के एक क्षेत्र में रिहायशी मकान का निर्माण कराकर 'कुंदन की सराय' नाम से पूरी बस्ती बसा दी। दूसरी तरफ हरिजनों के लिए एक बड़ा क्षेत्रफल-भूमि दे दिया, जिसपर उन्होंने अपने कच्चे-पक्के मकान बना लिये और वह 'कुंदन नगर' कहलाने लगा। डिबाई निवासियों ने उनके ऐसे कार्यों की सराहना की और आशीर्वाद दिए। उनकी ख्याति अब दूर-दूर तक फैलने लगी। कुंदन सिंह और सरस्वती कुँवर दोनों 'यथा नाम तथा गुण' माने जाते। सरस्वती कुँवर अपने पति के कार्यों में पूर्ण सहयोग देने के साथ-साथ कर्मचारियों और हरिजन बस्ती की महिलाओं को सफाई और शारीरिक सौष्ठव का पाठ भी पढ़ातीं। अपने पुत्र दुर्गा प्रसाद को उन्होंने घर पर ही प्रथम पाठ तथा संस्कृत भाषा, अरबी और अंग्रेजी का ज्ञान कराया तथा शिक्षक के द्वारा उन्हें जीवन उपयोगी, नीतिपरक तथा आध्यात्मिक गूढ़-ग्रंथों का ज्ञान भी कराया। दुर्गा प्रसाद अब परिवार-परंपरा के नियम-कानूनों से दुर्गा प्रसाद जमींदार कहलाने लगे। किसान भाई तथा नील उत्पादनकर्ता अपने छोटे जमींदार की बहुत इज्जत करते और उनसे अपना वेतन बढ़वाने की इच्छा से भी अवगत कराते। छोटे जमींदार उनकी इच्छाओं को मौका मिलते ही अपने पिताश्री कुंदन सिंह जमींदार के सामने रखते। 'व्यापार के सभी नीति-नियमों का पालन करना ईश्वर की पूजा करना है' कहकर कुंदन सिंह पिताश्री ने अपने पुत्र श्री दुर्गा प्रसाद को समझाया। आज्ञाकारी पुत्र की तरह दुर्गा प्रसाद सुनते रहे। महिलाओं का निकलना अंग्रेजी शासन के समय काफी सरल हो गया। साड़ी के साथ एक तरह का बड़ा दुपट्टा ओढ़कर जिससे सिर तथा हाथ तक बदन ढके रहते, पहना जाता, यह जरी (बनारसी) या कढ़ाई (लखनऊ या कश्मीर)

वाला होता। यह प्रथा सख्ती से पालन करनी पड़ती। असलियत में बाबर ईरानी के आने पर हुए विध्वंस से उत्पन्न असुरक्षा का वातावरण अबाधित गति से औरंगजेब के शासनकाल तक चला। थोड़ा परिवर्तन अकबर और शाहजहाँ के राज्य में सकारात्मक रूप लिये था। अतः महिलाओं को अपने अस्तित्व और इज्जत को बचाने के लिए परदा, बाल-विवाह आदि ही सार्थक लगते और उनके परिवार वाले भी उन्हें ढक-ओढ़कर रहने की सलाह तथा बाध्य करते। आजादी के मिलने के बाद भी भारतीय महिलाएँ अपने स्त्रीत्व जीवन का नैसर्गिक एहसास नहीं ले पाती थीं।

अंग्रेजों की दमन-नीति अब काफी जोर पकड़ रही थी। वह भारतीयों के द्वारा चलाए जा रहे व्यवसायों के आर्थिक लाभों से अपना निजी स्वार्थ सिद्ध करना चाहने लगे, अतः उनके ऑफिसर्स आकर धमकाते तथा टैक्स की उगाही के साथ-साथ अपना मुनाफा भी माँगते। अपनी भाषा और अपने तौर-तरीकों को भारतीयों पर लादते और न करने पर कोड़े आदि लगाने से भी बाज न आते। भारतीय अब इनकी चालों से अच्छी तरह वाकिफ हो गए थे, विशेषकर देश के प्रति जागरूक व्यक्ति, अतः उन्होंने बगावत करनी भी शुरू कर दी। रंग-भेद नीति, जाति-धर्म, हिंदू-मुसलिम में ईर्ष्या कराना आदि ऐसे विषय थे, जिनसे यह आम आदमी की बुद्धि खराब करते। यूँ तो भारतीय भी अशिक्षा के कारण रूढ़िवादी प्रपंचों में फँसे अपना हित-अनहित पहचानने में बेखबर थे, जिससे गरीबी पैर पसारने लगी। किसानों का स्तर गिरने लगा। कर्ज और प्राकृतिक विपदाओं से खेती का कार्य-बोझ बनने लगा। पैदावार हो या न हो, उन्हें लगान चुकाना पड़ता, अतः गरीब और गरीब होने लगा। शादी-विवाह, शिशु-जन्म, त्यौहार और मृत्यु-उत्सव पर भोज कराना समाज में आवश्यक था, इसलिए कर्जा लेकर किया जाता और कर्जे पर ब्याज-दर-ब्याज और किसान की हालत बदतर होने लगी। दूसरी तरफ देशप्रेमियों ने अपने देश को अंग्रेजों के बदशासन से बचाने के लिए योजनाएँ बनानी शुरू कीं और छुटपुट घटनाओं से उत्पन्न अंग्रेजी शासन द्वारा स्वतंत्रता के चहेतों को सजा बतौर जेल भेजना तथा मारउपीट की घटनाएँ सुनाई देने लगीं। हिंदू और मुसलिम भारतीयों में अंग्रेजों के निरंकुश शासन के विरोध में विद्रोह की आग धधकने लगी। प्रत्येक जाति के लोग खुलकर सामने आने लगे। इधर ठाकुर दुर्गा प्रसाद जमींदार भी चोरी-छुपे देशप्रेमियों को बढ़ावा और सहायता देने लगे।

इस इतिहास का एक दबंग पहलू भी है कि व्यंग्य और हास्य का अनोखा रूप मुगल काल में ही मिला, अर्थात् शासन-प्रणाली मुगल तथा

अंग्रेजी दोनों में कुशासन का बोलबाला रहा, परंतु अंग्रेजों का शासन शुष्क तथा स्वार्थी भेदभावपूर्ण था, परंतु मुगलों ने हिंदुओं पर अनीति के साथ-साथ मानवीयता का भी पक्ष रहा। शेरो-शायरी के सरताज गालिब इंसानियत के पैगंबर बनकर हिंदू-मुसलिम दोनों के दिल पर राज करते रहे। 'गुलाम न बनाना', अकबर के समय अर्थात् (1562-68) में ही एक हुक्मनामा जारी करके शाही सैनिकों पर पाबंदी लगा दी गई थी कि 'वे विरोधी सेना की स्त्रियों, बच्चों और रिश्तेदारों को गुलाम न बनाएँ, न ही उनको बेचें।'

भारत की स्थिति औरंगजेब के शासनकाल में सबसे दयनीय रही। बीच में डकैतों के सरदार से बादशाह बना नादिर शाह 51 दिनों तक दिल्ली में लूटपाट और कत्लेआम करता रहा, जिसके कारण असंख्यों नर-संहार से त्रसित जनता बुरी तरह आहत हुई। सामान की सूची में शाहजहाँ द्वारा बनवाया 'मयूर सिंहासन', मुगलों द्वारा संचित 348 वर्षों की अकूत संपत्ति, पचास करोड़ के जेवरात, 1 करोड़ का सोना, 60 लाख के रुपए, लाखों अशर्फियाँ, 100 हाथी, 7000 घोड़े, 10,000 ऊँट, 100 नाजिर, 130 लेखक, 200 सुनार, 300 कारीगर, 100 संगतराश और 200 बढ़ई साथ ले गए।

इस प्रकार 'सोने की चिड़िया' लुटेरों द्वारा लूट ली गई। ठाकुर कुंदन सिंह जमींदार कानूनगो अपने वैभव और संपदा के लिए अपने ही जानने वालों की आँखों की किरकिरी बन गए, अतः समय की नजाकत देखते हुए एक सुरंग हवेली के अंदरूनी भाग से बाग तक बनवाई, जिसका कार्य रातोंरात चलता रहा। उसकी दीवारों को गोबर और चिकनी मिट्टी से तैयार किए लेप से लीपा गया। जाने के स्थान पर चार फीट चौड़ा, चार फीट लंबा और चार फीट ऊँची दीवारों से इकदरा (छोटा दरवाजा) बना दिया गया। साथ ही रोहिणी बुआश्री के निर्देशन में अपने सोने के कमरे में एक लकड़ी का मजबूत बक्सा बनवाया, जिसमें बाहर से मजबूत कुंदे तथा गुप्ती-ताले का प्रबंध किया गया। बक्सा 6 फीट का बनाया गया, जिससे आराम से उसमें छुपा जा सके और रात्रि में सोया जा सके। यह बक्सा दरवाजे से बड़ा था और बढ़ई ने अंदर बैठकर ही बनाया, जिससे इसे कोई बाहर भी न निकाल सके। अब ठाकुर कुंदन सिंह इसके अंदर ही सोते। इसके तले में तथा पीछे की तरफ जालीनुमा कटिंग की गई, जिससे हवा भी आती रहे। सरस्वती कुँवर बाहर से ताला लगाने लगी। इन्हीं सारी सुरक्षाओं के चलते कुछ और न वश चला तो 'नील' की एक रेल बोगी लूट ली गई। दरोगा व सुरक्षा कर्मियों द्वारा जाँच-पड़ताल की गई, परंतु प्रशासन कुछ न कर पाया। इसमें ऐसा गुप्त

संबंधों से पता चला कि अपने ही हिंदू भाई अंग्रेजों से मिल गए और यह बदमाश विरोधियों की सोची-समझी चाल का परिणाम था। यह भेद धीरे-धीरे बाद में खुला। अपने शुभचिंतकों से ठाकुर कुंदन सिंह को जब यह सब पता चला तो उन्होंने पत्नी सरस्वती कुँवर तथा पुत्र दुर्गा प्रसाद को वृत्तांत बताया।

इसी बीच सरस्वती कुँवर ने एक और पुत्र को जन्म दिया। यह बच्चा काफी कमजोर पैदा हुआ। माताश्री ने इसका लालन-पालन बहुत सावधानी से किया। पिताश्री भी टोटका-गंडा आदि जैसा कोई बताता, करवाते रहते, लेकिन यह बार-बार बीमार होते रहे। इनका पंडितजी ने नामकरण संस्कार में नाम प्रसादी लाल अर्थात् काफी दिनों के बाद पैदा हुआ, अतः भगवान् का प्रसादस्वरूप मानकर परसादी लाल बन गया। दुर्गा प्रसाद बलिष्ठ और ऊँची कद-काठी के नौजवान थे। उनका जमाना अंग्रेजों की हुकूमत से संपन्न हो गया था। अंग्रेजों का प्रभाव भारतीय नौजवानों पर खूब पड़ा और दुर्गा प्रसाद भी कोट-पैंट और हैट लगाने लगे। पिताश्री ने समझाया कि ज्यादा अच्छा यही है कि भारतीय संस्कृति अपनाओ। दुर्गा प्रसाद अब व्यवसाय का सभी कार्य अच्छी तरह सँभालने लगे हैं, यह सोचकर पिताश्री ने उनका विवाह करना उचित समझा।

बुआश्री रोहिणी ने एक रिश्ता अपनी ननद के देवर की लड़की से सुझाया। मेरठ के पास सरधना के रहनेवाले सेठ तिलस्मी दास के पुत्र अमर चंद्र की पुत्री तुलसा रानी अभी चौदह वर्ष पूरे कर पंद्रह में लगी थी और दुर्गा प्रसाद सत्रह वर्ष में लगे थे। दोनों की जोड़ी एकदम राम-सीता की तरह सुंदर तथा सुगढ़ थी। दोनों पक्षों की रजामंदी से विवाह तिथि सुनिश्चित की। तुलसा रानी खूबसूरत, बड़ी-बड़ी आँखों वाली, पैने नाक-नक्श की, पाँचवीं पास, शहर में पली-बढ़ी होने के कारण नाज-नक्शे भी हैं, जानकर सरस्वती कुँवर को पहले तो संकोच लगा, लेकिन रोहिणी बीवी ने समझाया कि गृह कार्य में दक्ष तथा रामायण पढ़ने वाली ईश्वर भक्त बिटिया है। ननदश्री का देहांत हो गया, अतः दादी-माँ के संरक्षण में पली-बढ़ी है। उसका एक छोटा भाई है यानी छोटा परिवार है। सुनकर सरस्वती कुँवर ने चैन की साँस ली।

शुभ लगन देखकर कुंदन सिंह जमींदार ने धूमधाम से अपने पुत्र का विवाह रचाया। बेशकीमती जेवरात, कपड़े-लत्ते और हाथी पर सवार खूबसूरत दूल्हा राजकुमार सा लग रहा था। राजसी ठाठ-बाट से विवाह-कार्यक्रम संपन्न हो गया। अच्छा ससुराल व ससुराल पक्ष के सम्माननीय लोग पाकर तुलसा रानी अब तुलसा कुँवर बन गई। लंबी मूँछों से सुसज्जित दुर्गा प्रसाद अब पूरी

तरह ठाकुर दुर्गा प्रसाद जमींदार बन गए।

सरस्वती कुँवर ने सारी लोक-रीतियाँ बड़े नियमानुसार श्रद्धा-भक्ति-भाव से संपन्न की। कुल देवता की नेग-पूजा-अर्चना तथा दानपुण्य विधि-विधान से किए। दूसरे पुत्र परसादी लाल के दुर्बल और रोगी रहने के कारण दुर्गा प्रसाद के लिए कोई कोर-कसर उठाना ठीक नहीं समझा। तुलसा कुँवर अपने सास-ससुर के लाड़-प्यार में इतनी समर्पित हो गई कि उन्हें अपने मायके की याद भी विस्मृत हो गई। यद्यपि अपने छोटे भ्राता को अवश्य अपने पास बुलाकर वहीं शिक्षा दिलाने लगीं। उन्होंने अपनी माताश्री के विछोह से उत्पन्न प्रेम-रिक्तता सासू-माँ के आँचल में पाई। सासू-माँ सरस्वती कुँवर तथा ससुर कुंदन सिंह ऐसी पुत्रवधू पाकर निहाल हो गए। खुशियों के महकते उपवन में रंग-बिरंगे पुष्पों की प्यार भरी महक ने शीघ्र ही परिवार को एक नन्हा गुलाब भी प्रदान कर दिया, अर्थात् तुलसा कुँवर ने पुत्र को जन्म दिया। हवेली में कुंदन सिंह और सरस्वती कुँवर के भाग्य की सराहना और पौत्र-जन्म की खुशियों से नफीरी की मधुर गूँज कर्णप्रिय होने लगी। ठाकुर कुंदन सिंह ने अपनी रईया (किसानों व किराएदारों) में गुड़ की भेली (गुड़ ढाई सेर का गोला) बँटवाईं तथा पंडितों और गंगा किनारे बसे बैरागी साधु समाज को भोजन और वस्त्र दिए। सरस्वती कुँवर ने बहन, बेटियों तथा कर्मचारियों को नेगस्वरूप चाँदी की पायल तथा भोजन-वस्त्र प्रदान किए। नन्हे पौत्र के भाग्य सराहते सभी नजदीकी रिश्तेदार उत्सव के समारोह में एकत्रित हुए। बच्चे की 'छटी' तथा 'नामकरण' संस्कार विधि-विधान से किए गए। तुलसा कुँवर के मायके वाले पुत्री के इस आनंदोत्सव पर जेवरात और विभिन्न वस्त्र मिठाइयाँ आदि लाए। खुशियों के उत्सव के कुछ ही दिनों बाद गम का साया आया और परसादी लाल पंद्रह साल की उम्र में चल बसे। इस गम के आघात से उद्विग्न पिताश्री ठाकुर कुंदन सिंह पुत्र वियोग से व्यथित अपने स्वास्थ्य से बीमार रहने लगे। साँस फूल जाना तथा अचानक पसीना-पसीना हो जाना और फिर इससे उत्पन्न कमजोरी का एहसास उन्हें परेशान करने लगा। हकीम-वैद्य को दिखाया, उन्होंने 'आसव' लेप तथा जड़ी-बूटियों से उनका इलाज किया, जिससे उन्हें बहुत लाभ हुआ। सरस्वती कुँवर उनको खान-पान में काफी ध्यान दिलाने लगी। ठाकुर दुर्गा प्रसाद ने उन्हें समझाया, "पिताश्री, आप अब अपना काम सब मेरे ऊपर छोड़ दीजिए और गद्दी पर बैठे-बैठे बस ध्यान रखिए। ईश्वर ने हमसे हमारा भाई छीन लिया, यह हमारा दुर्भाग्य है। यद्यपि हमने उसका बहुत इलाज कराया परंतु...।" कुंदन सिंह ने पुत्र के विचारों पर

हामी भर दी। उन्होंने पुत्र दुर्गा प्रसाद का भाई परसादी लाल के प्रति लगाव व विछोह पहचान लिया, अतः गमगीन हृदय से सांत्वना बँधाई। समय बहुत बलवान है, वह सब गम भर देता है।

इसी बीच कुंदन सिंह जमींदार को पेट में भयानक दर्द उठा और अनेक घरेलू उपचार बहिनश्री रोहिणी ने कराए जैसे अजवाइन और हींग भूनकर और पीसकर गुनगुने पानी से फँकवाई। सरस्वती कुँवर ने चूरन-चटनी सब दी, लेकिन दर्द तो जैसे उन्हें लेने आया था। हकीम साहब बुलाए गए उन्होंने यूनानी दवाइयों से कुंदन सिंह को गारंटी से ठीक करने का भरोसा दिलाया। घर के लोगों में विश्वास के पल जागे, परंतु यह क्षणिक निकले और प्रतिष्ठित दानी ठाकुर कुंदन सिंह जमींदार देखते-देखते सबको बिलखता छोड़कर उस परमधाम को चले गए, जहाँ से कभी कोई नहीं लौटता। घर में कोहराम मच गया। चंद्रावती ने पूरा परिवार सँभाला, उनके पुत्र मकरंद राय के पुत्र टीकम सिंह और उनके पुत्र मनसा राम के पुत्र जसवंत सिंह और फिर पीढ़ियों की कुशल बागडोर सँभालते हुए जसवंत सिंह के पुत्र ठाकुर कुंदन सिंह पृथ्वी माता की गोद में लेटे अपनी अंतिम-यात्रा का सफर पूरा करने लगे।

पुत्रश्री दुर्गा प्रसाद जमींदार ने अंत्येष्टि संस्कार अश्रुपूरित हृदय से किए। माताश्री सरस्वती कुँवर का रो-रोकर बुरा हाल हो गया। शुभचिंतकों और परिवारजनों ने सांत्वना देकर इस असहनीय दुःख को सहने का ढाढ़स बँधाया। पुत्रवधू तुलसा कुँवर भी नन्हे बालकिशन को गोद में सँवारे ससुरश्री के स्नेह और दुलार को याद करके विकल होने लगी। उसे सबसे ज्यादा इस बात का दुःख था कि जिस पौत्र का नाम स्वयं ससुर साहब ने बालकिशन रखा, उसका शादी-विवाह आदि भी नहीं कर पाए और पौत्र भी अपने दादाश्री के संरक्षण और दुलार से वंचित रह गया। ठाकुर दुर्गा प्रसाद तो एकदम सदमे में पिताजी के इतनी जल्दी विछोह से द्रवित हो उठे और अपनी संवेदनाओं को भी ठीक से व्यक्त करने में भी असमर्थ हो उठे। बड़े बुजुर्गों द्वारा विद्वान् मंडली ने समझाया कि जीवन-मृत्यु, सुख-दुःख और हानि-लाभ ईश्वर के अधीन हैं, अतः उस सर्व-शक्तिमान की रचना-प्रणाली में कोई विघ्न नहीं डाल सकता। प्रभु की इच्छानुसार ही मनुष्य को चलना पड़ता है। तुम्हारे ऊपर परिवार और व्यवसाय से जुड़े इतनी सारी जिम्मेदारियों का दायित्व है, अतः तुम्हें बहुत समझदारी और संयम से काम लेना होगा। सभी कर्मचारी और रईया, किसान अपने मालिक को धैर्य बँधाने लगे। पुत्र का पिताश्री के प्रति

प्रगाढ़ सम्मान घबराहट पैदा कर रहा था। पंडित खेमचंद्र ने आखिरी साँस पर 'गाय की पूँछ' पकड़वाकर पुण्य कराया और भूमिहीन तथा गरीब ब्राह्मण को एक मकान दान में दिलवाया। डिबाई कस्बा अकराबाद हीरापुर, रहमापुर आदि गाँवों के ग्रामीण अपने प्रिय जमींदार के अंतिम दर्शनों के लिए उमड़ पड़े। चंदन की लकड़ी और गऊघृत से पुत्र ठाकुर दुर्गा प्रसाद ने पंडित खेमचंद्र के निर्देशन में पूर्ण श्रद्धा और समर्पण से हिंदू रीति-रिवाजों से अंतिम श्रद्धांजलि दी।

सभी की जबान पर आश्चर्य मिश्रित भाव देखे गए। कारण यही रहा कि अचानक ऐसा होने का मतलब भूत-प्रेत, जादू-टोना या किसी ने टोटका करा दिया क्या? प्रश्नों से अपनों में चर्चा का विषय जोरों पर रहा। कुछ महिलाओं ने बताया कि दरवाजे के पास चार बूँदी के लड्डू एक लाल कपड़े में बँधे देखे गए। सुनते-सुनते सरस्वती कुँवर तरह-तरह के भ्रमों में भटकती सुधबुध खो बैठतीं। मुसलिम समाज की मुँहबोली बहनें भी अल्लाह की दुहाई देती जमींदार साहब की प्रशंसा करतीं और सरस्वती आपा को भरोसा रखने की सलाह देतीं। जिस पर बीतती है उसका दुःख वही जान पाता है—रोहिणी बुआ ने बुदबुदाया।

दुर्गा प्रसाद के मुँहबोले चाचा, जो कि अच्छे चित्रकार थे तथा पिताश्री कुंदन सिंह जी के मित्रों में गिने जाते थे, ने अपने मित्र का कैनवास पर चित्र बनाया और अपनी भाभीश्री सरस्वती कुँवर को भेंट किया। सरस्वती कुँवर पतिदेव को हूबहू चित्र में देखकर फूट-फूटकर रो पड़ीं। चित्रकार केशव वर्मा ने उसे मर्दाना खाने में लगवा दिया। सरस्वती कुँवर ने उनकी चित्रकला की अत्यंत प्रशंसा की और उन्हें कश्मीरी शाल भेंटस्वरूप प्रदान किया। पहले तो केशव वर्मा ने लेने से इनकार किया, लेकिन भाभीश्री का हृदयस्पर्शी स्नेह देखकर लेते ही बने।

सरस्वती कुँवर अपने इकलौते पुत्र की मायूसी से विचलित होने लगी। अतः उन्होंने दुर्गा प्रसाद के मानसिक परिवर्तन और प्रसन्नता के लिए अपने भाई बिशंवर नामदेव के पुत्र पुरुषोत्तम नामदेव जो सांख्यिकी विभाग, दिल्ली में हैड क्लर्क थे, को कुछ दिन के लिए डिबाई बुला लिया। पुरुषोत्तम बहुत व्यवहार-कुशल तथा प्रसन्न दिल व्यक्ति थे, उन्होंने आते ही दिल्ली में स्थित अपने विभाग तथा अंग्रेजों की चालाकी के किस्से सुनाने शुरू कर दिए। एक महीना कब निकल गया, पता ही नहीं चला। सरस्वती कुँवर ने अपने भतीजे और पुत्र की आपसी समझ और मेल-मिलाप को देखकर संतोष की साँस

ली। घर में अनेक जिम्मेदारियाँ उठाते-उठाते बहुरानी तुलसा कुँवर और सासू-माँ को दुर्गा प्रसाद के अपने पिताश्री से बिछुड़े गम की सोचने की फुरसत ही न मिली, लेकिन ज्यों ही पुरुषोत्तम अपने घर वापस गए और दुर्गा प्रसाद अकेले रह गए, त्यों ही घर में ठाकुर साहब के बिछुड़ने की यादें ताजा होने लगीं। घर का वरिष्ठ एवं कर्ताधर्ता मालिक अपनी अनुपस्थिति से सभी के दिल में गहरी रिक्तता पैदा करता रहता। सांत्वना देनेवाले नजदीकी, व्यापारिक भाई-बंधु आते, शोक व्यक्त करते और चले जाते। व्यवसाय इतना ज्यादा फैल गया था कि ठाकुर दुर्गा प्रसाद जमींदार को वास्तव में अपने पिताश्री की अनुपस्थिति में उनकी जिम्मेदारियों का एहसास हुआ।

* *

5

वास्तव में ठाकुर कुंदन सिंह का इंतजाम इतना सुचारू और अनुशासित था कि किसी भी बाहर वाले, कारिंदा या कर्मचारी वर्ग की हिम्मत गलती या बेईमानी करने की नहीं होती थी। दूसरी तरफ अपने कामगारों को संतुष्ट रखना भी अपने पिताश्री जसवंत सिंह से बचपन में ही सीख लिया था। इसीलिए कारिंदा व कर्मचारी वर्ग अपने स्वामी के भक्त और जिम्मेदार रहते थे। सरस्वती कुँवर ने अपने पुत्र पर असमय पड़ी इतनी जिम्मेदारी को बाँटने की गरज से पुत्र दुर्गा प्रसाद से प्यार से पूछा, "बेटा दुर्गा! मैं सोचती हूँ कि तुम्हारे हिसाब-किताब की जाँच-पड़ताल में कुछ मदद करने लगूँ। तुम्हें बाहर के कामों में काफी व्यस्त रहना पड़ता है।" जायदाद का फैला विस्तृत जाल, जिसे स्वयं कुंदन सिंह ने अपने परिश्रम और विवेक से बढ़ाया था, अब भी दिन दूनी रात चौगुनी तरक्की कर रहा था।

सुनकर दुर्गा प्रसाद ने पहले तो उचित न सोचकर माताश्री को मना किया, लेकिन उनकी जिद्द व आवश्यकता देखकर, अंदर बही-खातों की जाँच-पड़ताल कर लिया करेंगी, सोचकर सहमति जता दी। नन्हा बालकिशन अपनी बाल-सुलभ क्रियाओं से सबका मन मोहता रहता। दुर्गा प्रसाद घर की देहली पर पैर रखते ही अपने लाड़ले को आवाज लगाते 'किशन'! बालकिशन ठुमक-ठुमक पिताश्री से आकर चिपट जाते और फिर कुछ पल दुनिया को भुलाकर पिता-पुत्र एक हो जाते। माता तुलसा कुँवर भी इस पल में शामिल होकर आनंद उठाती। दादी माँ का तो आँखों का तारा, एक पल भी अलग

न होता। सरस्वती कुँवर अब हिसाब-किताब में अनुभव हासिल करने लगीं। उन्हें अपने पुत्र दुर्गा प्रसाद के ऊपर व्यवसाय के बोझ के अलावा जमींदारी का पूरा काम तथा सभी लगान आदि के मसलों की जिम्मेदारी देखकर फिक्र हो जाती। अत: कोशिश करतीं कि स्वयं बोझ उठा लूँ।

इसी बीच बालकिशन के तीसरे वर्ष में लग जाने के उपलक्ष्य में 'कान-छेदन' कार्यक्रम होना निश्चित हुआ। यह कार्यक्रम उत्सव के रूप में मनाया जाना होता है, परंतु सूक्ष्म तथा सादा स्तर से मनाना तय हुआ। कर्मचारियों को नवीन वस्त्र दिए गए तथा उपहार में गिंदौरा (चीनी की खाँड़ से बनाया गया स्वादिष्ट मोटा गोल पदार्थ) बाँटा गया। पंडित खेमचंद्र ने अपनी उपस्थिति में मंत्रों के उच्चारण के साथ कान पर हल्दी और तेल से निशान लगाया और सुनार ने कान छेद दिया। पहले काले डोरे से सूई द्वारा छेदकर गाँठ मार दी गई। यहाँ यह स्मरणीय रहे कि लड़के कान में 'बाली' पहनते थे। सभी को नेग-दक्षिणा दी गई और एक-एक 'गिंदौरा' सभी में बाँटे गए। 'गिंदौरा' का चलन संभ्रांत परिवारों में ही शुरू हुआ। आनेवालों में ठाकुर दुर्गा प्रसाद के व्यावसायिक संबंधी भी आए। कुछ अंग्रेज अपनी मेमों के साथ तथा हिंदू-मुसलिम भाई-बंधु भी शामिल हुए। इस शुभ अवसर पर तुलसा कुँवर के मायके वाले भी शामिल हुए। वह अपने नाती बालकिशन के लिए वस्त्र, गहने और चाँदी के खिलौने झुनझुना, घोड़ा और चाँदी के गिलास आदि भी लाए। अपने ससुराल वालों के निवेदन पर ठाकुर दुर्गा प्रसाद अपनी पत्नी तुलसा कुँवर और पुत्र बालकिशन के साथ बग्गी में बैठकर ससुराल कुछ दिन रहने गए, यद्यपि उनका मन अपने व्यवसाय और मातृश्री में ही पड़ा रहा।

इधर दुर्गा प्रसाद जमींदार की अनुपस्थिति में कुछ कर्मचारियों ने विदेशियों के बहकावे में आकर और निजी स्वार्थवश कलकत्ता में पहुँचाया माल का कुछ हिस्सा दूसरे व्यापारी को बेच दिया और वास्तविक व्यापारी पर माल कम पहुँचा। उसे भी बीच में की गई चोरी का पता नहीं था, अत: हिसाब होकर जब सिक्के तोले गए तो कम निकले। सरस्वती कुँवर ने इसको जानना चाहा तो बताया गया कि यहीं से माल कम गया। काफी जाँच की गई, लेकिन यह चूना लगाने में सफल हो गए। सरस्वती कुँवर ने पुत्र दुर्गा प्रसाद को उस मामले के संबंध में कुछ न बताया। जब वह ससुराल से लौटे तो धीरे-धीरे सारी वस्तुस्थिति सामने आने लगी। उन्होंने संबंधित दोषी कर्मचारियों को अपने व्यवसाय से निकाल दिया। दुर्गा प्रसाद जमींदार ने अपने पिताश्री की अनुपस्थिति में अपनी माताश्री के सहयोग से सभी कार्य बखूबी

सँभाल लिये। सरस्वती कुँवर उनकी मानसिक शांति के लिए दानपुण्य, ब्राह्मण-भोजन और भजन-कीर्तन आदि कराती रहतीं। दुर्गा प्रसाद को गंगास्नान और वहाँ रुककर मनोरंजन हेतु भोजन आदि करना, पसंद आता, अतः कर्णवास में एक छोटी धर्मशाला बनवाई। कारिंदा मोहन लाल पीपली तथा उनके सहयोगी वजीर बख्श ने मिलकर धर्मशाला के निर्माण का कार्य सुचारू रूप से कराया। धर्मशाला के एक तरफ 'शिवालय' भी निर्मित कराया। यात्रियों ने इस पुण्यमयी कार्य की बहुत प्रशंसा की। दुर्गा प्रसाद ने अपनी माताश्री और पत्नीश्री तुलसा कुँवर के साथ उसके शुभ पदार्पण कार्यक्रम को 'यज्ञ' के साथ शुभारंभ कराया। पुत्र बालकिशन के द्वारा पंडित जगन्नाथ 'करनवास वाले' को वस्त्र दान कराए। नन्हा बालकिशन गंभीरता से सब देखता रहा। भावी कर्णधार के पैर पालने में ही दिखाई दे जाते हैं, कहावत सत्य नजर आई। एक बार पुनः खुशियों से परिवार की समृद्धि अपनी ऊँचाइयों को छूती नजर आई।

सरस्वती कुँवर के सार्वजनिक हो जाने अर्थात् व्यवसाय और जमींदारी के कार्यों में सक्रिय भूमिका निभाने के चलते उनके मुसलिम कामगार 'मुसम्मात' शब्द का संबोधन करने लगे और मुसम्मात सरस्वती कुँवर परिवार की मुखिया बनीं सभी जिम्मेदारियाँ बड़ी दूरदर्शिता से उठाने लगीं। दुकानों-मकानों का किराया समय पर उगाहा जाए तथा कैसे? क्या? जैसे प्रश्नों को विवेकपूर्ण उत्तर के साथ समेटकर अपने पुत्र और पुत्रवधू दोनों की चहेती तो बन ही गई, साथ ही उनके प्रति सभी कर्मचारियों की सोच भी सम्माननीय तथा विनम्र होने लगी। खेत, बागों का किसानों द्वारा लगान सरकार के मालगुजारी विभाग में पहुँचवाना, जैसा कि विदित हो, अंग्रेजों द्वारा भी मुगल-शासन की प्रणाली के अनुसार लगान वसूला जाता रहा। मुसम्मात सरस्वती कुँवर अपने पतिश्री कुंदन सिंह जमींदार के राजनैतिक पहलुओं को चतुराई से अपने पुत्र ठाकुर दुर्गा प्रसाद को परिचित कराती रहतीं। छोटा परिवार अर्थात् भोजन के समय जब सब बैठे होते तो तुलसा कुँवर भी इन बातों में बड़ा रस लेती। नन्हा बालकिशन एक ब्राह्मणी अम्माजी के सान्निध्य में खूब खुश रहता। असलियत में ये वही ब्राह्मणी हैं, जिन्हें ठाकुर कुंदन सिंह द्वारा घर दान में दे दिया गया था। यह अपना समय इस परिवार में पहले से ही भोजन बनाकर व्यतीत करती रही थीं और अब भोजन में मदद भी करतीं तथा बालकिशन का भी ध्यान रखती रहतीं। इनकी एक पोती चार/पाँच वर्ष की भी उनके साथ आ जाती और कुँवर बालकिशन का मन लगा रहता।

बुआ दादी रोहिणी भी इन पर नजर रखतीं और ब्राह्मणी अम्मा से बालकिशन की नजर भी उतरवा देतीं। कई बार ठाकुर दुर्गा प्रसाद तेज गरमी में घोड़े पर खेतों के दौरे पर से वापस आते तो उनकी कुशलक्षेम मनातीं और हँसकर कहतीं, "बेटा, थोड़ा आराम भी कर लिया करो, गरमी का मौसम है, लू चलने लगी हैं, हमें तो तुम्हें देखकर घबराहट होती है।"

ठाकुर दुर्गा प्रसाद मुसकराकर हाथ जोड़कर प्रणाम करते तथा विनम्र भावों से उनकी बातों पर स्वीकृति देते। रोहिणी बुआ खुशी से चहक उठतीं। माताश्री के कोठे की तरफ जाते हुए कनखियों से पत्नीश्री तुलसा कुँवर को देखते। बालकिशन पिताश्री के आते ही गोद में चढ़ जाते और जब तक खूब प्यार न करा लेते, गोद से न उतरते। दादीश्री बलैया लेतीं और महादेव बाबा से मन्नतें माँगतीं। सभी देवी-देवताओं का अनुष्ठान, रामायण, भागवत संपूर्ण पाठ करातीं। यह सब पिछले वर्षों में लगातार पुत्र और पति की मृत्यु से पैदा हुए अवसाद के कारण दु:ख-निवारण हेतु ज्यादा करने लगीं। अपने पुत्र परसादी लाल की मृत्यु-तिथि तथा पतिश्री कुंदन लाल की 13 जुलाई, 1836 की तिथि पर पाँच ब्राह्मण जिमाना (भोजन कराना) और वस्त्र-दक्षिणा देना भी किया करतीं।

इसी दौरान मुसम्मात सरस्वती कुँवर को ठाकुर दुर्गा प्रसाद ने खबर दी कि पत्नी तुलसा कुँवर के मायके में उनके भाई का विवाह है, अत: वहाँ से निमंत्रण आया है और वहाँ जाना होगा। माताश्री ने अपने पुत्र को सहर्ष अनुमति दी और पुत्रवधू तुलसा कुँवर को गहने-कपड़े बताए। दस्तबंद, सीतारामी तथा बसरा के मोतियों का गुलबंद, हाथ-कंगन तथा टीका दिया। खुशी-खुशी दोनों पति-पत्नी माताश्री के चरण स्पर्श कर अपने पुत्र बालकिशन के साथ रेल मार्ग से जाने के लिए स्टेशन तक टमटम से गए। माताश्री व अन्य गृह संबंधी ममताभरी निगाहों से दरवाजे तक विदा करने गए।

एक दिन मुसम्मात सरस्वती कुँवर को रात्रि के आखिरी पहर में बड़ा भयानक स्वप्न दिखाई दिया। दरवाजे के बाहर कोई आवाज देकर कह रहा था कि, सोती ही रहेगी, उठ जा, देख बड़े जोर की आँधी आनेवाली है, दुर्गा प्रसाद कहाँ है? पीर जी महाराज हाथ में गंडा लिये हुए दुर्गा प्रसाद के साथ दिखाई दिए—घबराकर आँखें खुलीं, लेकिन कोई दिखाई नहीं दिया। घबराहट के कारण शरीर पसीना-पसीना हो गया और बुरे-बुरे विचारों से मन परेशान होने लगा। विवाह संपन्न कर दोनों पति-पत्नी और पुत्र बालकिशन घर आ गए। उन्हें कुशल देख मन संतोष भरी प्रसन्नता से अभिभूत हो गया। ईश्वर

को कोटिशः धन्यवाद दिया। सरस्वती कुँवर जब-तब स्वप्न के बारे में सोचकर घबरा उठतीं और उसके कानों में वही शब्द गूँजते, "सोती रहेगी, बड़े जोर की आँधी आनेवाली है।" उनका मन नहीं माना और उन्होंने पुत्रवधू तुलसा कुँवर को स्वप्न के बारे में सुनाया। सुनकर तुलसा कुँवर भी घबरा गई। गहरी साँस लेकर उन्होंने सासू-माँ से पूछा कि क्या हो सकता है, आँधी आने का मतलब। सरस्वती कुँवर मन की व्यथा को जानते हुए भी छुपा गईं। बोली, महादेव बाबा सब कुशल करेंगे।

इन्हीं दिनों ठाकुर दुर्गा प्रसाद को 'नील' के व्यापार में घाटा होने लगा। वास्तविकता और ही थी कि कुछ बेईमानों की चालों से यह घाटा किया जा रहा था। यहाँ से माल पूरा जाता, लेकिन व्यापारी के पास कम पहुँचता और इस प्रकार घाटा ठाकुर साहब को भरना पड़ता। माताश्री से दुर्गा प्रसाद ने सलाह की तो उनकी यह राय हुई कि असलियत का पता लगाने के लिए वजीर बख्स को कलकत्ता भेजो, जो सब बातें व्यापारी से पता लगाकर लाएँ। और जब असलियत सामने आई तो वह कुछ और ही निकली। अंग्रेजी हुकूमत के कुछ अफसर कुछ अन्य व्यापारियों से मिल गए थे, जो उन्हें घूस खिला रहे थे अतः उन्होंने उनके साथ साँठ-गाँठ करके हमारे माल में कमी निकालनी शुरू कर दी और यह सोचकर कि लगातार घाटा उठाने पर व्यवसाय ठप्प हो जाएगा और हारकर अपने आप बंद करेंगे। इससे उन व्यवसायियों को मौका मिल जाएगा, जो रिश्वत देकर मुनाफा ज्यादा कमाने को तैयार हैं। वही हुआ और बहुत सोच-विचार तथा अपने संबंधित लोगों से सुझाव लेकर नील का व्यापार अर्थात् खेती पर रोक लगा दी तथा जितना माल बचा था, उसका लदान करा दिया गया। इस कदम से ठाकुर दुर्गा प्रसाद को मानसिक आघात भी लगा, क्योंकि बाप-दादा द्वारा चलाया गया पुराना व्यवसाय बंद करना पड़ा। उनके कुछ मित्रों ने यह भी सुझाव दिया कि मत बंद करो और कोर्ट-केस कर दो, परंतु उन्हें मालूम था कि अंग्रेज किसी-न-किसी तरह केस अपने पक्ष में कर लेंगे और पैसा-खर्चा व्यर्थ फुँक जाएगा, अतः सुरक्षित उपाय यही है कि नील का उत्पादन बंद कराकर कपास आदि का किया जाए, जिससे कच्चा माल इंग्लैंड भेज दिया जाएगा और उससे अच्छा फायदा होता रहेगा। मुसम्मात सरस्वती कुँवर भी यह सोचकर कि पुत्र को जो सही लग रहा है, वही ठीक है अन्यथा आंतरिक कष्ट तो उन्हें भी हुआ कि जो व्यवसाय पतिश्री के जीवनकाल में प्रतिष्ठा और यश प्रदान करता रहा, उसका ये हश्र हो जाए।

सरस्वती कुँवर के दिमाग से वो स्वप्न भूले नहीं भूलता जो भोर-बेला में मन को विचलित कर गया था। वह तरह-तरह के अभिप्रायों से जोड़कर स्वप्न का विश्लेषण करतीं। कभी नकारात्मक और कभी सकारात्मक। अंत में प्रभु से प्रार्थना करतीं, अपने मन को धिक्कारतीं कि बेवजह बुरे विचार जल्दी आते हैं और उसी का कारण है कि 'नील' का व्यापार समाप्त कर आर्थिक नुकसान उठाना पड़ा। खैर आर्थिक हानि तो जीवन का हिस्सा है। परिवार के प्रत्येक सदस्य खुश रहें, बस यही कामना है। मेरे पुत्र और पौत्र सब शतायु हों! महादेव बाबा रक्षा करें! देवी दुर्गा अपनी अष्ट भुजाओं से शक्ति प्रदान करें! कुशलक्षेम मनाती सरस्वती कुँवर मर्दानी बैठक की तरफ तेज कदमों से जाती और पुत्र को कारिंदा मोहन लाल तथा सहयोगी कारिंदा वजीर बख्स के साथ बहीखातों में व्यस्त देखकर लौट आतीं। आगंतुकों का भी आना-जाना लगा रहता। दुर्गा प्रसाद जमींदार की निगाह पड़ जाती तो हँसकर इशारे से पूछ बैठते, "माताश्री! मुझसे कोई काम था क्या ? अंदर आऊँ।" सुनकर, असलियत छुपाने की गरज से कहतीं, "कुछ नहीं दुर्गा, बालकिशन नहीं दिखाई दे रहा था, अत: उसे ही देख रही थी।"

तुलसा कुँवर ने जब से सासू-माँ द्वारा सुनाए स्वप्न के बारे में सुना, तभी से उन्हें लगा कि नील का व्यापार बंद होना तथा आर्थिक हानि इसी कारण हुआ है। अत: हनुमान् बाबा की भक्तिन तुलसा कुँवर ने तुलसीदास कृत 'सुंदरकांड' का पाठ करने का संकल्प लिया। पतिश्री की स्वस्थता के लिए विपरीत गृह हों तो अनुकूल हो जाएँ। उन्हें सुंदरकांड पर बहुत विश्वास रहता, कारण उनकी माताश्री भी इसका पाठ अपनी मनोकामना पूर्ण हो जाने के लिए किया करती थीं। उनके स्वयं के रिश्ते के लिए भी पिताश्री ने माताश्री के इस सफल पाठ को करने की सलाह दी थी और इसी के कारण ठाकुर दुर्गा प्रसाद जैसे पति प्राप्त हुए। मन-ही-मन आह्लादित तुलसा कुँवर प्रसन्न हो उठीं। लगातार चालीस दिन बिना विघ्न सुंदरकांड का पाठ करूँगी, क्योंकि यह अमोघ बाण है, जो कभी असफल नहीं होता। सुंदरकांड का पाठ करते उन्हें बत्तीस दिन हो गए, मासिक धर्म के समय भी उन्होंने पाठ करना नहीं छोड़ा, यद्यपि मासिक धर्म पर वह मंदिर नहीं जातीं, न ही पूजा करतीं, परंतु संकल्प हितार्थ वह सुंदरकांड पढ़ती रहीं। उनके इस संकल्प की सुनकर एक दिन ठाकुर साहब भी हँसते हुए बोले, "बड़ा कठिन तप कर रही हो, लेकिन चालीस दिन का क्या पता, उनतालीस दिन पूरे हो जाएँ और चालीसवाँ न हो।" तुलसा कुँवर उनकी प्रतिक्रिया सुनकर बहुत नाराज

हुईं कि "तुम सदैव नकारात्मक विचारों में विश्वास करते हो"–कहकर आँखों में आँसू भर लाईं।

ठाकुर दुर्गा प्रसाद ठहाका मारकर हँसे और बोले, 'माताश्री आपने इनकी बातें सुनीं। छोटी सी बात पर नाराज हो गईं। मैंने तो मजाक में ऐसा कहा था'।

सरस्वती कुँवर ने पुत्रवधू को समझाया कि, "बहू रानी, तप में बहुत बल है। ईश्वर तुम्हारी मनोकामना पूर्ण करेंगे। तुम दुर्गा की बातों पर ध्यान मत दो।"

बात आई-गई हो गई।

प्रतिदिन की भाँति ठाकुर दुर्गा प्रसाद बाग-बगीचों का दौरा करके सायं के समय अपने कारिंदा के साथ घोड़े पर आए तो कारिंदा को दूसरे दिन का काम-धाम समझाकर अपने घर जाने को कह दिया और स्वयं कपड़े बदलकर अंदर आए। पत्नी तुलसा कुँवर ने शरबत आदि दिया तो पहले तो कहने लगे, आज कुछ मन नासाज है, पता नहीं, कुछ पेट भी गड़बड़ है। पत्नी ने कहा, "लेट लीजिए, तब कुछ भोजन कर लेना।"

ठाकुर दुर्गा दास आँगन में पड़ी चारपाई पर लेट गए। थोड़ी ही देर बाद उन्हें मितली (उलटी) आने लगीं और जी घबराने लगा। सरस्वती कुँवर ने देखा तो सीना सहलाया और तुलसा कुँवर से 'अमृत धारा' देने को कहा। देखते-देखते दो बार उलटी आ गई और घबराहट बहुत होने लगी। 'अमृत धारा' दी गई, लेकिन कोई खास अंतर नहीं आया। वैद्यजी को लेने घरेलू नौकर घनश्याम को भेजा। उन्होंने आकर नब्ज आदि देखी और बदहजमी तथा बुखार बताया। कुछ पुड़िया गरम पानी से देने को कहा और एक पुड़िया शहद से खाने को दी। पुड़िया खाकर कुछ चैन पड़ा और दुर्गा प्रसाद को नींद आ गई। रात्रि-भोजन भी नहीं किया और कुछ चैन मिला तो 'बालकिशन' को पुकारा। तुलसा कुँवर ने बताया कि वह सो गया है।

माताश्री सरस्वती कुँवर पुत्र दुर्गा प्रसाद की तबीयत की तरफ से बहुत घबराई तो तुलसा कुँवर ने समझाया कि माताश्री चिंता न करिए, वैद्यजी दवाई दे गए हैं, नींद आ गई है।

प्रातः प्रतिदिन की भाँति सरस्वती कुँवर उठकर अपने नित्य कर्मों में लग गईं। पौत्र बालकिशन अपनी माताश्री के पास से उठकर दादीश्री के पास आ गया तो सरस्वती कुँवर ने बहू रानी को आवाज दी, जिन्हें नींद आ गई थी। पुनः आवाज दी तो वह हड़बड़ाकर उठी और सासू-माँ की आवाज पर कोठे से बाहर आईं तो उन्हें देखकर सासू-माँ ने अपने पुत्र का हाल पूछा, "दुर्गा

की अब तबीयत कैसी है?"

तुलसा कुँवर ने बताया, "माताश्री! रात्रि में दो बार उठे और मितली आई, निरा पानी निकला, वैसे ठीक हैं।"

सरस्वती कुँवर की जान में जान आई और वह पुत्र को देखने पहुँच गईं। देखा कि दुर्गा अभी भी सोए हुए हैं। अतः आवाज दी, बेटा 'दुर्गा' कैसे हो? उठ जाओ, थोड़ा दूध ले लो–कहती चेहरे की तरफ देखती हुई भयमिश्रित स्थिति में निहारने लगीं। उन्हें बहुत अजीब सा लगा तो फिर तेज स्वर में बोली, दुर्गा, बेटा दुर्गा और कोई उत्तर और हलचल न देखकर पुत्र को झकझोरा। उनके यह देखकर होश उड़ गए कि पुत्र बेहोश है। तुरंत पानी की बूँदें छिड़कीं और वैद्यजी को बुलवाया। कोहराम मच गया। एक-एक कर कामगर, आस-पड़ोसी, कारिंदा सब जुड़ गए। किसी का कोई बस, इलाज और टोटका न चला। मुँह से झाग और गरदन टेढ़ी हो गई। तुलसा कुँवर होश-हवास खो बैठी। उन्हें कुछ नहीं सूझा। क्या हुआ? कैसे हुआ? कहकर बेहोश हो गईं।

22 वर्ष का जवान पट्ठा, होनहार, घर का दीपक, विलक्षण प्रतिभा का धनी, लंबा-चौड़ा जमींदार, परिवार को बिलखता छोड़कर चला गया। सन् 1838 अर्थात् केवल दो वर्ष में दोनों बाप-बेटे सारी संपदा छोड़कर चले गए। जिसने सुना, जिसने देखा 'हाय' करने लगा। गाँव-गाँव से किसान अपने प्रिय जमींदार को देखने दौड़ पड़े। जिसने सुना रुक नहीं पाया। तीन वर्ष का अबोध बालकिशन बेखबर अपने प्रिय पिता के सान्निध्य से विमुख दूर उदास खड़ा देखता रहा। बच्चे को देखकर लोगों की आँखों में आँसू आ रहे थे। पुत्रवधू तुलसा कुँवर चार/पाँच साल का विवाहित जीवन जीकर विधवा हो गई। बागों की हवा, गरम लू, कार्य की थकान, पिताश्री का विछोह, जिम्मेदारी का भार, नील व्यापार बंद, क्या ये सब ही मेरे पुत्र की मौत के कारण हैं–सोच-सोचकर अधीर माताश्री को प्रश्नों के गम ने घेर लिया। अधीर-बेसुध होश में आती और फिर गिर पड़ती। आस-पड़ोसियों ने स्थिति की गंभीरता देखते हुए निर्जीव शरीर को जमीन पर उतारा। हिंदू-परंपरा के अनुसार धूपबत्ती जलाकर रखी गई। बिलखती दोनों स्त्रियों को सांत्वना देती स्त्रियाँ भी चीख-चीखकर रोने लगतीं। रोहिणी बुआ विरह की इस अप्रत्याशित घड़ी का सामना करने में अपने को विवश पाने लगीं। शोकाकुल परिवार अनिश्चितता की घड़ियों में घिरा धीर धरने में असमर्थ था। शुभचिंतकों ने विरह की इस घड़ी को सांत्वना और ईश्वर-इच्छा का नाम देकर हिम्मत और संयम बनाए रखने के

लिए अनेक प्रयास किए, परंतु...।

पत्नी तुलसा कुँवर अश्रुविहीन शुष्क नेत्रों से पति ठाकुर दुर्गा प्रसाद के निढाल संवेदनशून्य मुखड़े को एकटक देखती रही। किसी मुँहबोली सखी ने उसे रुलाने की कोशिश की, लेकिन व्यर्थ हो गई। हृदय पर पत्थर रख माताश्री सरस्वती कुँवर पुत्रवधू का ऐसा रूप देखकर किंकर्तव्यविमूढ़ हो गई। काटो तो खून नहीं, शरीर क्रियाहीन हो गया। उपस्थित शुभचिंतकों ने ऐसी दशा देखकर भावी दुष्परिणाम की कल्पना से भय और चिंता प्रकट की, परंतु बुआश्री रोहिणी ने सभी को इन परिस्थितियों से विचलित न होने का संकेत दिया और समझाया कि हृदय-आघात मस्तिष्क की क्रियाओं को शिथिल कर देता है, अत: सदमे को झेलने में ऐसा होना बड़ा स्वाभाविक है। बुजुर्ग महिला की बातों पर सभी ने विश्वास भरा धैर्य दिखाया। हृदय पर पत्थर रखकर माताश्री सरस्वती कुँवर ने हिंदू-परंपराओं के अनुसार सभी आवश्यक कार्य अंतिम संस्कार में कराए। आँखों में अश्रुओं का बहता सागर उनके शारीरिक अवयवों को निढाल करता और फिर कर्तव्य की प्राथमिकता विधि के क्रूर निर्णय पर आगे बढ़ती जातीं। जो कार्य पुत्र को करना चाहिए था, वह माता कर रही थी । नन्हा बालक बालकिशन पिताश्री की अरथी पर हाथ लगाता, उन्हें आखिरी विदाई देने के लिए अग्नि को समर्पित कर रहा था । सभी की आँखों में अश्रु छलछला रहे थे। किसी की समझ में नहीं आ रहा था कि इतना निर्मम बदला ईश्वर ने क्यों लिया है? किन पापों का भोग है? इतनी कठोर परिस्थिति का सामना यह अपरिपक्व परिवार किस प्रकार करेगा? जैसे प्रश्नों से करीब-करीब सभी उपस्थित समाज अनिर्णय के वातावरण में भटकने लगा।

सवा महीने तक अर्थात् चालीस दिन तक दीपक-ज्योति तथा गऊ-भोजन के साथ परिवार शोक-सागर में डूबा गृह-स्वामी के प्रति अपनी श्रद्धांजलि देता रहा। मृत्युंजय-मंत्र का पाठ तथा गरुड़-पुराण प्रवचन कथा पंडितजी द्वारा बँचवाई गई। अनेक दान-पुण्यों से निराश्रितों तथा जरूरतमंदों की सहायता की गई। स्वामीभक्त कारिंदा मोहम्मद जुबेर और ब्राह्मणी देवी ने पूर्ण वफादारी से इस असहनीय आघात से बाहर निकलने के लिए परिवार को सांत्वना और देखभाल से अपनी आत्मीयता का परिचय दिया। व्यवसाय की सुरक्षा और साज-सँभाल का सभी कार्य इस दौरान पूर्ण निष्ठा और योजनाबद्ध तरीके से किया।

स्वर्गीय ठाकुर दुर्गा प्रसाद की स्मृतियों से विक्षुब्ध पत्नी श्री तुलसा कुँवर

एकांत में तड़पती और अश्रुओं से अपने तन-मन की अग्नि शांत करती पति का विछोह भुला न पाती। नन्हे बालकिशन में अपने पति की छवि निहारती और बच्चे को बाँहों में भरकर सीने से लगा सिसक उठती। उधर मातृश्री सरस्वती कुँवर कभी अपने जवान पुत्र की मृत्यु और कभी अपने पतिश्री के विछोह में उद्विग्न परिवार की बड़ी जिम्मेदारी का खयाल करते अपने आँसुओं को अंदर ही पी जाती। उन्हें मालूम है कि आँसुओं से उत्पन्न ममता और तड़प जिम्मेदारी के उस कठोर अवसर पर परिवार की स्थिरता के लिए खतरा बन सकती है। चारों तरफ उसके रिश्तेदारों की बाड़ उसकी कमजोरी का फायदा उठाने के लिए तैयार बैठी है। जवान पुत्रवधू को संवेदनात्मक गुमराहों में फँसाकर कुछ अपने ही 'खास' कहे जानेवाले लोग गलतफहमियाँ पैदा करने में नहीं चूक रहे। जमींदारी का फैला विस्तार और कुंदन की सराय, दुर्गा चौक आदि रिहायसी मोहल्ले तथा व्यावसायिक बाजारों से आनेवाली आमदनी को हड़पने के इरादों से कारिंदा और किसानों को भ्रमित करना तथा रौब-दौब दिखाना नजदीकी बंधुओं का काम शुरू हो गया। कारिंदा जुबेर की वफादारी रही कि उन्होंने अपनी मालकिन सरस्वती कुँवर को इस रहस्य से अवगत कराया।

"मुसम्मात सरस्वती कुँवरजी, आपको अपनी जायदाद की साज-सँभाल के लिए मर्दाना रुख अपनाना होगा, क्योंकि थोड़े में ज्यादा न कहकर समय की गंभीरता को समझना होगा।"

सरस्वती कुँवर समझ गईं कि कारिंदा मियाँ ने परिस्थिति की नजाकत को भाँपकर ही इतना सब कहा है, वरना पहले तो वह उनसे कभी बोलते भी न थे और वह भी परदा किया करती थीं। सरस्वती कुँवर ने दिल पक्का किया और मरदानी बैठक में सफेद चादर (उस जमाने में परदानसीन तथा मर्यादा का प्रतीक) ओढ़कर कारिंदाजी के साथ हिसाब-किताब समझने और समझाने लगीं। वैश्य परिवार और जमींदार खानदान की लंबे कद की सरस्वती कुँवर ने अपनी अधेड़ उम्र का फायदा उठाते ही शीघ्र ही सब कार्य रोब-दाब के साथ करना शुरू कर दिया। जिसने सुना, विश्वास न कर पाया और कानों पर हाथ लगा आश्चर्य से विस्मृत रह गया। कुछ ने व्यंग्य कसा, कुछ ने कटाक्ष और कुछ ने प्रशंसा में 'साहसी व समझदार महिला' का खिताब दिया। कुंदन सिंह के परम हितैषी वकील श्री विशंभर सहाय ने उनकी मदद की और उनके नाम की संपत्ति रजिस्टरों में चढ़वाना शुरू कर दिया। उन दिनों स्त्रियों को संपत्ति में हक नहीं मिलता था, लेकिन भरण-पोषण तथा अवयस्क वारिस बालकिशन के हक को देखते हुए संरक्षक की हैसियत से यह

विधि-नियम था। ठाकुर कुंदन सिंहजी जमींदार ने अपने जीवन में एक गाँव की भूमि खरीदी, जो आबादी रहित थी, उसे बाद में चमारों और लोधी को लगान पर दे दिया और आबादी भी बसा दी। इसका नाम 'रहमापुर' किया, क्योंकि यह शेख रहमत से खरीदी थी। ऐसे ही एक गाँव उनके एक पूर्वज, जो ख्वाजा रूप सिंह के दादाश्री थे, नाम था गैलचंद्र, उनके नाम पर 'घुसराना गैल' नामक ग्राम बना था। कुछ जमीन लेकर 'गालिब मियाँ' से, उसे 'गालिबपुर' नामक ग्राम बना दिया। इन सबका लगान कुछ माफ कर दिया, कुछ वसूला जाता रहा। 'घुसराना गैल' चूँकि बुहत पुराना था अत: 'हैसियत देही' से पता लगा कि 1077H में इसमें निर्माण हुए और फिर पहले कानूनगो गोवर्धनदास के हिस्से में आया और बाद में ठाकुर कुंदन सिंह जमींदार कानूनगो के हिस्से में आया।

परिवार के भविष्य को ध्यान में रखते हुए सरस्वती कुँवर को अब पुत्रवधू को तैयार करने की आवश्यकता दिखाई दी, जिससे पौत्र बालकिशन का पालन-पोषण तथा व्यवसाय का रख-रखाव आदि करने का अभ्यास सीख सकें। उन्होंने इसकी जिम्मेदारी के लिए बहुत चतुराई से बातों-बातों में ही जमींदारी के विभिन्न मसलों पर बात करते समय ही कार्यप्रणाली की जानकारी देनी शुरू कर दी। इससे धीरे-धीरे ऐसा असर हुआ कि तुलसा कुँवर का मन पति-विछोह से कम होता, व्यावसायिक जानकारियों में रुचि लेने लगा।

पौत्र बालकिशन पाँच वर्ष के हुए तो उन्हें 'तख्ती-पूजन' कराकर गुरु संपूर्णानंदजी के शिक्षा केंद्र पर संस्कृत और देवनागरी भाषा के ज्ञान के लिए भेजा गया। इसके लिए उन्हें विशेष गुरु-दक्षिणा दी गई और वस्त्र-भोजन भी दिए गए। दूसरी तरफ अरबी और फारसी के लिए मौलवी साहब लगा दिए गए । ठाकुर दुर्गा प्रसाद के अंग्रेज मित्र सर रॉबर्ट कभी-कभी बालक किशन को अपने घर बुलाते और अपने बच्चों के साथ इंग्लिश भाषा की जानकारी करा देते। सर रॉबर्ट असलियत में मेरठ में रहते थे, लेकिन इधर भी दौरे पर आते रहते थे और उन्होंने यहाँ गेस्ट हाउस में अपना घर भी बना रखा था। जब आते तो परिवार सहित आते और मित्रतावश बालकिशन को भी बुलवा लेते। कभी-कभी उनकी पत्नी ग्लोरिया घर भी आतीं। ग्लोरिया और रॉबर्ट को हिंदी भाषा का कामचलाऊ ज्ञान था, जिससे वह एक-दूसरे से विचार प्रकट करने में दिक्कत महसूस नहीं करते थे। उन्हें भारतीय भोजन का शौक था, अत: माताश्री सरस्वती कुँवर अपने हाथों से उनके लिए विशेष पकवान बनातीं।

देखते-देखते बालकिशन बड़े होने लगे और दादीश्री और माताश्री दोनों

उनकी सुरक्षा का ध्यान रखते हुए फूँक-फूँककर कदम उठातीं। सरस्वती कुँवर जब-तब बग्घी या घोड़ा इक्का से अपने खेतों आदि पर कारिंदों के साथ तथा अपने घरेलू विश्वास पात्र नौकर को साथ लेकर जाने लगी। वह चादर ओढ़कर तथा पूरी पारिवारिक मर्यादा का पालन करते हुए जाती और कभी-कभी बालकिशन पौत्र को भी ले जातीं और नन्हे पौत्र को जमीन-जायदाद के बारे में बतातीं। जमींदारी का रुतबा हिंदू परंपराओं और मुगल साम्राज्य से प्रभावित रीति-रिवाजों पर अपना पूरा वर्चस्व रखकर महिलाओं को उनके अनुसार चलने को बाध्य करता रहा, अतः सरस्वती कुँवर का परिवार भी उनका पूरा-पूरा पालन करता। वह अंग्रेजी शासन के आने के बावजूद उनकी मेमों की तरह नंगे सिर या कम वस्त्र पहनकर समाज के बीच नहीं आ सकती थीं। यद्यपि तुलसा कुँवर शहर की बेटी होने के नाते अपने को स्वतंत्र रहने के लिए अकसर तड़पती, परंतु ससुराल की मान-मर्यादा उनके स्वतंत्र विचारों के आड़े आ जातीं। चतुर और खुले विचारों की होने के बावजूद तुलसा कुँवर अपनी सासू-माँ के आदेशों को सम्मानपूर्वक पूरा करतीं। पुत्र बालकिशन भी अपनी माताश्री और दादीश्री के लाड़ले होने के बावजूद आज्ञाकारी तथा बुद्धिमानी का परिचय देते हैं। अब उन्हें यह अच्छी तरह समझ में आने लगा है कि उन्हें ही सब कार्य सँभालना है। वह अपनी दोनों माताओं से बड़े गर्व से कह भी देते हैं कि थोड़ा बड़ा और हो जाऊँ आप दोनों का सब बोझ उठा लुँगा। बलैंया लेकर दोनों माताएँ दुलार से प्रफुल्लित हो उठती हैं और ईश्वर को मनाने लगती हैं। तुलसा कुँवर भी अपनी सासू-माँ सरस्वती कुँवर जमींदारनी (किसान उन्हें इसी नाम से पुकारते हैं और मुसलिम रईया 'मुसम्मात' जमींदारनी कहकर पुकारते हैं) के बताए मार्ग पर चलने का दृढ़संकल्प कर चुकीं हैं, क्योंकि उन्हें अच्छी तरह समझ आ गई है कि जब तक पुत्र बालिग और योग्य होता है, तब तक व्यवसाय, धन-संपत्ति, जमीन-जायदाद और अपनी और अपने प्रतिष्ठित परिवार की प्रतिष्ठा बचाए रखने के लिए एक-एक कदम फूँक-फूँककर रखना होगा। सबसे ज्यादा खतरा तो अपने नजदीकियों की धोखेभरी चालों से है, जो जब भी मिलते हैं, घबराहट और बहकानेवाली बातें करते हैं। ऊपर से गद्दारों और विदेशियों का भय बना रहता है कि कहीं किसी गलत मामले में फँसाकर मुकदमा न डलवा दें। बस अब तो उस दिन का इंतजार है कि बालकिशन मिडिल पास कर लें और उसका विवाह संबंध कर लिया जाए।

6

बालकिशन अत्यंत कुशाग्र बुद्धि के हैं। अपनी उम्र चौदह में प्रवेश कर गए हैं और कारिंदा जुबेर खाँ के साथ हिसाब-किताब में प्रवीण तथा चतुर हैं। दादी-माँ की प्रबुद्धता और तुलसा कुँवर की संयमता का बेजोड़ नमूना है। उन्हें अपना सबक पता है कि समझ-बूझकर ही दुनिया को जीता जाता है, वरना 'कमजोर व्यक्ति के हजार दुश्मन' और 'गिरते में सबने ठोकर मारी है'। समय मनुष्य को सबकुछ सिखा देता है। समय ने सदैव उन्हीं का साथ दिया है, जिन्होंने समय का मूल्य पहचाना है। देश में अंग्रेजों का छाया आधिपत्य और मुसलिम बादशाहों, वजीरों और नवाबों का ऐयाशी भरा जीवन हिंदुत्व के अस्तित्व के लिए डायनासोरी मुँह फैलाए खड़ा है। बालकिशन लंबे-चौड़े कद के खूबसूरत नौजवान हो गए हैं। पिताश्री की कमी कभी-कभी उन्हें बहुत खलती है, क्योंकि पिता का प्यार और संरक्षण कहीं-न-कहीं उनके दिल में टीस बनकर दर्द कर जाता है। उधर उनके रिश्ते के लिए पुत्रियों के पिता नाते रिश्तेदारों के माध्यम से समृद्ध और नामी परिवार के होनहार पुत्र से रिश्ता करने हेतु संदेश भेजकर विचार ले रहे हैं। अच्छे संभ्रांत परिवार की बेटियों के रिश्ते आ रहे हैं। मुसम्मात सरस्वती कुँवर तथा तुलसा कुँवर चाहती हैं कि ऐसे परिवार का रिश्ता लें, जहाँ शिक्षित तथा शालीन लोग हों। अतः उन्होंने इसके लिए अपने पति के परम मित्र श्री मनमोहन गर्ग का प्रस्ताव जो उनकी पौत्री रुक्मणी देवी का है, पसंद किया। जाना-पहचाना परिवार तथा उनका पुत्र बदायूँ में नगरपालिका में सेक्रेटरी पद पर नियुक्त है और उनके दो पुत्र और एक पुत्री अर्थात् रुक्मणी है। श्री मनमोहन गर्ग प्राइमरी स्कूल में हैड मास्टर थे और अंग्रेजी के अध्यापक भी रहे। श्री कुंदन सिंह जमींदार के पास उठना-बैठना था, अतः मित्रता भी मानते थे। अच्छा परिवार देखकर मुसम्मात सरस्वती कुँवर ने 'हाँ' कर दी। रुक्मणी देवी एक सुलझे और शिक्षित परिवार की सुसंस्कृत व सीधी लड़की है। पाँचवीं पास की है और गृहकार्यों में दक्षता के साथ-साथ रामायण पाठ भी करती है। सब तरह से योग्य देखकर माताश्री मुसम्मात तुलसा कुँवर ने भी अपनी सासू-माँ की पसंद को स्वीकृति प्रदान की। शुभ समय और लगन बाँचकर पंडितजी ने 'मँगनी' और 'ग़ोदभराई' शोध दी। हर्ष और उल्लास के बीच रस्मो-रिवाज से बालकिशन जमींदार का रिश्ता रुक्मणी देवी के साथ जोड़ दिया गया।

विवाह तिथि भी नजदीक की रख दी गई। सभी प्रेमीजनों में लड्डुओं का वितरण किया गया। भगवान् शिव-पार्वती को भेंट चढ़ाई तथा पीरजी को भी चिरागी तथा भेंट भेजी। रोहिणी बुआश्री के निर्देशानुसार परिवार की दीर्घ सुख-समृद्धि के लिए ब्राह्मणों को वस्त्र तथा कन्याओं को चुनरी भी भेंटस्वरूप दी गईं। दूसरी तरफ दादाश्री मनमोहन गर्ग ने अपनी पौत्री के 'मँगनी' अवसर पर सभी वरपक्ष के गण्यमान्य व्यक्तियों को वस्त्र आभूषण यथायोग्य अपनी रुचि तथा स्थिति अनुसार दिए। सभी को स्वादिष्ट और रुचिकर भोज्य-पदार्थों से भी स्वागत किया। मुसम्मात सरस्वती कुँवर और तुलसा कुँवर ने अपने प्रियजनों के साथ यह सब कार्यक्रम संपन्न किया। वधु को जेवरात और आभूषणों से प्रसन्न किया और रुक्मणी देवी के भाइयों को कीमती वस्त्रों से सम्मानित किया।

रुक्मणी ने, 15 वर्ष की अत्यंत आकांक्षी स्वभाव की होशियार लड़की होने के कारण सभी को अपनी बातों से प्रभावित किया। विवाह की खुशी मन में सँजोए अपनी जिम्मेदारियों का एहसास भी समझने लगी। उनकी माताश्री ने समझाया कि ससुराल में ससुर और दादा ससुर का अंतकाल हो जाने से उत्पन्न रिक्तता से सासूमाँ और दादीसासू-माँ की संवेदनाओं को समझकर उनकी खुशी के अनुसार चलना होगा, जिससे उनकी नजरों में एक कुशल वधू साबित हो जाओ। साथ ही पतिश्री एकमात्र संतान होने के कारण जिम्मेदारियों के बोझ से घिरे रहेंगे, ऐसे में मधुर व्यवहार और सहायक साथी का साथ उन्हें बल और प्रसन्नता से रसासिक्त कर देगा। कमला रानी माताश्री के कुशल निर्देशन से रुक्मणी देवी माताश्री से लिपट गई और फूट-फूटकर रो पड़ी। माता भी अपने को रोक नहीं पाई और विरह की भावी कल्पना से दोनों सिहर उठीं। परिवार के अन्यजन पिताश्री और प्रिय भाई भी अपनी इकलौती बहन के बिछुड़ने की संभावना से द्रवित हो उठे। विवाह के नजदीक होने के कारण सभी को इंतजाम की चिंता है अतः जोर-शोर से दोनों पक्ष जुटने लगे। 'लगुन' लिखवाकर 'पीली चिट्ठी' पुरोहितजी के द्वारा भेजी गई और पीली चिट्ठी के साथ ही 'शगुन और संगीत' का मनभावन उत्सव मनाया जाने लगा। ढोलक की मधुर धुन पर 'सीताराम' विवाह गीत और 'बर्ना-बर्नी' के गानों की धुनें गूँजने लगीं। नाइन अम्मा कुलवंती मोहल्ले में बुलावा दे आई और ग्यारह दिन तक मधुर स्वरों में कोकिल-बयनी नवयौवनाएँ तथा चतुर अनुभवी महिलाएँ विवाह आनंद भरे गीतों से वर-वधू को आशीर्वाद देती रहती। प्रतिदिन सभी शोणिताओं को मिष्टान्न देकर विदा

किया जाता। नगर में यह विवाह चर्चा का विषय होने लगा। 'डिबाई' कौल सूबा अकराबाद का विशाल भूखंड इस परिवार के आधिपत्य में था, अतः पाँच हजार की आबादी के बीच यह परिवार अपने वैभव के लिए जाना-पहचाना नाम है। विभिन्न जातियों, धर्मों के लोग इस क्षेत्र के निवासी हैं और इस परिवार के रईया, कुम्हार, हरिजन और अन्य जातियाँ किराएदारी पर हैं। किराएदार होने के नाते अपने मालिक की खैर-खबर तथा वफादारी करने में समर्पित हैं। जब से बड़े जमींदार ठाकुर कुंदन सिंह कानूनगो तथा छोटे कुँवर ठाकुर दुर्गा प्रसाद जमींदार स्वर्ग सिधारे हैं, तब से तो उनकी विशेष संवेदनाएँ तथा सहानुभूति बढ़ गई हैं। इस विवाह से उल्लसित अधिकतर शुभचिंतक अपने नव जमींदार ठाकुर बालकिशन की लंबी उम्र तथा स्वस्थ जीवन की कामना कर रहे हैं। जुलाहे कंबल (भेड़ों के), कुम्हार मिट्टी के बरतन और किसान साग-सब्जियाँ उपहारस्वरूप लाकर मुसम्मात सरस्वती कुँवर को भेंट कर रहे हैं। मुसम्मात सरस्वती कुँवर ने भी मिट्टी की हाँड़ियाँ बनवाई हैं, जिनमें मोतीचूर के लड्डू भरकर प्रत्येक शुभचिंतक को दिए जाएँगे। विवाह की सौगात में मिष्टान्न का विशेष स्थान है।

मनमोहन गर्ग ने पौत्री का विवाह अपने पैतृक गाँव 'बबराला' से करना निश्चित किया है अतः बारात पाँच दिन के लिए वहाँ पहुँच गई है। सभी बारातियों की खातिर-तवज्जो अपने पूरे जोर पर है। मिट्टी की प्लेटों में नौ-नौ मिठाइयाँ (लड्डू, बालूशाही, बरफी, पेड़ा, कलाकंद, गुजिया, मठरी, शकरपारे और रबड़ी गोला) हैं। प्रातः कलेऊ और फिर भोजन में विभिन्न स्वादिष्ट षट्रस भोज्य-पदार्थ प्रेमपूर्वक परसे गए और बारातियों ने उनकी भूरि-भूरि प्रशंसा करते हुए उत्सव का आनंद उठाया। वधू-पक्ष ने उनके ठहरने का विधिवत् इंतजाम किया। बीच-बीच में पाणिग्रहण संस्कार, शाखोचार और सप्तपदी संस्कार दोनों पक्षों के विद्वान् पंडितों के द्वारा यज्ञवेदी की प्रज्वलित अग्नि-ज्योति के समक्ष संपन्न हुए। माता-पिता ने अपनी पुत्री रुक्मणी का हाथ वर के हाथ में थमाते हुए वायदा पूर्ण मंत्रों के साथ पूर्ण संरक्षण व आजीवन साथ निभाने का कराया। प्रसन्न मुद्रा में सभी कार्यक्रम उल्लासपूर्वक संपन्न हुए और पाँचवें दिन नववधू रुक्मणी देवी को ससम्मान डोली में लेकर सभी परिवारजन तथा बाराती बंधु वापस अपने निवास-स्थान पर लौट आए।

इधर मुसम्मात सरस्वती कुँवर और तुलसा कुँवर ने अपनी सखियों और शुभचिंतक रिश्तेदारों के साथ पाँच दिन 'रतजगा' करके गृहस्थ जीवन के विभिन्न रूपों को एक-दूसरे के साथ नाटक मंच के रूप में खेलते हुए

विवाहोत्सव को खूब मनाया। ढोलक और मजीरे की थाप पर सभी महिला अतिथियों ने अपने-अपने गीत गाकर सभी का मनोरंजन किया। पाँचवें दिन बारात के साथ नववधू के आगमन की खुशी में घर सजाया गया। वंदनवार और पुष्पमालाओं से सुसज्जित हवेली दमकने लगी। केवड़ा और कपूर का छिड़काव कराया गया। नववधू के इस घर में स्वागत के लिए माताश्री तुलसा कुँवर ने थाल सजाकर तैयारियाँ कीं। अपने पुत्र ठाकुर बालकिशन जमींदार के सुखद और दीर्घजीवी दांपत्य जीवन के लिए अपने कुल पूर्वजों और देवताओं से प्रार्थना करती खुशी के मारे फूली नहीं समा रही हैं। बारात के आते ही शोर मच गया। रीति-रिवाजों और परंपराओं के अनुसार ठाकुर बालकिशन के साथ नववधू रुक्मणी देवी का दरवाजे पर तिलक लगाकर तथा आरती के साथ मुँह मीठा कराया और स्नेहिल बाँहों में भरकर अंदर कोठे (कमरा) में बिठाया गया। कुल देवता के समक्ष सभी कार्य विधि-विधान से करते हुए सर्वशक्तिमान इष्ट प्रभु को धन्यवाद दिया और अपने बड़ों के चरण-स्पर्श कर दोनों वरवधू ने आशीर्वाद लिये। दादी माँ अपने पौत्र के वैवाहिक जीवन में पदार्पण से उत्पन्न खुशी से अभिभूत हो उठी और उनके नेत्रों से अश्रु निकल पड़े। आज इस खुशी के अवसर पर उन्हें अपने पतिश्री कुंदन सिंहजी तथा पुत्र श्री दुर्गा प्रसाद के वियोग से उत्पन्न रिक्तता द्रवित कर गई। तुलसा कुँवर भी अपने अश्रु रोक न पाईं, परंतु प्रियजनों ने 'खुशी के इस अवसर पर अश्रु का क्या काम' कहकर उन्हें ढाढ़स बँधाया। ठाकुर बालकिशन स्वयं भी पिताश्री विहीन होने से उत्पन्न दुःख से अंदर-ही-अंदर दुःखी हैं, परंतु माताश्री की भावनाओं को 'हरा' नहीं करना चाहते, इसीलिए दिल पर पत्थर रखकर इस शुभ-कार्य को करा रहे हैं। ठाकुर बालकिशन ने अपनी पत्नी रुक्मणी कुँवर को बहुत शीघ्र अपने परिवार के सभी नियम कानून के अनुसार चला लिया।

रुक्मणी कुँवर का परिवार देश-प्रेम की भावनाओं से ओत-प्रोत विदेशियों के विरोध में लगे देश-प्रेमियों की सहायता लुक-छिपकर करता रहा है, अतः उन्हें भी देश के लिए कुछ करने की ललक उठती रहती है। उनके दादाश्री मनमोहन गर्ग तो अखबार में भी छुपकर और नाम बदलकर देश-प्रेम की ज्वाला भड़काने के लेख लिखकर भेजते रहते हैं। 'दोनों पति-पत्नी बुद्धिमान तथा जागरूक इनसान है अतः अपनी जीवन-नैया खेने में सक्षम रहेंगे', सोचकर सरस्वती कुँवर निश्चिंत होती हैं। उन्हें अब अपने परिवार के सुखमय दिन की आशा बँध रही है। दोनों की आयु भी बराबर है, अतः विचारों में

मतभेद कभी-कभी गरमा-गरमी पैदा कर देता है। शिक्षित परिवार की पुत्री होने के कारण ठाकुर बालकिशन जमींदार की प्रतिष्ठा और व्यवसाय में भी लाभ मिला है। इससे उनकी इज्जत बढ़ गई है कि उनकी पत्नी बहुत शिक्षित व होशियार जमींदारनी हैं। रूप और दिमाग दोनों का संगम कम ही नारियों में मिलता है और सोने में सुहागा हुआ कि नौ महीने नौ दिन में रुक्मणी कुँवर ने एक प्यारी सी पुत्री को जन्म दिया। खुशियों से पूरा परिवार झूम उठा। चाँद सी पुत्री को जन्म दे रुक्मणी कुँवर मातृत्व के सुख से आत्मसात् हो उठी। मुसम्मात सरस्वती कुँवर तो इतनी उत्सुक हो उठीं कि उन्हें विश्वास ही नहीं हो पाया कि पुत्री अर्थात् गृह लक्ष्मी पधारी है। असलियत में कई पीढ़ियों से उनके परिवार में लड़की नहीं हुई अर्थात् कुंदन सिंह की एक बहन रोहिणी कुँवर के बाद कोई लड़की नहीं हुई। पुत्री रत्न प्राप्त कर ठाकुर बालकिशन हर्षोल्लास से चहक उठे। उन्होंने खुशी में बंदूक दागी और दान-पुण्य से अपनी खुशियों को परवान चढ़ाया। उनकी रोहिणी बुआ दादी तो इतनी प्रसन्न हुईं कि सहन न कर सकीं और 90 वर्ष की उम्र में स्वर्गवासी हो गईं। उनके पुत्र वगैरह आ गए और उन्होंने सब संस्कार किए और वापस लौट गए। ठाकुर बालकिशन ने अपनी पुत्री का नामकरण संस्कार खूब धूमधाम से किया। पंडितजी ने सभी नामकरण संस्कार विधि-विधान से किए। जन्मोत्सव की शुद्धि के लिए यज्ञवेदी बनाकर आम की लकड़ी से अग्नि प्रज्वलित कर सामग्री (जटामासी, बाल छड़, काले तिल, चावल, सूखी मेवाएँ, बूरा, घी आदि पदार्थ से बना) की आहुतियों के साथ ठाकुर बालकिशन व पत्नी रुक्मणी की गोद में पुत्री के साथ मंत्रोच्चारण के साथ 'नाम' बोला गया। पुत्री का नाम महकवती निकाला। खुशी से पुत्री को खूब आशीर्वाद और उपहार मिले। रुक्मणी के मायके से भाई आदि भी खूब उपहारस्वरूप वस्त्र आदि लाए। सभी कार्य खुशी-खुशी संपन्न हुआ। समापन अवसर पर आगंतुकों को यथायोग्य उपहार, नकद, द्रव्य तथा मिष्टान्न देकर विदा किया।

नन्ही परी सी खूबसूरत 'महक' अपनी बड़ी दादी के लाड़ में मेहताब कुँवर कहलाने लगी। परिवार की आँखों का तारा होने के साथ-साथ घर के कर्मचारी, कारिंदा और चौकीदार सभी का खिलौना बनी मेहताब नाम सार्थक करती। अपनी दादियों और माताश्री रुक्मणी की तरह बुद्धिमान तथा खुशमिजाज मेहताब देखते-देखते बढ़ने लगी। होती भी क्यूँ न, क्योंकि दादी माँ बच्ची के लालन-पालन में हर पल व्यस्त रहतीं। तेल-मालिश और स्नान से लेकर बच्ची मेहताब की एक-एक बाल-सुलभ क्रियाओं पर न्योछावर होती। पिताश्री

बालकिशन तो अपनी लाड़ली के ऊपर जान लुटाते और उसकी एक-एक इच्छा पूरी करते। मुसम्मात सरस्वती कुँवर तथा तुलसा कुँवर नजर न लगे और टोटकों से बची रहे, के लिए मंदिर वाली अम्मा से 'काला डोरा' तथा मौलवी साहब से गंडा बनवाकर मँगवातीं और मेहताब के गले और हाथ में बाँधकर रखतीं। उनकी जानकारी की एक चाची गुलाबो देई टोटका कर दूसरों का अहित करने में अभ्यासरत थीं, अतः उनसे बचाए रखने के लिए इन दोनों को विशेष प्रबंध करने पड़ते थे। 'बड़े घर के बड़े भाग्य' कहकर चाची कुछ-न-कुछ व्यंग्य छोड़ ही देती थीं। मेहताब को उसकी दादीश्री तुलसा कुँवर कमर में करधनी, पैरों में खड़ुए तथा हाथों में स्वर्ण कंगन पहनाए रखतीं, इससे मेहताब को नजर भी जल्दी लग जाती और फिर सूखी लाल मिर्च सात, सड़क के सात कंकड़ तथा पीली सरसों से नजर उतारकर जलाई जाती।

कहते हैं कि बेटियाँ और बेलें रातो-रात बढ़ जाती हैं। जो भी हो, परंतु इतना तो सत्य है कि सौंदर्यवान वस्तुएँ सबको लुभाती हैं और उन पर सब की नजरें लगी रहती हैं। वह चाहे लड़की हो या लक्ष्मी हो, वह चाहे फलदायी वृक्ष हो या पुत्र हो, सभी की नजरों में समाए रहते हैं। संभ्रांत घरों पर तो वैसे भी सभी की निगाहें पड़ी रहती हैं। ठाकुर परिवार तो अपने वैभव और समृद्धि के लिए स्थापित हो चुका था। खानदान का इतिहास और भारती चंद्र का देशहित में बलिदान दोनों ही मसले अत्यंत खास व जानकारी पूर्ण हैं कि आनेवाली पीढ़ियाँ अपने पूर्वजों की जीवन घटनाओं से रूबरू हों और शिक्षा ग्रहण कर उन्हें भविष्य में सही मार्ग पर प्रशस्त होने के उपाय निकालते रहें। रुक्मणी कुँवर जहन से देश की गुलामी और विदेशियों के भारतीयों के प्रति अत्याचारों के प्रति संवेदनात्मक भावनाओं से उद्वेलित तो होती रही हैं। सारा इतिहास परत-दर-परत उनके मन-मस्तिष्क को विभिन्न घटनाओं से उत्पन्न पैदा हुई परिस्थितियों से सोचने को विवश करने लगा। दादाश्री कुंदन सिंह द्वारा चलाया गया 'नील व्यापार' और ससुरश्री द्वारा उसे प्रतिकूल परिस्थितियों के द्वारा बंद किया जाना, सुनकर उनका सिर घूम गया। जमींदारी के अनेक लेन-देन और खरीददारी कागजात भी उन्होंने देखे। जिज्ञासा से परवान चढ़ता उनका मन इस परिवार के प्रत्येक विवरण से अपने को जुड़ता महसूस करने लगा। ठाकुर बालकिशन जमींदार अपनी देशप्रेमी पत्नी की उत्कंठा पर मुसकराते बोले, 'रुक्मन, थोड़े दिनों में तुम तो यह कारोबार सँभालना शुरू कर दोगी? तुम्हारी बेचैनी बता रही है कि तुम्हारा वश चले तो विदेशियों को भगाकर स्वयं 'रजिया सुलतान' की तरह राज्य करो'।

रुक्मन ने अपने पतिश्री की भावनाओं की कद्र करते हुए कहा कि आपकी बात सच है, परंतु यह कार्य मैं अपने पतिश्री के साथ सहयोग देकर भी कर सकती हूँ।

बालकिशन हर्ष और गर्व से प्रफुल्लित हो उठे। मेहताब अब नौ वर्ष की विवाह योग्य होने लगी। खाए-पीए परिवार की लाड़-प्यार में पली संतान अच्छे शारीरिक सौष्ठव से 'मेहताब' (सिर का मुकुट) ही दिखाई देने लगी। उसकी शिक्षा, संस्कृति और संस्कारों का पूरा ज्ञान मुसम्मात सरस्वती कुँवर और तुलसा कुँवर करातीं। संस्कृत, परशियन की अच्छी जानकारी दिलाई गई तथा मेहताब की गणना-रुचि देखते हुए एक बुजुर्ग शिक्षक विश्व बंधुजी से गणित विषय का एक वर्ष का ज्ञान कराया।

पिताश्री बालकिशन अपनी पुत्री के चाल-ढाल देखकर दादीश्री सरस्वती कुँवर से मेहताब के लिए योग्य वर तलाशने की अनुमति माँगने लगे। कई पीढ़ियों के बाद अपनी 'देहरी' शुभ और संपूर्ण होने के पावन अवसर से अभिभूत दोनों दादियों ने सुयोग्य सुसंस्कार गुणों का वर खोजने के लिए पौत्र को समझाया। यूँ तो मेहताब के नानाश्री भी अपनी अकेली धेवती के लिए कई 'वर' देख चुके हैं, परंतु सबगुण मिलाकर जन्म-पत्री नहीं मिल पाई है। मेहताब की गुणवत्ता से प्रभावित एवं परिवार और खानदान की खुशबू से प्रभावित ठाकुर दुर्गा दास के एक मित्र ने जिनका व्यावसायिक संबंध भी रहा था, अपने पुत्र के मित्र भागीरथ का रिश्ता कराने का प्रस्ताव ठाकुर बालकिशन जमींदार के पास भेजा। उनकी जन्मपत्री मँगाई गई और पंडित खेमचंद्र विद्वान् ने सब तिथि, ग्रह, नक्षत्र की गणना कर दोनों की जन्मपत्री का मिलान किया तो पता चला कि दोनों के गुण शत-प्रतिशत मिल रहे हैं। जन्मपत्री के मिलान की खबर जब जनानाखाने में दी गई तो सभी को अत्यंत हर्ष हुआ और फिर आगे की काररवाई करने का सुझाव रखा गया। भागीरथ आगरा के पास 'फरह' कस्बे के रहनेवाले थे, अत: विश्वासपात्र मित्र जानकी प्रसाद को रिश्ते का प्रस्ताव लेकर फरह भेजा गया। श्रीमान् भोजराज जमींदार ने जब समाचार सुना तो उन्होंने डिबाई के प्रतिष्ठित परिवार की पुत्री मेहताब के बारे में जानकर हामी भर दी और अपने पुत्र भागीरथ का संबंध मेहताब के साथ कर दिया। ठाकुर बालकिशन खुशी से झूम उठे। उन्हें मालूम था कि भोजराजजी के कई पुत्र हैं, अत: वह भागीरथदास को 'घर जमाई' रखने के लिए भी स्वीकृति प्रदान कर देंगे। ठाकुर बालकिशन अपनी अकेली संतान मेहताब कुँवर से बेपनाह मोहब्बत करते थे और यही चाहते थे कि कोई ऐसा वर मिले, जो

उनकी पुत्री के साथ उनके कारोबार को भी सँभाल ले। लेकिन अभी से यह इच्छा जाहिर करना ठीक नहीं, सोचकर उन्होंने अपने स्व. पिताश्री के मित्र के संज्ञान में यह विचार डाल दिया था। भागीरथदास पंद्रह वर्ष के गेहुँआ रंग और ऊँची कद-काठी के जवान तीखे नाक-नक्श वाले हैं। आगरा से मैट्रिक पास कर अंग्रेजी, संस्कृत और अरबी भाषा का ज्ञान लिया हुआ है। आगरा के पास 'मटरा' (मथुरा) में स्थित फरह के भोजराज के दूसरे नंबर के पुत्र भागीरथदास के साथ मेहताब कुँवर पुत्री ठाकुर बालकिशन जमींदार कानूनगो तथा रुक्मणी देवी का खूब धूमधाम से विवाह उत्सव संपन्न हुआ। वैभव और भव्यता के सभी इंतजाम किए गए। बारातियों के स्वागत में विभिन्न प्रकार के भोजन और पंडाल की सजावट देखने लायक की गई। दुनिया की सारी खुशियाँ अपनी लाड़ली पुत्री के लिए लुटाने की तमन्ना लिये पिताश्री हर्ष और उल्लास से चहकते नजर आए। एक तरह माता-पिता का उल्लास और दूसरी तरफ पुत्री की विदाई की कल्पना उनका हृदय द्रवित कर उठी। दादी-माएँ सरस्वती कुँवर और तुलसा कुँवर 13 वर्ष की मेहताब को निहारती, दुलारती और अश्रुओं के सागर में डूब जातीं।

हमारी लाड़ली मेहताब ने पलंग से पैर भी नीचे नहीं रखा। लाड़-प्यार और नाज-नखरे में पली बिटिया घर का दीपक आँगन सूना कर चली जा रही है। हम कैसे करेंगे? पिताश्री की अकेली संतान, हमारा सहारा ससुराल में कैसे रहेगी ? सोच-सोचकर दोनों दादी-माएँ अपना हृदय विकल करतीं। माताश्री का तो रो-रोकर बुरा हाल है। विरह की कल्पना ने उन्हें असहाय और अव्यवस्थित कर दिया है। विवाह की सभी रस्में पूरी करते ससुराल पक्ष आज पाँचवें दिन विदाई की अनुमति लेने का अनुग्रह कर रहे हैं। विदाई समारोह अपनी अंतिम सीढ़ी पर उतरता मद्धम-गति से कदम बढ़ा रहा है। आत्मीयता का आभास चारों तरफ अपना साम्राज्य फैला रहा है। मेहताब कुँवर 'दुलहन' बनी कलाबत्तू के लहँगे, चोली और रक्तवर्णी दुपट्टे में सौंदर्य की मल्लिका नजर आ रही है। स्वर्ण आभूषणों से सुसज्जित और श्रृंगार से लदी मेहताब धीमे कदमों से सखियों के साथ 'डोली' में बिठाई जा रही है। माता-पिता के बहुमूल्य प्यार से पोषित मेहताब गंगा-जमुनी सभ्यता में पली-बढ़ी अपने प्रिय कर्मचारियों की दुलारी सभी के आँखों की तारा आज अपना नया अध्याय शुरू करने जा रही है। लड़की के जीवन में विवाह के साथ ससुराल में अपना घर बसाना एक बहुत बड़ी चुनौती होती है। नया स्थान, नए लोग, नया वातावरण और नए विचारों में अपने विचारों से

सामंजस्य मिलाकर चलना अत्यंत संयम और विवेक से संभव होता है। नव दुलहन मेहताब अपने माता-पिता की शिक्षाओं के अनुरूप चलने को वचनबद्ध अपने विचारों में खोई अपने मायके के बिछुड़ने की पीड़ा से गमगीन होती जा रही है।

स्वयं ससुराल पक्ष इस संवेदनात्मक माहौल में अपने को विह्वल होता पा रहा है। भागीरथदास दूल्हा बने अपनी धड़कनों को रोक नहीं पा रहे हैं और नम आँखों से दूसरी तरफ मुँह करके खड़े हैं। विवाह की सभी कार्यप्रणाली अंतिम सीढ़ियों पर विछोह और खुशियों का एहसास दिला रही है। मेहताब कुँवर बचपन के सारे सपनों को आँचल में बटोरकर अपने प्यारे माता-पिता, दादियों को बिलखता छोड़कर चली गई। हम उम्र सखियाँ अश्रुपूरित हृदय से विदाई देकर अधीर हुईं अपने-अपने घर लौट गई हैं। गृहकर्मी हाथों में जल- पात्र लिये दक्षिणा पाकर अपनी प्रिय मालकिन के विछोह से द्रवित हुए भौंचक देख रहे हैं। मेहताब की प्रिय गाय रँभा-रँभाकर अपना दर्द और दुआ प्रदर्शित कर रही है। घर की दीवारें तक भी मेहताब को आशीर्वाद देती विदाई की संवेदना प्रकट करती नजर आ रही हैं। आशीर्वादों से भरी झोली लिये मेहताब कुँवर ससुराल के लिए विदा हो गई।

"अपने दांपत्य-जीवन में सदैव सौभाग्यवती रहे और नित नवीन खुशियों से दामन भरा रहे। हमारी देहरी भी आज सौभाग्य हासिल कर गई। पुत्री के आगमन और उसके विवाह-संस्कार से प्राप्त पुण्य से माता-पिता का जीवन सार्थक हो जाता है। कन्या का विवाह करके प्राप्त पुण्य की पूर्णता के लिए गंगास्नान करना भी अति उत्तम है।" दादीश्री सरस्वती कुँवर ने सभी के समक्ष अपने विचार प्रकट किए।

'पुत्री पवित्र किए कुल दोऊ', ठाकुर बालकिशन ने अपने हृदय से भावाकुल होते हुए कहा। तुलसीकृत रामचरितमानस से जनकराज ने अपने विचार व्यक्त किए थे। वास्तव में दो कुलों और दो परिवारों के मेल-मिलाप और प्रेम का आधार यह विवाह-संस्कार ही है—कहकर पिताश्री के नेत्र नम हो गए।

दादियों ने उन्हें समझाया कि यह विधि का विधान है। हमारी बनाई गई परंपराओं से यह संसार सुख-शांति और प्रेम से चल रहा है और चलता रहेगा। हमें इसका स्वागत करना है।

उधर ससुराल में मेहताब कुँवर को लाड़-प्यार से पता ही नहीं चला कि मायका की अविस्मरणीय स्मृतियाँ पीछे कब छूट गईं। जब मायके आई

तो लिपट गई अपने बचपन के रक्षक परिवारजनों से। मुसम्मात सरस्वती, तुलसा कुँवर तो जैसे बाग-बाग खिल गईं। माताश्री और पिताश्री ने अपनी प्राणप्यारी पुत्री को हृदय से लगा लिया। ससुराल का सब हाल-चाल और रख-रखाव जानकर सभी को संतोष हुआ। सभी ने अपनी मेहताब को सदैव प्रसन्न व सुखी रहने के आशीर्वाद दिए। कई महीने गुजर गए, तब ससुराल से संदेशा आया और भागीरथदास अपनी ससुराल आए। कुछ दिन रुककर अपने ससुरश्री की वसुधा और वैभव का अवलोकन किया तथा पुत्रवत् भाव से उन्हें संतुष्ट किया। ठाकुर बालकिशन जमींदार खुशी और संतोष से अपने भाग्य सराहने लगे। अपने दामाद के विवेकपूर्ण विचारों से भी प्रभावित हुए। उनके मन में भावी संभावना का अंकुर अकुला उठा। प्रत्यक्ष में उन्होंने कुछ नहीं कहा। मेहताब कुँवर अश्रुपूरित हृदय से विदा होकर चली गई। एक बार पुनः घर और परिवार में उन दोनों पुत्री-दामाद के जाने से सुनसानी छा गई। देखते-ही-देखते मेहताब कुँवर ने एक स्वस्थ पुत्र को जन्म दिया। खुशियों और सम्मान से सारा परिवार मेहताब और पुत्र को पाकर आनंदमग्न हो गया। संस्कारों का निर्वाह करते हुए विधि-विधान से नामकरण-संस्कार हुआ। 'गंगादास' नाम अर्थात् 'भागीरथ' के पुत्र 'गंगा' रखा गया। 'गंगा नदी' हमारी अति पवित्र नदी को लाने का श्रेय 'भागीरथ' को जाता है, इसी भावना को व्यक्त करते हुए पंडितजी ने अति चतुराई से 'गंगा' नाम निकाला। माताश्री गंगादास पुत्र को पाकर फूली न समाई और ममता के स्तनों से दुग्ध-धार बह फूटी। परिवार में दादा-दादी और चाचा-चाची के बीच में गंगादास बड़े होने लगे।

एक दिन ठाकुर बालकिशन के मन में आया कि क्यों न पुत्री के पुत्र 'गंगा' को गोद ले लिया जाय। इस बीच मेहताब दोबारा गर्भवती हो गईं तो गंगादास और मेहताब कुछ दिन के लिए मायके बुला लिये गए। यहाँ आकर गंगादास तो इस परिवार के नाना-नानियों के लाड़ में इतने रम गए कि जाने का नाम ही न लेते। कई महीनों के बाद जब पिताश्री उन्हें वापस लेने आए तो हठ कर गए और भागीरथदास को पुत्र को नाना-नानीश्री के पास ही कुछ दिन और रहने को छोड़ना पड़ा। बड़ा घर और कर्मचारी वर्ग का लाड़-प्यार बच्चे को स्नेह के दामन में बाँध गया। माताश्री मेहताब भी यह सोचकर कि पिताश्री अपने व्यवसाय और जमींदारी में अत्यंत व्यस्त रहते हैं और घर पर माताश्री व दादीश्री बच्चे के साथ खुश रहेंगी, अतः गंगा को उनके पास छोड़ दिया।

ठाकुर बालकिशन उम्र के युवा पड़ाव पर व्यवसाय में सारा दिन व्यस्त रहते फिर सायं दादीश्री सरस्वती कुँवर के साथ बैठकर पिताश्री और दादीश्री द्वारा जमीनों की खरीद-फरोख्त तथा बिकवाली के कागजातों पर विचार-विमर्श करते। दादीश्री ये चाहती थीं कि पिछले सालों में उनके स्वर्गीय पतिश्री कुंदन सिंह तथा स्वर्गीय पुत्रश्री दुर्गादास द्वारा किए गए विभिन्न बैनामे या किराएनामों पर बालकिशन अच्छी तरह नजर डाल लें और समझ लें, अन्यथा बहुतों पर किराया उधार चढ़ा हुआ था। बालकिशन को अपनी दादीश्री के निर्देशन पर गर्व होता और इन कार्यों में रुक्को कुँवर भी खूब रुचि लेती, इससे ठाकुर बालकिशन को मदद मिलती। कभी-कभी बालकिशन इतने थक जाते कि प्रातः देर तक सोते रह जाते और कारिंदा आदि उनका इंतजार करते रहते। दादी माँ तुलसा कुँवर ने उन्हें 'निशास्ता' (बादाम, मुनक्के, दक्षिणी मिर्च तथा पोस्त) रात्रि में भिगोकर प्रातः सिल-बट्टे पर पीसकर तथा घी के साथ छोंककर देना शुरू कर दिया। रुक्मणी कुँवर अपने पति के स्वास्थ्य को लेकर कुछ बेचैन हुई और बोली–

"दादी माँ आप इन्हें समझाइए कि ज्यादा काम न करें और काम के साथ आराम करना भी तो जरूरी है।"

बालकिशन जमींदार मुसकराकर कनखियों से पत्नी का मुख निहारते मर्दाने खाने में चले गए।

"नानाश्री हम आपके साथ चलेंगे", कहकर गंगादास ने नानाश्री का दामन पकड़ लिया।

अपने धेवते का बालपन उन्हें आह्लादित कर गया और उन्हें साथ लेकर ही बाहर आ गए।

कारिंदा शेख जुबैर अपने बहीखाता सँभाले बैठे अपने मालिक के साथ गंगादास को देखकर मुसकराते हुए बोले, "भई छोटे मालिक भी अपने नानाश्री के साथ कारोबार करना सीखेंगे।"

ठहाके के साथ सभी हँस पड़े। बालक गंगादास सबकी तरफ भौंचक्के से देखने लगे। जीवन अपनी गति से चल रहा था। राजनीति के पैंतरे भारत भूमि को तरह-तरह से अस्त-व्यस्त कर कमजोर बनाने में सक्रिय थे। निजी स्वार्थ लाभ में व्यस्त अंग्रेज अपनी अस्त्र-शस्त्र और कूटनीति चालों से भारतीयों को दबाने की हर संभव कोशिश में लगे थे। परंतु स्वतंत्रता के दीवाने भी अपनी भावनाओं को अमली जामा पहनाने में चोरी-छिपे लगे हुए थे। अंग्रेजों की नीतियों से रुष्ट और अपनी आजादी की तमन्ना के प्रेमी

सैनानी एक जुट होकर गुप्त मीटिंग करते और इस बार उसे अमली जामा पहनाने के लिए प्रयासरत थे।

इधर ठाकुर बालकिशन के शरीर में अंदर-ही-अंदर कमजोरी का रोग लगने लगा। कई बार घोड़े से जाते समय उन्हें चक्कर आने का सामना करना पड़ा। सभी ने इसे कार्यभार के कारण मानसिक और शारीरिक दबाव बताया। वैद्यजी से ताकत के लिए मोतीभस्म आदि दिलवाई गई। कुछ दिन ऐसा लगा कि कुछ लाभ है, लेकिन शीघ्र ही उन्होंने बिस्तर पकड़ लिया। व्यावसायिक जिम्मेदारियों की गंभीरता देखते हुए दादीश्री सरस्वती कुँवर ने पौत्रवधू रुक्को कुँवर को समझाया कि कुछ दिन के लिए मेहताब और दामाद भागीरथ इधर आ जाएँ और कार्यभार सँभाल लें, जब बालकिशन ठीक हो जाएँगे तो लौट जाएँगे। यह विचार सभी को जँचा और दोनों पति-पत्नी डिबाई बुला लिये गए। ठाकुर बालकिशन फूले न समाए और खुशी से दोनों पुत्री-दामाद को आशीर्वाद दिया। ठाकुर बालकिशन ने अपनी पुत्री मेहताब को एक मकान और कुछ जमीन उपहार में दे दी। भागीरथदास ने अपने ससुरश्री की सेवा पुत्रवत् रूप में की। ठाकुर बालकिशन काफी कमजोर हो गए हैं, अतः पूरा परिवार परेशान है। दादीश्री सरस्वती कुँवर और तुलसा कुँवर तो नजर उतारती, गंडा और पाठ-पूजा कराकर दानपुण्य दिलवा रही हैं। पत्नी रुक्को कुँवर अपने प्राण प्यारे पति के स्वास्थ्य लाभ के लिए 'एकादशी व्रत' कर रही हैं। पौत्र बालकिशन हँसकर अपने प्रियजनों को आश्वासन देते हैं कि "जल्दी ठीक हो जाऊँगा, फिक्र न करें।" वैद्य गिरधारी लाल खुरजावाले बड़े योग्य चिकित्सिक हैं, उनका कहना है कि मियादी बुखार है, इसमें कमजोरी बढ़ जाती है। सभी उचित ओषधियाँ दी जा रही हैं। अतः चिंता न करें।

साथ ही हकीम यूसुफ मियाँ अपनी यूनानी दवाइयाँ भी दे रहे हैं। पंद्रह-बीस दिन हो गए हैं। खाना भी बहुत हलका-फुलका दिया जा रहा है। दामाद भागीरथदास अपने ससुरश्री के कार्यों को सँभाल रहे हैं और उन्हें विश्वास दिलाते हैं कि शीघ्र स्वस्थ हो जाएँगे। ठाकुर बालकिशन अपने दामाद के कंधे पर हाथ रखकर थपथपाते हुए विश्वास दिलाते हैं कि उन्हें उनके विवेक और स्नेह दोनों पर भरोसा है।

ठाकुर बालकिशन के नजदीकी रिश्तेदार ऊपर से सहानुभूति और अंदर-ही-अंदर ईर्ष्या से त्रस्त हैं, यह देखकर कि दामाद इनके साथ पुत्रवत् व्यवहार कर रहे हैं। संपत्ति और जमींदारी पर इनकी लालची निगाहें हमेशा लगी रहती हैं। जब-तब मुसम्मात सरस्वती कुँवर को चालाकी और चापलूसी से अपने

वश में करना चाहते हैं। सरस्वती कुँवर भी बड़ी होशियारी से बिना अपना संयम और विवेक खोए अपना रास्ता मजबूत कर लेती हैं। उन्हें मालूम था कि समय आने पर अपने पौत्र द्वारा पुत्री के पुत्र गंगादास के नाम संपत्ति ट्रांसफर करवा देंगी और फिर इनकी बोली बंद हो जाएगी, क्योंकि इनका मुख्य निशाना यही था कि बालकिशन के तो पुत्री है और पुत्री को कोई हक नहीं मिलता। "सात पीढ़ियाँ तक पूर्वजों की जमीन-जायदाद पर पुत्र का ही अधिकार रहता है या पुत्री के पुत्र का बन सकता है, परंतु पुत्री का कोई अधिकार नहीं होता है"।

इधर ठाकुर बालकिशन की तबीयत काफी खराब होने लगी। शिव भगवान् से विनती करते हुए रुद्राभिषेक यज्ञ कराया गया तथा गरीबों को भोजन खिलाया गया और भंडारा में गुरुकुल के विद्यार्थियों को भोजन व कपड़े बाँटे गए। ठाकुर बालकिशन के पेट में दर्द उठता और काफी देर के लिए असहनीय पीड़ा से बेचैन हो जाते। वैद्य हकीमों की जड़ी-बूटी सभी निरर्थक हो जातीं। दही और मुनक्के का सेवन कराया जाता। रोग की जड़ किसी के हाथ नहीं आई। कारिंदा शेख जुबेर खाँ, जो स्वयं भी काफी उम्र के हो रहे हैं, ने देवबंद के ओलिया के दर्शन, चादर तथा प्रसाद चढ़ाने की राय दी। लेकिन बालकिशन के स्थान पर भागीरथदास अपने पुत्र गंगादास को लेकर देवबंद गए और पौत्र गंगादास के हाथ से नानाश्री बालकिशन के निमित्त चादर चढ़ाई और प्रसाद चढ़ाया। लौटकर ठाकुर बालकिशन को प्रसाद दिया और आश्चर्य कि बालकिशन ठीक से होने लगे। परंतु यह चमत्कार कुछ दिन रहा और एक दिन पेट में तीव्र वेदना से विह्वल बालकिशन सहन करने में असमर्थ हुए और देखते-ही-देखते अफरा-तफरी मच गई। सन् 1851 एकादशी का दिन रुक्को कुँवर का व्रत और सँभालते-सँभालते बालकिशन जमींदार के प्राणपखेरू उड़ गए। गम और अवसाद की आँधी ने परिवार को हिला डाला। तीनों स्त्रियाँ अपने पतियों के असमय निधन की विडंबना से आहत अपने भाग्य को कोसने लगीं। कभी ईश्वर को दोष लगातीं और कभी अपने कर्मों को, लेकिन कोई लाभ नहीं मिला। कैसे? क्यों? जैसे प्रश्नों से शरीर का हिज्जा-हिज्जा असंतुलित होने लगा।

मुसम्मात रुक्को कुँवर का रो-रोकर बुरा हाल हो गया। उन्हें लगा कि यह सब ज्यादा धन-संपत्ति के कारण बैरियों की बुरी नजर से हो रहा है। पुत्री मेहताब ने बहुत समझाया कि विधि के विधान के आगे किसी की नहीं चलती। समय की नाजुकता को देखते हुए हृदय पर पत्थर रखते हुए सभी

अंतिम-संस्कार किए गए। जवान पौत्र और पुत्र के निधन की वेदना असहनीय थी, परंतु दोनों ने सभी संबंधियों और समाज के निर्देशन से पौत्र गंगादास के हाथों नानाश्री ठाकुर बालकिशन जमींदार का अंतिम क्रिया-संस्कार पंडितजी के बताए अनुसार विधि से कराया। पुत्री मेहताब कुँवर गर्भावस्था के सातवें मास में चल रही थी, अत: उन्हें दादीश्री ने विरह के इस अवसर से अलग रहने की सलाह दी।

समय कितना क्रूर है और बलवान भी है, इसका रहस्य कोई नहीं जानता। फरह से भी मेहताब कुँवर के ससुरालवाले आए और उनकी सलाह पर उन्हें फरह ले गए। दादियों ने भी यही राय दी। रुक्मणी कुँवर अपने पतिश्री के देहावसान से अत्यंत असहाय रहने लगीं। मुसम्मात सरस्वती कुँवर और तुलसा कुँवर ने उचित समय देखकर और दामादश्री भागीरथदास से विचार-विमर्श कर अपनी कुछ संपत्ति भागीरथदास को उपहारस्वरूप नाम कर दी। उधर नौवें मास में पुत्री मेहताब कुँवर ने अपने दूसरे पुत्र को जन्म दिया। फरह में खूब खुशियाँ मनाई गईं। मेहताब कुँवर के ससुरश्री भोजराज ने पंडितों को दान-पुण्य दिया और 'मनकामेश्वर भगवान्' को गंगाजल तथा प्रसाद चढ़ाया। सासूश्री ने कुशल गर्भक्रिया हो जाने के लिए 'सोमवार' के व्रत किए थे। अत: उनका पूर्ण समापन-पर्व किया, जिसमें ब्राह्मण भोजन तथा कन्या वस्त्र-दान शामिल था। इधर मुसम्मात सरस्वती कुँवर, तुलसा कुँवर और रुक्को कुँवर को मेहताब कुँवर के नवजात शिशु के रूप में ठाकुर बालकिशन जमींदार की साक्षात् छवि का प्रतिबिंब नजर आया। सभी ने हर्षोल्लास के साथ नन्हे शिशु के लिए वस्त्र, आभूषण तथा अन्य उपहारों से नवाजा। विशेषकर, सराय कुंदन सिंह, कुंदन नगर, चौक दुर्गा प्रसाद, जोगी पाड़ा, मौहल्ला घुसियाना, मौहल्ला चमारान, सराय पल्लेदारान, ब्रह्मपुरी आदि तथा कुछ गाँवों में जिनमें इछावरी, हीरापुर, घुसराना, गालिबपुर आदि जिनमें इनकी जमींदारी थी, उसमें लड्डू तथा गुड़ बाँटा गया।

इसमें ऐसा माना गया कि ठाकुर बालकिशन की जवानी में मृत्यु हो जाने के कारण उनकी स्मृति में तथा पुत्री-दामाद के पुत्रवत् व्यवहार से अभिभूत हो दादियों और माताश्री ने प्रसन्नता और संवेदना स्वरूप प्रसाद बाँटा। अपनी तीनों सासुओं को अत्यंत सम्माननीय और मातृवत् आदर-सत्कार देते हुए भागीरथदास ने अपनी भावभरी प्रतिक्रियाएँ व्यक्त कर उन्हें तृप्त किया। ठाकुर बालकिशन के आकस्मिक स्वर्गवास के बाद उत्पन्न हुई रिक्तता को अपनी उपस्थिति और सहानुभूति की ईमानदार पहल से दामाद भागीरथदास ने पूर्ण

कर दिया। देखनेवालों की आँखों में इस कारण वे किरकिरी बने हुए थे। परंतु भागीरथदास के मन में अपने कर्तव्यों के समक्ष किसी की दुर्भावना या व्यंग्य के लिए कोई स्थान न था। दुर्भावना तो रिश्तेदारों का सबब थी, क्योंकि इनका बिगड़ा घर बस रहा है और व्यंग्य बेवजह मतलब रखनेवाले। कुछ लोगों ने उनके व्यंग्यों का उत्तर इस प्रकार दिया भी, "भइया, ये सब संपत्ति जिसकी है, वह अपनी पुत्री को देगा ही, भले ही कानून हमारा कुछ भी हो, फिर मेहताब कुँवर के तो दो बेटे हैं, इसलिए सारी संपत्ति का हक उन्हें कानूनन जाना ही है। यह अवश्य है कि अभी वह नाबालिग है। रानी झाँसी लक्ष्मीबाई के दत्तक पुत्र को गैरकानूनी करार कर अंग्रेजों ने यह बदइंसाफी की है, परंतु यह तो उनके वंश पुत्र हैं।

7

स्वतंत्रता संग्राम पुरजोर चलने लगा। तात्या टोपे, मंगल पांडे, रानी झाँसी लक्ष्मीबाई, कुँवर सिंह, पेशवा नाना साहब, खान बहादुर सिंह, राजा-रानी नवाब सभी अंग्रेजों के खिलाफ विद्रोह में खुलकर सामने आ गए। मंगल पांडे अपने साथियों के साथ देशप्रेम की व्यथा छुपा न सके और उन्होंने 29 मार्च, 1857 को अंग्रेजों के ऊपर धावा बोल दिया। विद्रोह की लपटें बिठूर, मेरठ, दिल्ली सब जगह फैलने लगीं। अंग्रेज हमारे सैनानियों को दमन और कूटनीति से अत्याचार कर मार-काट करने लगे। मुसम्मात रुक्को कुँवर का हृदय अंग्रेजों के ऐसे अमानवीय कृत्यों से दहल उठता। जब उनके जानकार सैनानी लुकते-छिपते अंग्रेजों के अफसरों से बचने के इरादों से उनके पास आते तो उन्हें खाना बनाकर खिलातीं और सहायता बतौर सिक्के आदि दे देती। यह कार्य वह गुपचुप करती, जिससे किसी को पता न चले, अन्यथा अपने ही भाई-बंधु अंग्रेजी कर्मचारियों को भेद दे देते और देश-प्रेमियों को पकड़वा देते, इससे अंग्रेजी हुकूमत इन्हें शरण देनेवालों को भी परेशान करती।

1857 के समर ने छोटे-बड़े, अमीर-गरीब और हिंदू-मुसलिम सभी को अंग्रेजों के खिलाफ आवाज बुलंद करने की प्रेरणा प्रदान की। 'पयाम-ए-आजादी' के संपादक अजीमुल्ला खाँ (बहादुर शाहजफर के पौत्र) ने हिंदू-मुसलमान दोनों को सावधान किया कि अंग्रेज हम दोनों को भिड़ाकर अपना उल्लू सीधा

कर रहे हैं और भारत से कीमती सामान, हीरे-जवाहरात आदि इंग्लैंड ले जा रहे हैं। हमारी सभ्यता-संस्कृति और कला का मजाक बनाकर भारतीयों का मानसिक-संतुलन निष्क्रिय कर रहे हैं। भारतवासी अपनी अस्मिता बचाने के लिए 'चपाती और कलम' को अपना प्रतीक मानने लगे।

सरस्वती कुँवर वृद्धावस्था के मोड़ पर पहुँचती हुई अपने को कमजोर महसूस करने लगीं। अपने पौत्र गंगादास के नाम काफी जागीर करनी शुरू कर दी और भागीरथदास को भी अपना पिछला इतिहास और दूर रिश्ते के लोगों से भविष्य में सावधान रहने के हथकंडे समझातीं। ठाकुर बालकिशन जमींदार की मृत्यु के बाद दादी-सासुओं ने दामाद और पुत्री को सदैव के लिए ही यहाँ बुला लिया और इसी कारण उन्हें बहुत बेफिक्री तथा संतोष रहता कि अपना इतना विस्तृत साम्राज्य सुरक्षित अपनी संतान के हाथों में पहुँच गया है। मुसम्मात सरस्वती कुँवर अपनी पुत्रवधू तुलसा कुँवर से कहती 'बहू! ईश्वर से प्रार्थना करो, अब हमें अपने पास बुला लें। अब हमारी उम्र काफी हो गई, हमने बहुत जिंदगी जी ली, अच्छा-बुरा सब देख लिया, अब तो पूर्ण विश्राम मिल जाए'। परपौत्री मेहताब कुँवर ने सुना तो सिहर उठीं, क्योंकि उन्हें अपनी परदादी का प्यार बहुमूल्य लगता। कहानियाँ और पूर्वजों के किस्से परदादी जितने सुनाती उतना और कोई नहीं सुनाता था। वह दादीश्री से लिपट गई, परंतु परदादीश्री अपनी परपौत्री का आलिंगन सहन न कर पाती, क्योंकि जबसे पौत्र बालकिशन सिधारे, उनका अंग-अंग शिथिल हो गया है। मेहताब सब समझती हैं, स्वयं उन्हें अपने पिताश्री भुलाए नहीं भूलते। बेपनाह प्रेम करते थे अपनी पुत्री से, सोचकर हृदय द्रवित हो जाता है और अश्रु रोके नहीं रुकते। नन्हे हरनरायन का रूप तो बिलकुल पिताश्री पर गया है। यह सत्य सभी कहते हैं, सोचकर मेहताब प्रसन्नता महसूस करती हैं। सोचती हैं 'एक परिंदा आकाश में कहीं गुम हो गया और अपनी निशानी छोड़ गया', और हरनरायन को सीने में जकड़ लेती हैं। गंगादास 'एंट्रेस' करके खुर्जा पढ़ने भेज दिए गए। उन्हें वहीं एक कमरा दिलवाकर सब व्यवस्था कर दी गई।

परिवार की बुजुर्ग मालकिन मुसम्मात सरस्वती कुँवर चलने में काफी कठिनाई महसूस करती और इस दौरान एक दिन गिर पड़ीं और न जाने क्या हुआ कि प्राणपखेरू उड़ गए। 1875 में दिन के प्रभात में मालकिन बिना किसी रोग-धोग के इस संसार से विदा हो गई। परिवार अत्यंत आश्चर्य और गम से अवाक् रह गया कि हमारे सिर से इतना सबल साया उठ गया। ठाकुर भागीरथदास ने एक कर्मचारी को खुर्जा पुत्र गंगादास को सूचित करने और

तुरंत आने के लिए भेजा। अस्सी वर्ष के आसपास की बुद्धिमान महिला अपने पतिश्री कुंदन लाल कानूनगो की मृत्यु के काफी दिन बाद तक सारी जायदाद के कार्य में अपने पुत्र श्री ठाकुर दुर्गादास तथा फिर पौत्र श्री बालकिशन जमींदार को अपने अनुभवों और दूरदर्शिता से निर्देशित कर पूर्ण सहयोग भी देती रहीं, यह किसी भी नगरवासी और संबंधी से छिपा न था। आज उनके विछोह से सभी उनकी बहादुरी की चर्चा करने में गर्व महसूस कर रहे हैं।

ठाकुर भागीरथदास जमींदार ने अपनी पत्नी मेहताब कुँवर और सासश्री रुक्मणी कुँवर की सलाह से पुत्र गंगादास को अपनी ज्येष्ठ दादीश्री का अंतिम संस्कार करने का आदेश दिया। गंगादास ने विधि-विधान और कुल रीति से पूज्य दादीश्री का अंत्येष्टि-संस्कार मुखाग्नि देकर किया। दूर-दराज से आए रिश्तेदार तथा किसान बंधु सभी ने बुजुर्ग मालकिन को ढोल-ताशों तथा आतिशबाजी के साथ विमान निकालकर विदाई दी। गंगा मैया की गोद में अंतिम बार स्नानकर अग्नि चिता को समर्पित हुईं। नगर की महिलाओं ने अपने बच्चों की बड़ी उम्र की कामना माँगते हुए उनकी अरथी के नीचे से बच्चों को निकलवाया। हिंदुओं में यह मान्यता रही कि बुजुर्ग स्त्री या पुरुष की अरथी (शवकाँठी) के नीचे से यदि छोटे बच्चों को निकाला जाए तो उम्र बड़ी होती है। परिवार वालों ने अरथी पर सिक्कों की बौछार मारकर अपनी श्रद्धांजलि तथा सम्मान भी व्यक्त किया। छोटे बच्चों ने गिरे हुए सिक्के उठाकर प्रसन्नता प्रकट की। मुसम्मात तुलसा कुँवर और मुसम्मात रुक्को कुँवर ने अपनी ज्येष्ठ सासूश्री की मृत्यु पर बहुत शोक व्यक्त किया। 13 दिन बाद तेरहवीं तथा पगड़ी बँधना संस्कार किया गया। 13 ब्राह्मणों को भोजन, वस्त्र तथा अन्य उपयोग में आनेवाली सभी सामग्री दी गई और 'नगर भोज' दिया गया। ठाकुर भागीरथदास ने सभी संस्कार जिम्मेदारी तथा आदर-सम्मान से किए। लोगों की नजरें प्रशंसा से भर गईं। कुछ रिश्तेदारों को ईर्ष्या और जलन हुई कि पुत्री तथा दामाद और इनका वंश चल गया और इन्होंने सब कार्य जिम्मेदारी से सँभाल लिया। खैर''यह सब मानव-स्वभाव रहा है।

मुसम्मात रुक्को कुँवर के ऊपर अब संपूर्ण परिवार का उत्तरदायित्व आ पड़ा, क्योंकि तुलसा कुँवर भी शारीरिक अक्षमता महसूस करने लगीं। मुसम्मात तुलसा कुँवर की उम्र भी 70 की लपेट में पहुँच रही है, सोचकर रुक्को कुँवर अपनी सासू-माँ को आराम करने की सलाह देती रहती हैं। ठाकुर भागीरथदास को निर्देशित कर रुक्को कुँवर जब-तब उन्हें पुरानी पूर्वजों की वंशावली तथा उनके साथ बीते अच्छे-बुरे दोनों पलों की चर्चा करती

हैं, जिससे उन्हें सब मालूम रहे कि कैसे-कैसे इस खानदान का इतिहास बना है। इतनी बड़ी जायदाद को सँभालना तथा उसे दूर के रिश्तेदारों की बुरी नीयत से बचा के रखना अब चतुराई से ही हो सकता है। दामादश्री ठाकुर भागीरथदास ने अपनी सासुश्री को विश्वास दिलाया कि बिलकुल फिक्र न करें, अब हमारे रहते आप सबका और व्यवसाय का सभी उत्तरदायित्व प्राथमिकता पर रहेगा। आपके निर्देशन में सभी कार्य पुत्रवत् हम करेंगे। सासू-माँ विश्वास भरे अंदाज में उनके वचनों से प्रभावित हो आँखों में स्नेह अश्रु भर लाईं। सर्व शक्तिमान शिव को नमन करने लगीं कि उनकी महत्ती कृपा से ही पति के रिक्त स्थान की पूर्ति करने में दामाद एवं पुत्री मेहताब ने हमारे पास रहकर सब भार सँभाल लिया। इसमें उनके पिताश्री भोजराज बंसल तथा करुणावती माताश्री की विनम्र सोच शामिल है, जिससे स्वीकृति पाकर ये दोनों यहाँ रह गए। अब तो दोनों पुत्र पढ़-लिखकर समर्थ हुए जा रहे हैं तो और भी मुश्किल कम हो जाएगी। पुत्री मुसम्मात मेहताब कुँवर माताश्री की बातें सुनकर प्रफुल्लित हो जाती हैं। मेहताब ने माताश्री को सुझाया कि अब अपनी कोठी को पुनः जीर्णोद्धार करा लें, जिससे रहने में अच्छा लगे। दोनों की सलाह मान ठाकुर भागीरथदास ने मिस्त्री अजमल खाँ को इस निर्माण-कार्य में लगा दिया। सभी कमरों की मरम्मत तथा दो नवीन निर्मित कमरे कुछ ही महीनों में बनकर तैयार हो गए। रंग-रोगन कराकर हवेली चमक उठी। मर्दानी बैठक और उसका बरामदा भी ठीक कराया। मिस्त्री अजमल खाँ बड़े जमींदारों और ऑफिसर्स का ही निर्माण-कार्य करते रहे हैं, अतः उन्होंने शानदार हवादार एक बगीचा, जिसमें एक छोटा हवादार तथा रोशनीदार कमरा भी बनाया, जिसमें बच्चे एकांत में बैठकर पढ़ाई कर सकें। मुसम्मात रुक्को कुँवर ने अपनी सासूमाँ तुलसा कुँवर के लिए एक पूजाघर पत्थर की जाली लगवाकर बनवाया। ठाकुर भागीरथदास चूँकि पूर्णरूपेण यहीं रहने लगे थे, अतः उन्होंने अपना एक सोने का कमरा अंदर के हिस्से में पत्नी मेहताब कुँवर की रुचि का पक्का ठीक कराया।

मुसम्मात तुलसा कुँवर वृद्धावस्था के पायदान पर चढ़ती कहतीं, 'हे! भगवान्! अब हमें उठा लें', 'धरती माता जगह दे' और कभी गंगा मैया से निवेदन करतीं कि अब हाथ-पैर नहीं चलते, अपने पास बुला ले। पौत्री, मेहताब कुँवर हँसकर कहती, 'अम्माश्री, पोतों का विवाह नहीं करोगी?'

मुसकराकर कहतीं, 'पढ़े-लिखे पोते हैं, नए जमाने के अपनी मरजी से करेंगे।

रुक्को कुँवर बुरा मानतीं और कहतीं, 'सासू-माँ इनका, विवाह तो हमारी-आपकी मरजी से होगा'।

इधर भागीरथदास जमींदार के पास विवाह प्रस्ताव आने शुरू हो गए। पंद्रह साल के हो चुके गंगादास 'एंट्रेंस' (हाईस्कूल) पास अत्यंत कुशाग्र बुद्धि और चतुर थे, अतः अपनी विवाह योग्य पुत्रियों के माता-पिता उनके प्रति आकर्षित होने लगे। अंग्रेजी, उर्दू और संस्कृत भाषाओं की अच्छी योग्यता से भरपूर हिंदी में 'विशेष योग्यता' ले ली, अतः खुर्जा में आगे की पढ़ाई करने लगे, जिससे आगे 'वकालत' की योग्यता (प्रशिक्षण) लेना उनका झुकाव था। मेहताब कुँवर भी चाहतीं कि एक पुत्र का विवाह हो जाए, जिससे घर में बच्चों की चहल-पहल होने लगे। मेहताब कुँवर लाड़-प्यार में पली-बढ़ी नाजुक मिजाज रही हैं। मनभावन कार्य तो कर सकती हैं, बाकी उन्हें कभी ज्यादा काम करने का अवसर ही नहीं मिला। भोली आदतोंवाली मेहताब अपने पुत्र को दूल्हा वेश में देखने को अत्यंत उत्सुक रहती। एक बार सर्दियों के मौसम में जुकाम-खाँसी हुई तो बहुत दिन तक चलती रही। माताश्री ने 'जोशाँदा' वगैरह खूब पिलाए तथा हल्दी की फंकी (दूध के साथ हल्दी) कराई, तब जाकर जुकाम-खाँसी एक महीने में गया। पुत्र गंगादास का रिश्ता ठाकुर भागीरथदास जमींदार ने सोच समझकर और अपनी पत्नी मुसम्मात मेहताब कुँवर से सलाह-मशविरा कर अनूपशहर के बद्री प्रसाद तहसीलदार की पुत्री जमना देवी के साथ निश्चित कर दिया। गोरी-चिट्टी जमुना देवी चौदह की होकर, पंद्रहवें साल में लगी थीं, अतः जोड़ी सही जमेगी और घर-परिवार भी नामी-गिरामी है, जानकर बद्री प्रसाद ने सोने की गिन्नी देकर रिश्ता पक्का कर दिया। चौदह साल की जमुना देवी का उठान एवं कद-काठी उम्र के हिसाब से ऊँची और कमसिन थी। जमुना देवी की एक मौसी शारदा डिबाई ब्याही थीं, उन्होंने ही अपनी बहन कुंती देवी को यह रिश्ता सुझाया कि अच्छा रईस परिवार है और सब तरह के ठाठ-बाट हैं। जमुना देवी ने सुना तो खुशी के मारे फूली न समाईं। मन में हजारों सपने सँजोए खयालों की दुनिया में खोई जमुना अपनी सखी सुलक्षण को सारी खबर सुना आई। दोनों सहेलियाँ उम्र के चढ़ते खुमार पर एक-दूसरे के गले लग गईं।

मुसम्मात तुलसा कुँवर खुशी के मारे फूली न समाई कि उनके जिंदा रहते उनकी पौत्री के पुत्र का विवाह उनके सामने होगा। वह अपनी पुत्रवधू मुसम्मात रुक्को कुँवर को अपनी खुशियाँ व्यक्त करते हुए बोलीं, "बहू रानी!

मेरे पास 'हथफूल' रखे हैं, वह सच्चे बसरा के मोतियों से स्वर्ण पर जड़े हैं। अतः मैं तो गंगादास की वधू (दुलहनिया) को मुँह-दिखाई में वही दे दूँगी। ठीक है न?"

मुसम्मात रुक्को कुँवर ने उनकी इच्छा का सम्मान करते हुए कहा, "सासू-माँ आपको हथफूल आपकी सासू-माँ ने चढ़ाए थे क्या ?"

मुसम्मात तुलसा कुँवर बोली, नहीं बहूरानी, ये तो मुझे मेरी दादी सासू-माँ ने 'मुँह दिखाई' में दिए थे, इसीलिए मैंने इन्हें इतने हिसाब से रखा हुआ था कि मेहताब के पुत्र की दुलहनिया को ही दूँगी।

मुसम्मात रुक्मणी कुँवर उनके अरमानों की तमन्ना को भाँपकर जोर से हँस पड़ी और बोली, माताश्री आप तो बहुत दूर की सोचकर अब तक इन्हें कहाँ रखे रही? जरा बताइए तो सही !

तुलसा कुँवर ने अपनी पुत्रवधू के कान में कुछ कहा और वह उठकर पास ही दीवार में बनी 'तिखाल' (छोटा सा त्रिरूप बना खोका) को तेजधार वाली कछली से फोड़कर स्वर्ण आभूषण की पोटली निकाल लाईं। खुशी से दोनों सास-बहू फूली न समाईं, यह देखकर कि हथफूल, एक नथ और 'सीतारामी' (गले का हार) मोतियों से जड़े एक दम नए दिखाई दिए।

मुसम्मात तुलसा कुँवर ने 'हथफूल' निकालकर बाकी आभूषण ज्यों के त्यों उसी तिखाल में रखकर उसका मुँह (रास्ता) बंद करने का निर्देश दिया। पुत्रवधू रुक्को कुँवर ने ऐसा ही किया और उसका मुँह ईंटें (ककईया) लगाकर बंद कर दिया। उन्होंने अंदाजा लगा लिया कि 'नथ' और सीतारामी उनके विवाह और पतिश्री की स्मृतियों से जुड़ी है, इसीलिए उसे संचित कर रखवा दिया है।

ठाकुर गंगादास और जमुना देवी का विवाह निश्चित तिथि पर धूमधाम से संपन्न हुआ। सभी शुभ कार्यक्रम विधिपूर्वक संपन्न किए गए। माताश्री और पिताश्री भागीरथदास ने अपनी इच्छानुसार पुत्र गंगादास का पाणिग्रहण-संस्कार शाही ढंग से किया। घोड़ी पर सवार दुल्हा 'खीमख्वाव' की अचकन, पाजामा और दुपट्टा डाले जरी के 'साफे' (पगड़ी) में कलगी लगाए राजकुमार लग रहा था। कुआँ-पूजन, घुड़चढ़ी और माताश्री द्वारा अच्छी वधू लाने के लिए 'धमकी' आदि सभी उत्सव मनाए गए। उधर वधू-पक्ष ने 'स्वागत सज्जा' में खूब जोश-फरोश दिखाते हुए शरबत और मेवे की थैलियाँ बाँटीं तथा खूब पकवान और सुख-सुविधाएँ प्रदान कर बारातियों का मन मोह लिया। ढोल-ताशों के साथ आरती, अक्षत-रोली, मिठाई से वधू की माताश्री ने दरवाजे पर अपने

दामाद का स्वागत कर उन्हें अंदर लिया। सभी वैवाहिक कर्म दोनों पक्षों के प्रबुद्ध पंडितों के मंत्रों के साथ संपन्न हुए।

भोग-विलास के बीच दिन जाते पता ही न चला। ठाकुर गंगादास आगे 'कानून' की पढ़ाई करना चाहते हैं, विचार जानकर पिताश्री ने उन्हें स्वीकृति प्रदान की। खुर्जा का रोजाना आना-जाना शुरू हो गया। इधर जमुना देवी अब जमुना कुँवर कहलाने लगी। मेहताब कुँवर पुत्रवधू को बहुत लाड़ करतीं और किसी काम से हाथ न लगाने देतीं। इधर ज्यादा काम करने से मेहताब कुँवर बीमार पड़ गईं और खाँसी-बुखार ने उन्हें घेर लिया। जब वैद्य-हकीम से लाभ न हुआ तो उन्हें वृंदावन ले जाया गया और वृंदावन के 'आयुर्वेदिक इलाज' से काफी फायदा हुआ। मुसम्मात मेहताब कुँवर दही की बहुत शौकीन थीं। दही में खाँड़ डालकर खाना, उन्हें बहुत अच्छा लगता था, जिससे पुनः खाँसी-बुखार (जो अब टी.बी. अर्थात् तपेदिक बन चुकी थी) उखड़ आई और इससे ठाकुर भागीरथ बहुत चिंताग्रस्त रहने लगे। दादीमाँ तो प्रतिपल ईश्वर से यही प्रार्थना करतीं कि उनकी लाड़ली मेहताब स्वस्थ हो जाए। 'हमारी उम्र उसे लग जाए' कहकर 'राम-राम', 'सीताराम', 'राधेश्याम' स्मरण करने लगतीं।'

एक वर्ष तक खूब इलाज चला और 1877 में परिवार की लाड़ली मुसम्मात मेहताब कुँवर एक दिन 'खून की उलटी' करके स्वर्गवासी हो गईं। ठाकुर परिवार एकबारगी मेहताब कुँवर की असमय मृत्यु से विचलित हो उठा। छोटा पुत्र हरनरायन यद्यपि समझदार हो चुका है, परंतु अपनी माताश्री के विछोह से उद्विग्न हो उठा। ठाकुर भागीरथदास जमींदार अपने को सोचने में असमर्थ पाते, सासू-माँ और दादीश्री के समक्ष बिफर पड़े। मुसम्मात रुक्को कुँवर ने अपने पुत्रवत् दामादश्री को बाँहों में भरते हुए सांत्वना और संवेदना से संतोष दिया। घर का एकमात्र दीपक 'मेहताब' सदैव के लिए इस दुनिया से चला गया। सबकी आँखों में अश्रु और दिल में दर्द छोड़कर मेहताब पंचतत्त्व अग्नि में विलीन हो गईं। ज्येष्ठ पुत्र गंगादास ने अपनी माताश्री को मुखाग्नि दी। सभी संस्कार पंडितजी के निर्देशन में कराए गए। अस्थि-विसर्जन 'हरिद्वार' में पवित्र गंगा नदी की जलधारा में प्रवाहित करने पति और पुत्र गए।

भागीरथदास को अब अपने पुत्रों के उज्ज्वल व सुदृढ़ भविष्य की फिक्र हुई और उन्होंने जमीन-जायदाद को कागजों में नाम दर्ज कराने की प्रक्रिया शुरू करा दी। सासू-माँ ने भी अपने पौत्र के नाम उपहारस्वरूप कुछ जमीनें

तथा रिहाइशी मकान दिए। साथ ही ठाकुर भागीरथदास ने भी अपने नाम से कुछ जमीनें खरीदीं और गंगादास के नाम पर रिहायशी मकानात तथा दुकानें बनवाईं, क्योंकि दोनों पुत्रों की पढ़ाई का खर्चा भी बढ़ गया था। गंगादास अब 'वकालत' की पढ़ाई करने लगे और हरनरायन एंट्रेंस करने खुर्जा पहुँच गया। इधर उनकी परनानी तुलसा कुँवर का निधन सन् 1880 में हो गया। बिना किसी रोग-धोग के मुसम्मात तुलसा कुँवर साफ-सुथरी प्रात: की बेला में दूध पीकर बैठी थी कि लुढ़क गई और सबके देखते-देखते अंतिम साँस के साथ प्राण-लीला समाप्त हो गई। सब आश्चर्यचकित होकर धन्य-धन्य कर उठे। जिसने सुना, वही कह उठा, "जैसी सीधी-सादी और कम बोलनेवाली थी" वैसे ही मृत्यु को प्राप्त कर गई । खुर्जा से दोनों पौत्र ठाकुर गंगादास तथा हरनरायन बुला लिये गए और पता लगा कि गंगादास की वकालत की पढ़ाई के कारण 'सिर मुड़ाना' नहीं हो सकता, अत: ठाकुर हरनरायन सिंह जमींदार ने अपनी परनानीश्री का अंतिम संस्कार किया। जैसा कि हिंदू-धर्म में मुखाग्नि देनेवाले को सिर मुड़ाना आवश्यक होता है, अत: हरनरायन सिंह ने यह अंत्येष्टि-संस्कार पंडित खेमचंद्र के निर्देशानुसार विधि-विधान से किया।

समय की गति चलायमान है। न किसी के जाने से समय रुकता और न रहने से चलता। उसकी गति तो अपनी चाल चलती है। ठाकुर गंगादास जमींदार ने सन् 1882 में अपनी वकालत पूरी कर ली और उन्हें कानून की प्रैक्टिस करने की अनुमति मिल गई, क्योंकि कानून की डिग्री भी मिल गई थी। घर-परिवार में खुशियों की बगिया खिल उठी। अब तक परिवार में केवल व्यावसायिक और जमींदारी साख फैली हुई थी, अब पहली बार शिक्षित, प्रशिक्षित होने की खुशबू सभी लोगों के बीच फैली। इधर वकालत की डिग्री मिली, उधर मुसम्मात जमना कुँवर ने एक पुत्र को जन्म दिया। दोहरी सफलता का जश्न खूब धूमधाम से मनाया गया। मुसम्मात रुक्को कुँवर के हर्ष और उल्लास का क्या कहना था। डिबाई भर में यह सफलता घर-घर में खुशी की लहर पैदा कर गई। जमींदारी से जुड़े सभी किसान, कारिंदे आदि बधाई देने आते रहे। जमना कुँवर ने अपने पति गंगादास को दोनों खुशियों के लिए हर्ष व्यक्त किया । सन् 1882 में जमना कुँवर ने यह पुत्र जन्मा। ठाकुर भागीरथदास ने अपने पौत्र-जन्म के लिए भगवान् शंकर की आराधना का वरदान बताया और गौरीशंकर को पाँचों वस्त्र चढ़ाकर मनोकामना पूर्ति पर धन्यवाद अर्पित किया। खूब जोर-शोर से नामकरण-संस्कार, नगर-भोज के साथ संपन्न किया । रविशंकर नाम सुझाकर पंडितजी ने पति-पत्नी तथा

शिशु को आशीर्वाद दिया। खुशियों से भरी झोली समेटे माताश्री जमना कुँवर ने अपने सभी आदरणीय ससुरश्री, नानीश्री के चरण-स्पर्श कर आशीर्वाद पाया। ठाकुर गंगादास ने भी अपने पिताश्री भागीरथदास और नानीश्री रुक्को कुँवर के चरण-स्पर्श कर अनेक आशीर्वाद व लंबी उम्र की दुआ प्राप्त की। अन्य संबंधीजनों तथा रिश्तेदारों को भी प्रणाम कर शुभकामनाएँ प्राप्त कीं। रविशंकर नाम से शिशु को सभी ने हार्दिक आशीर्वाद दिए। आगंतुकों को उपहारस्वरूप वस्त्र तथा लड्डू देकर प्रसन्न किया गया। मुसम्मात रुक्को कुँवर ने अपने परपौत्र रविशंकर के दष्ठौन नामकरण-संस्कार पर गीत और नृत्य-मंडली का आयोजन भी किया और स्वयं भी नाचकर सभी को हतप्रभ कर दिया। उधर पुत्र-जन्म की जानकारी प्राप्त कर हिजड़ों की टोली ताली बजाती आ गई और अपने भारी-भरकम गीतों और शोरगुल से सभी का ध्यान आकर्षित किया। शिशु को अपनी बाँहों में भरकर झुलाया और आशीर्वाद दिया। मुसम्मात रुक्को कुँवर ने चाँदी के रुपए और धोती ब्लाउज-लड्डू देकर हिजड़ों को प्रसन्न मन से विदा किया। आज उन्हें अपने पति बालकिशन तथा पुत्री मेहताब कुँवर की बहुत कमी खली। ठाकुर भागीरथदास की आँखें भी नम हो गईं।

**

8

ठाकुर हरनरायन सिंह अब विवाह योग्य हो गए, अतः उनके लिए रिश्ते आने लगे। पिताश्री भागीरथदास जमींदार के पास 'लछोई ग्राम' के नंबरदार, जो कि अच्छे जमींदार हैं, का प्रस्ताव आया कि उनकी विवाह योग्य पुत्री के लिए आपके पुत्र से संबंध करना चाहते हैं। स्वीकृति पाकर नंबरदार धनंजय गंगल अपने ज्येष्ठ भ्राताश्री कमलस्वरूप के साथ ठाकुर भागीरथदास से मिलने आए। संयोगवश पुत्र हरनरायन भी खुर्जा से आए हुए थे। हरनरायन सिंह ऊँचे कद के रौबीले नौजवान अपनी मूँछों और रोब-दाब के लिए जाने-माने व्यक्तित्व हो गए थे। गेहुँआ रंग, ठकुराई का उग्र मिजाज और खुर्जा में शिक्षा ग्रहण करने के कारण उत्पन्न उच्चवरीयता का प्रभाव चाल-ढाल और व्यवहार से साफ-साफ छलकता है।

धनंजय गंगल लड़के के आधुनिक ठाठ-बाट को देखकर मोहित हो गए और अपनी श्याल सलोनी बेटी की तारीफों के पुल बाँध दिए। ठाकुर भागीरथदास

जमींदार भी सुनकर प्रभावित हो गए। उन्होंने अपने पुरोहित गंगासागरजी को 'लछोई' भेजकर खानदान और लड़की के चाल-चलन के बारे में पता लगाया तो पुरोहितजी भी बहुत तारीफ करते लौटे। रिश्ता तय कर दिया गया, हालाँकि हरनरायन अभी विवाह नहीं चाहते थे, क्योंकि वह वकालत करना चाह रहे थे। अत: ज्येष्ठ भाई गंगादास वकील ने उनकी इच्छा देखते हुए उनका दाखिला वकालत की पढ़ाई के लिए करा दिया। प्रसन्नता प्रकट कर हरनरायन भाई से कानून के बारे में बात करने लगे। ठाकुर गंगादास वकील का रोब-रुतबा बहुत फैलने लगा। एक तो उनका स्वभाव सरल तथा मधुर है और कानून के केसों का ज्ञान विस्तृत है। ठाकुर गंगादास जितने सौम्य हैं, उतने ही ठाकुर हरनरायन सिंह उग्र और क्रोधी स्वभाव के हैं। 'ठाकुर' शब्द जैसे उनके अंदर स्वाभिमान और शौर्य का प्रतीक बन जाता है। ठाकुर गंगादास को मालूम है कि किस प्रकार इस ठाकुर परिवार के वारिसों ने अपनी प्रतिष्ठा और व्यावसायिक समृद्धता को बनाए रखने के लिए त्याग और चतुराइयाँ अपनाई हैं, वरना बहुत पहले नानाश्री बालकिशन जमींदार के समय ही रिश्तेदारों, अंग्रेजों और मित्र कहनेवाले लोगों ने उन्हें लूटने और ठगने की कोशिशें की थी और उनकी मृत्यु के बाद तो मुसम्मात सरस्वती कुँवर, मुसम्मात तुलसा कुँवर और अब परनानीश्री रुक्मणी कुँवर की दूरदर्शिता और होशियारी से पूरी जायदाद बनी हुई है। सोचकर मस्तक नत हो जाता है।

नानी-माँ अब बुजुर्ग हो गई हैं, परंतु कमजोर नहीं। अब भी गँड़ासा तथा सोने की मूठवाली तलवार सिरहाने रखकर सोती हैं। गंगादास ने अपनी जानकारी से छोटे भाई हरनरायन को परिवार की विशेषता का ज्ञान कराया।

ठाकुर हरनरायन अपने भाईश्री की सभी बातें गौर से सुनते हुए सिर नीचा किए बैठे रहे।

"देखो तुम खुर्जा जाते हो तो ध्यान रखा करो कि अंग्रेजों द्वारा जो आजकल धर-पकड़ चल रही है, उसके लिए विनम्रता और समझदारी से ही अपना रास्ता निकालना होगा। मार्ग में सावधानी बरतना ही अपना बचाव करना है। नानीश्री के पास लिखित 'पैडिग्री' (वंशावली) है, उसे देखना कितनी जानकारी मिलती है कि हमारा परिवार कितना लंबा और समृद्ध था।"

अब ठाकुर हरनरायन सिंह अपनी कानून की शिक्षा लेने लगे और ठाकुर गंगादास वकील भी प्रतिदिन घोड़े पर खुर्जा जाते और सायं लौट आते। उनकी प्रैक्टिस खूब चलने लगी।

शुभ घड़ी शोधवा कर ठाकुर भागीरथदास ने अपने छोटे पुत्र का विवाह

भी खूब धूमधाम और हाथी पर बारात चढ़वाकर किया। 'लछोई' ग्राम की पढ़ी-लिखी वधू गंगादेई और वकालत की शिक्षा ग्रहण करते वर हरनरायन सिंह दांपत्य-सूत्र बंधन में बँधकर शहनाई और मंत्रों की यज्ञीय वैदिका के समक्ष सात वचन भरकर एक-दूसरे का जीवनभर साथ निभाने के वायदे के साथ पति-पत्नी हो गए। जीवन का सुखद एहसास महसूस करते दोनों अपने पति-पत्नी कर्तव्य की पूर्णता करते सभी बड़ों से आशीर्वाद प्राप्त करते अपने प्यार और उन्माद से मन-तन की पूर्ति करने लगे। कुछ दिन अपनी कक्षाओं से भी विमुख रहे। पिताश्री भागीरथदास जमींदार ने समझाया कि कानून की पढ़ाई पर ध्यान दो और बहू रानी गंगादेई जिसका नाम ससुराल में 'मानदेई' कर दिया, क्योंकि जेठश्री का नाम भी गंगादास और बहुश्री का गंगादेई तो बड़ों के सम्मान हेतु यह उचित न समझकर मानदेई उच्चारण से पुकारने लगे। अब दोनों पुत्रों की वधुएँ और परपौत्र रविशंकर के साथ परिवार में चहल-पहल बढ़ गई। इसी बीच एक घटना घटी कि जब ठाकुर भागीरथदास जमींदार अपनी डिबाई ग्राम में स्थित एक अठारह बीघा की जमीन जोतवा रहे थे तो कुछ हिस्से में एक कब्र सी बनी हुई थी, इसके पास जाकर बैल रुक गए तो जोतनेवाले किसान ने बताया कि "मालिक यहाँ कब्र है, अत: यहाँ जोतना नहीं चाहिए?" जमींदार भागीरथदास ने कहा, "कोई बात नहीं, तुम उसके आसपास की जगह जोत दो, देखा जाएगा।" किसान ने उनकी आज्ञा का पालन किया।

घर आकर ठाकुर भागीरथदास को बहुत तेज बुखार और उलटी लग गईं। सब लोग अत्यंत परेशान हो गए। बुखार इतना तेज कि वह गफलत में बड़बड़ाने लगे। मुसम्मात रुक्को कुँवर ने अपने दामाद की अचानक इतनी तबीयत खराब होने का कारण गरमी या ज्यादा परिश्रम समझा, लेकिन साथ में एक कारिंदा शेख जुबेर से पता चला कि मालिक ने तो 'परकोटा' (दोहरा कमरा) में आराम किया है।

फिर इतनी तबीयत कैसे खराब हो गई? प्रात: तो बिलकुल स्वस्थ गए थे। उलटियाँ बंद नहीं हो रही हैं और बुखार में बुरी तरह तप रहे हैं। क्या करूँ?

कारिंदा शेख जुबेर को याद आया और मुसम्मात रुक्को कुँवर से दबे शब्दों में बोले, "साहिबा! एक घटना अवश्य घटी है कि मालिक ने एक कब्र के आसपास की जगह पर मना करते हुए भी हल चलवा दिया है।"

यह सुनकर रुक्को कुँवर बेचैन हो उठीं और भगवान् से प्रार्थना करने

लगीं कि उस जगह को प्रात: ही ठीक कराकर बुवाई नहीं की जाएगी। पीर महाराज कृपा करें, जो गलती दामाद से हो गई, उसके लिए मैं क्षमा प्रार्थी हूँ।

प्रात: गफलत में उठे ठाकुर भागीरथदास ने बताया कि स्वप्न में एक बुजुर्ग सफेद कपड़े पहने आए और बोले, "हमारी छाती पर हल-बैल चलाने का नतीजा देख लिया।"

सभी परिवारवालों ने सुना और अचंभित रह गए। मुसम्मात रुक्को कुँवर ने तुरंत कारिंदाजी को निर्देश दिया कि वहाँ के आसपास की जगह सही कराइए और फिर दामाद के हाथ से कुछ दान-पुण्य गरीब लोगों में कराया।

इस घटना से आहत परिवार सहम गया और आभास हुआ कि हो-न-हो यह परिवार के किसी पूर्वज के ही अवशेष हैं, चाहे वह गोवर्धनदास या दादाश्री ख्वाजा रूप सिंह हों, अत: विनम्रता बरतते हुए उनको स्थान देना होगा।

वही हुआ और ठाकुर भागीरथदास जमींदार धीरे-धीरे स्वस्थ होने लगे। अब उन्हें अपनी भूल याद आई कि जिनकी यह सारी संपदा है, उनके प्रति हमें उदार और दयालु बनना चाहिए। उन्हें स्मरण हुआ कि पुत्र हरनरायन के विवाह का 'सीधा' (पुण्य वस्तु) पीरों और पूर्वजों के निमित्त भी करनी चाहिए। अत: अपनी सासू-माँ की सलाह से सभी पुण्य-कार्य संपन्न किए। काली बदरी छट गई और पुन: सामान्य जीवन चलने लगा।

एक दिन ठाकुर हरनरायन सिंह खुर्जा नहीं गए, क्योंकि क्वार मास में नवदुर्गा नवमी पर्व समाप्त हुआ और प्रत्येक वर्ष की भाँति नौ दिन का व्रत कर नानी-माँ मुसम्मात रुक्को कुँवर दुर्गाभिषेक करा भोजन कर चारपाई पर आराम कर रही थीं, देखकर उनके पास जा बैठे।

नानी-माँ का सदैव से शरारती पौत्र हरनरायन से अधिक लगाव और स्नेह था। अपने पास बैठे देख पूछ बैठी, "हरनरायन ! क्या चाहिए ?"

"सोच रहा था कि अपनी प्यारी नानीश्री के भगवान् के पास जाने से पहले उनका खजाना मालूम कर लूँ।" गंभीर मुद्रा बनाकर कहने लगे।

"बेटा जो कुछ मेरा है, सो तुम्हारा है, तुम्हारे कंधों पर चली जाऊँ, बस यही तमन्ना है"। मुसम्मात रुक्को कुँवर पौत्र को विश्वास दिलाती बोलीं, "देखो बेटा! मुझे सबसे ज्यादा भय इन खानदानी रिश्तेदारों का लगता है, जिनकी निगाहें हमारी जायदाद पर लगी रहती है। हमारी मेहनत की कमाई को ये मुफ्त में मारना चाहते हैं। इन्हें इस बात का मलाल रहता है कि उनकी

पुत्री का परिवार यदि यहाँ न आया होता तो तुम्हारे नानाश्री के स्वर्गवास के बाद सारी संपत्ति हड़प लेते।"

नानीश्री! हमारे रहते अब किसी की हिम्मत नहीं कि हमसे एक कौड़ी भी ले जाए।

सच ही है बेटा असलियत में कानून से नानी की संपत्ति पौत्र (धेवते) को तो नाम दर्ज हो सकती है, लेकिन बेटी-दामाद के नाम दर्ज नहीं हो सकती। नानीश्री! यह कानून अब मैंने भी पढ़ लिया है, चिंता न करो। भाईश्री की तरह अब बहुत शीघ्र मैं भी बैरिस्टर बन जाऊँगा, तो हम दोनों भाई आपका और आपके खानदान का नाम रोशन कर देंगे।

पौत्र हरनरायन की बातें सुनकर नानीश्री उनकी बलैयाँ लेने लगीं। तभी पुत्रवधू गंगादेई (मानदेई) आ गई और नानीश्री और पौत्र का प्यार देखकर मन-ही मन खिल उठीं। थोड़े ही दिनों के सान्निध्य से पुत्रवधू 'मानदेई' ने अपनी नानीश्री और ससुरश्री का मन वश में कर लिया है।

"बैठो, दुलहन मानदेई! तुम्हें भी अपने पतिश्री के खानदान की जड़ों से वाकिफ होना चाहिए।" खुशी के पलों को अपने हृदय में समेटते हुए नानीश्री रुक्मणी कुँवर ने कहा।

शर्म में समाई दुलहन मानदेई अपने पति के समक्ष नानीश्री से शर्माने लगी, लेकिन नानीश्री ने समझाया तो उनके पास बैठ गई। मुसम्मात रुक्को कुँवर ने अपनी पुरानी गाथा जो पीढ़ी-दर-पीढ़ी चलती आ रही है सुनाई, यानी ख्वाजा रूपसिंह शाहजहाँ मुगल बादशाह द्वारा अपनी वीरता और युद्ध-कौशल के लिए 'सम्मान', 'सिंह' शब्द तथा 'कानूनगो' उपाधियों से नवाजे गए। इसके अलावा बहुत से ग्रामों की जमीनें उनके नाम कर दी गईं, फिर उनके पुत्र गोवर्धनदास अपने पिताश्री की भाँति नेकदिल इनसान और बुद्धिमान जमींदार रहे।

ठाकुर गंगादास जमींदार बैरिस्टर जो मुंसिफ कोर्ट खुर्जा और जिला बुलंदशहर में प्रैक्टिस कर रहे हैं, अपनी जमींदारी और किराएदारी आदि सभी के केस स्वयं ही लड़ लेते हैं। इससे पिताश्री भागीरथदास को बहुत राहत हो गई है। जो व्यावसायिक झगड़े-भाड़े के वकीलों से निपटवाने पड़ते थे, वह अब पुत्रश्री गंगादास बैरिस्टर निपटाने लगे हैं। इससे भारी फीस तथा केस की सुदृढ़ता भी काफी हद तक सुनिश्चित हो गई है। ठाकुर भागीरथदास को यह देखकर और प्रसन्नता हुई कि अपने बड़े भाई को यशस्वी बनते देख ठाकुर हरनरायन भी अच्छी मेहनत करने लगे हैं और सायं में अँधेरा होने

पर लालटेन की रोशनी में भी पढ़ते हैं। उन्होंने यह शुभ-संकेत अपनी सासूमाँ मुसम्मात रुक्मणी कुँवर को भी बताया तो वह अपने खानदान के प्रति बहुत आश्वस्त हुईं और सर्वशक्तिमान प्रभु से बच्चों के 'दीर्घ जीवन तथा नजर से सुरक्षित रहें' प्रार्थना करने लगीं।

इधर ठाकुर गंगाप्रसाद वकील के साहबजादे रविशंकर अपनी प्रतिभा का परचम फैलाने में अपने पिताश्री और चाचाश्री से आगे निकलते दिखाई दिए। इसमें विशेष सहयोग उनकी माताश्री जमना कुँवर का रहा। मुसम्मात जमना कुँवर पढ़ी-लिखी होने के कारण अपने प्रिय पुत्र को उसके पिताश्री की भाँति बैरिस्टर ही बनाना चाहती थीं, अतः उनकी शिक्षा पर विशेष ध्यान देते हुए प्रथम कक्षा से ही 'प्रथम श्रेणी' प्राप्त करने में उनका विशेष परिश्रम है। जूनियर मिडिल-कक्षा में उन्होंने विशेष योग्यता प्राप्त की है, विशेषकर गणित विषय में 90 प्रतिशत अंक लेकर पिछले रिकॉर्ड तोड़े हैं। परिवार के सभी सदस्य हतप्रभ हैं तथा रविशंकर की बलैया ले रहे हैं। आगे की पढ़ाई के लिए अपने पापाश्री और चाचाश्री की तरह खुर्जा में पढ़ने का विचार रखते हैं।

मुसम्मात जमना कुँवर अपने इकलौते पुत्र को बाहर भेजने के विचार के प्रतिकूल हैं। असलियत में इस बीच इनके कई गर्भपात हो गए, जिसके कारण और कोई शिशु नहीं हो पाया। माता का स्नेह अपने एकमात्र पुत्र पर स्वाभाविक है।

ठाकुर गंगादास ने अपनी पत्नी का पुत्रमोह देखकर पहले तो कुछ न कहना उचित समझा, लेकिन अपने पिताश्री भागीरथदास और भाईश्री हरनरायन सिंह से सलाह-मशविरा कर रविशंकर का दाखिला खुर्जा में ही करा दिया।

एक दिन ठाकुर हरनरायन सिंह अपनी कानून की आखिरी साल की पढ़ाई करने में निमग्न थे, सायं का समय हो गया। चौकीदार हिम्मत बदन से लालटेन जलवाई और लालटेन की रोशनी में फिर पढ़ाई में व्यस्त हो गए। चौकीदार ने कहा भी, "बाबा दिन छिप गया, अब मत पढ़ो, आँखें दुःख जाएँगी" तो हिम्मत को डाँटकर कहा, "अपना काम करो मुझे मालूम है, मुझे क्या करना है?" और बाहर बगीची में बने कमरे में पढ़ते रहे। चौकीदार अपनी ड्यूटी पर पहुँच गया। इसी बीच एक साधू ने उनके कमरे में प्रवेश किया और मुसकान भरी मुद्रा में बोले, "ऐ बालक क्या पढ़ रहा है? बैठने को भी नहीं कहेगा"?

पहले तो हरनरायन साधु को देखकर आश्चर्यचकित हुए। फिर तुरंत ही गुस्से में बोले, "दिखाई नहीं देता कि मैं पढ़ रहा हूँ। तुम यहाँ कैसे घुस

आए"? साधु से ऐसा कहकर उन्होंने चौकीदार हिम्मत को आवाज लगाई कि इन साधू बाबा को बाहर निकालो।

चौकीदार ने अपने मालिक के आदेश का पालन करते हुए साधू बाबा को बाहर निकालने की कोशिश की, परंतु वह वहीं खड़े रहे।

मालिक हरनरायन ने पहले तो गुस्से में आगबबूला होकर चौकीदार को डाँटा, "तुम कहाँ थे? दरवाजा बंद क्यों नहीं किया था?" और फिर साधु के प्रति अपशब्द बोलते हुए कहा, "इसे धक्के मारकर बाहर कर दो।"

साधू बाबा के चेहरे के भाव ज्यों के त्यों रहे और मुसकराते हुए बोले, "बच्चा तू जो पढ़ रहा है, उसमें पास नहीं होगा और इसमें तू ग्यारह बार फेल होगा," कहकर साधु बाबा निकल गए।

ठाकुर हरनरायन और चौकीदार दोनों किंकर्तव्यविमूढ़ हुए बाबा (साधु) के इस घटना से अवाक् रह गए।

परिवार में इस घटना के पता लगते ही मुख्य-द्वार से साधू की खोज हुई, परंतु वहाँ कोई नजर नहीं आया।

जवानी के जोश और अपनी प्रतिभा के धनी ठाकुर हरनरायन ने आवेश में कहा, देखता हूँ, कौन मुझे फेल कर सकता है?"

लेकिन"लेकिन साधु बाबा की भविष्यवाणी सत्य हुई। ठाकुर हरनरायन सिंह ने जब से साधू बाबा से अपशब्द बोले, स्वयं उन्हें भी ग्लानि आई, परंतु भाग्य ने अपना खेल खेला। प्रत्येक वर्ष कानून की परीक्षा देते और प्रत्येक बार असफलता मिलती।

पिताश्री ठाकुर भागीरथदास और नानीश्री रुक्को कुँवर ने अनेक पूजा पाठ किए, परंतु साधू की भविष्यवाणी बदस्तूर चलती रही। इस बीच ठाकुर हरनरायण सिंह जमींदार ने अनूपशहर में अध्यापन-कार्य करना शुरू कर दिया और वहाँ हैडमास्टर बन गए। बाकी समय अपने पिताश्री के साथ जायदाद और जमींदारी का कार्य सँभालते।

पत्नी गंगादेई कुँवर ने पहले एक पुत्री को जन्म दिया और पुनः एक पुत्र को जन्म दिया। पुत्री का नाम सुगंधा और पुत्र का नाम घासी रखा गया। पुत्र घासी सात माह के तब पैदा हुए, जब गंगादेई कुँवर (मानदेई) अपने मायके रेल द्वारा जा रही थीं। तभी उनके दर्द उठ गए और रेल जंजीर खींचकर रुकवाई गई और घास के मैदान में पुत्र पैदा हो गया। वो तो अच्छा हुआ कि 'मायका' अगले स्टेशन पर था अतः रेल यात्रियों की तुरंत समझदारी से बच्चा सुरक्षित बच गया, परंतु सात मास का होने के कारण कमजोर तथा

अस्वस्थ रहने लगा। परिवारवालों ने बहुत इलाज कराकर लालन-पालन किया।

रविशंकर अपनी पढ़ाई के साथ-साथ अपने दोस्तों की सोबत में पैसा बरबाद करने लगे। अत: पिताश्री ठाकुर गंगादास बैरिस्टर की प्रतिष्ठा में आवाजें उठने लगीं। पिताश्री ने उन्हें समझाने की कोशिश की, परंतु सब व्यर्थ। अत: उनका विवाह ढकनगला निवासी अंबरसेन गर्ग की पुत्री जावित्री देवी के साथ निश्चित कर दिया। जावित्री तेज-तर्रार और पढ़ी-लिखी लड़की है, सोचकर शीघ्र धूमधाम से विवाह संपन्न किया। जावित्री देवी एक मध्यम आर्थिक स्थिति के पिताश्री की संतान है, सोचकर कि पुत्र रविशंकर को निभा ले जाएँगी, माताश्री जमना कुँवर भी सहर्ष तैयार हो गई।

पौत्र-वधू जावित्री कुँवर के आते ही पौत्र 'रविशंकर' सबकुछ भुला बैठे और बड़ी आँखोंवाली गोरी-चिट्टी पत्नी ने उन्हें अपने वश में कर लिया। दादाश्री और पिताश्री दोनों को जावित्री कुँवर पर गर्व हुआ कि अब यह अपने पति के दुर्गुणों को समाप्त कर देगी और दोस्तीबाजी समाप्त हो जाएगी। वास्तव में देखा भी यही गया कि खुर्जा में अब ठाकुर गंगादास बैरिस्टर के कानों में परिवर्तन चिह्न की सूचना मिलने लगी। अब बैरिस्टर साहब ने अपने पुत्रश्री रविशंकर का आने-जाने का कार्यक्रम भी अपने साथ बना लिया। प्रात: घोड़ा-ताँगा से दोनों पिता-पुत्र जाते और दस बजे तक पहुँच जाते और फिर सायं चार बजे चलते और आठ बजे तक डिबाई आ जाते। दूसरी तरफ ठाकुर हरनरायन कानून की पढ़ाई भी करते रहे और अनूपशहर में अध्यापन-कार्य व पिताश्री ठाकुर भागीरथदास के साथ जायदाद के कार्य आदि में मदद करते।

रविशंकर अब स्नातक परीक्षा में आ गए, लेकिन उनके दोस्तों का साथ पुन: चालू हो गया, ताश (जूआ) खेलना और शराब-मांस सेवन भी उनकी आदतों में आने लगा। अकसर अपने पिताश्री को संदेह में रखकर कह देते कि "आज मैं खुर्जा में ही रुक रहा हूँ, क्योंकि परीक्षा की तैयारी बहुत है।"

ठाकुर गंगादास यह सोचकर कि बेटा अच्छी मेहनत कर रहा है, स्वीकृति दे देते और रविशंकर उस रात मौज-मस्ती मना लेते।

नतीजा यह हुआ कि ग्रेजुएशन की परीक्षा में फेल हो गए। जब परिवारजनों ने सुना कि रविशंकर फेल हो गए तो उनके पैरों के नीचे से जमीन खिसक गई। वास्तविकता में रविशंकर बुद्धिमान तथा परिश्रमी थे, परंतु दोस्तों के साथ गलत आचार-व्यवहार से बिगड़ गए। पिताश्री ठाकुर गंगादास बैरिस्टर को अपनी प्रतिष्ठा पर धब्बा लगता महसूस हुआ। अत: गुस्से में

काफी भला-बुरा कहा। घर में कोहराम मच गया। पिताश्री ने अपने अनुभव का प्रयोग करते हुए अपने पुत्र ठाकुर गंगादास को रोका कि जवान लड़का है, ज्यादा मत कहो। परंतु गंगादास गुस्से में बहुत कुछ कह गए। अगले दिन खुर्जा पहुँचने पर मालूम हुआ कि श्री गुलाब राय वकील के साहिबजादे, जो रविशंकर के साथ ही बी.ए. कर रहे थे, वह भी फेल हो गए और फिर भेद खुला कि यह जुए की लत का शिकार हो गए हैं। इधर रविशंकर ने गुस्से में भोजन भी नहीं किया और रात को ही कमरा बंद कर सो गए। ठाकुर गंगादास खुर्जा के लिए प्रातः निकल चुके थे और उधर रविशंकर जब प्रातः सोकर नहीं उठे तो माताश्री और पत्नी जावित्री कुँवर ने आवाज लगाई तो कोई आवाज नहीं आई। माताश्री जमना कुँवर ने पुत्रवधू से जाकर मालूम करने को कहा तो दरवाजा अंदर से बंद निकला। नौकर-चाकरों की मदद से दरवाजा खुलवाया गया। अंदर चारपाई पर रविशंकर लेटे हुए, मुँह से झाग निकलती हुई और सिर एक तरफ टेढ़ा हुआ, आँखें अधखुलीं जैसे कुछ खोज रही हैं। सभी की उन्हें देखकर चीख निकल गई। शरीर ठंडा और निर्जीव देखकर यह तो निश्चित हो गया कि रविशंकर मृत हैं। माताश्री जमना कुँवर पछाड़ खाकर गिर पड़ीं और पत्नी जावित्री देवी का रो-रोकर बुरा हाल हो गया। 14 जनवरी (संक्राति पर्व), 1899 को रविशंकर काल का ग्रास बन गए। कोहराम की आवाज सुन ठाकुर भागीरथदास मर्दाने खाने से अंदर आए तो नौकर ने उन्हें सब हाल बताया। ठाकुर भागीरथदास सत्तर वर्ष की अवस्था में अपने आपको सँभाल न पाए। नौकर ने सहारा देकर उन्हें पहुँचाया। रविशंकर की इस दुःखद आत्महत्या पर सभी द्रवित और असहाय हुए एक-दूसरे को सहारा भरी सांत्वना देने लगे। पुराने नौकर ने अस्सी वर्ष की मुसम्मात रुक्को कुँवर की आज्ञा से खुर्जा जाकर ठाकुर गंगादास वकील को सूचना देने प्रस्थान किया और ठाकुर गंगादास के आने पर सभी क्रियाकर्म दुःख के अपार सागर में डूबते हुए किए। रविशंकर की अस्थियों को हरिद्वार गंगा नदी में प्रवाहित कराया गया। विपत्तियों के अथाह सागर में ठाकुर गंगाप्रसाद को दुःख ने अपने दानवी जबड़े की चपेट में ले लिया। मुसम्मात जमना कुँवर तो अपना होशो-हवास खो बैठीं। कई दिन तक बदहवास पुत्र को पुकारती रहीं और कभी बेहोश हो जातीं और कभी होश में आ जातीं। शरीर की सुधबुध न रहती और 'रवि' मेरे 'लाल', 'मुझे छोड़कर कहाँ चला गया' चिल्लातीं। ससुरश्री तथा पतिश्री समझाते कि ईश्वर की यही मरजी थी। वह हमसे किसी पूर्व जन्म का बदला लेने आया था। जो कर्जा हमने उससे

लिया था, वह ले गया। करनवास गंगा किनारे कुटी बनाकर एक पहुँचे हुए साधु दिन-रात भगवान् का भजन करते थे, उनके पास जमना कुँवर को ले गए, उन्होंने ज्ञान और वैराग्य के बहुत उपदेश दिए, परंतु माताश्री जमना कुँवर पुत्र वियोग में बावली हो गईं। अंट-शंट बकना और खाने-पीने का भी होश न करना। सारे उपाय असफल होते गए।

ठाकुर गंगादास ने अपनी माताश्री मेहताब कुँवर के देहांत के बाद भगवान् में विश्वास कम कर दिया था, परंतु अब इस असहनीय गम से इतने टूट गए कि किसी काम में मन नहीं लगता। एक तरफ पुत्र का दु:खद वियोग और दूसरी तरफ पत्नी की विक्षिप्त अवस्था से आहत हो भगवान् शिव की शरण में समर्पित रहने लगे। "नवसदी सन् 1900 ऐसी आई कि इकलौती होनहार संतान की बुद्धि जरा सी बात पर बिगड़ गई"–कहकर एक दिन गंगादास अपने पिताश्री भागीरथदास के पास बैठकर सुबकने लगे।

ठाकुर भागीरथदास ने पुत्र गंगादास को बाँहों में भरते हुए भरे दिल से समझाया, 'पुत्र ये संसार असार है। हमारा तो बुढ़ापा ही भगवान् ने कड़वा कर दिया। पुत्र रविशंकर से आस लगाए थे कि जवान हो गया है, सब जिम्मेदारी सँभाल लेगा, परंतु महादेव ने हमारी सारी मनोकामनाएँ चूर-चूर कर दीं। मनुष्य बनाता है, ईश्वर बिगाड़ता है। विधाता की गति टेढ़ी है।

पौत्रश्री गंगादास ने दादीश्री को बताया कि 'फेल होने का कारण 'जुआ' अर्थात् ताश पत्ते ही थे, इस रहस्य को रविशंकर ने हमसे छिपाया और औरों ने इस सत्य का परदाफाश कर दिया था। इसके कारण पुत्र रविशंकर डर गया था कि अब डाँट पड़ेगी। अपने ऊपर ऐसी तौहीन न आए इससे शर्मिंदा भी थे। वधू ने समझाया भी था कि अब जो हो गया सो हो गया, आगे मेहनत कर पास हो जाएँ। इसपर मौन रहे। अभाग्यवश मैंने गुस्से में कुछ ज्यादा ही कह डाला और रवि सहन न कर पाए। यह भी बताया कि उसके बिस्तर के पास 'संखिया' (जहर) की पुड़िया भी पाई गई थी, जो पुत्रवधू ने उठाकर छुपा दी, कहकर पुनः ठाकुर गंगादास सुबक पड़े। कनिष्ठ भ्राता हरनरायन सिंह भी इस अनहोनी से अत्यंत विक्षुब्ध हो चुके अपने भ्राता को समझाते और फिर स्वयं ही सिसकने लगते। घर में गम की ऐसी तपस फैल गई कि झुलसते हुए मनों को कोई दवा असर न करती। ठाकुर गंगादास की एकमात्र संतान और वह भी इतनी कच्ची उम्र में साथ छोड़कर सदैव-सदैव के लिए चली गई। न कोई संतान हुई, अभी छह मास तो विवाह को ही हुए थे। हाथों से मेहँदी भी न उतरी थी। मायके से जावित्री कुँवर को पिताश्री व

भाईश्री कुछ दिन के लिए ले गए कि मन बहल जाएगा, परंतु कुछ ही दिनों बाद जावित्री देवी वापस ससुराल आ गई कि अब मरना और जीना ससुराल में ही होगा। सभी को उनके निर्णय से प्रसन्नता हुई, विशेषकर ठाकुर गंगादास को, क्योंकि पत्नी की उस अवस्था में सेवा होना अति आवश्यक था। जावित्री कुँवर ने अपना पुत्रवधू का कर्तव्य बखूबी निभाया और सासूमाँ जमना कुँवर की सेवाशुश्रूषा करती रहीं। उधर मुसम्मात मानदेई कुँवर ने दुसरे पुत्र को जन्म दिया। बिना किसी उत्सव के नामकरण-संस्कार संपन्न कर दिया गया। शोक संतृप्त परिवार पुत्र जन्म पर जातक-कर्म ही कर पाया।

ठाकुर भागीरथदास को अपने ज्येष्ठ पुत्र गंगादास वकील की बहुत चिंता रहती। उन्होंने अपनी सासूमाँ रुक्को कुँवर से सलाह कर एक मंदिर बनाने का विचार रखा। मुसम्मात रुक्को कुँवर तो स्वयं ही शिव आराधना में निमग्न थीं। अत: पौत्र रवि शंकर की स्मृति में ठाकुर भागीरथदास ने अपने पुत्र गंगादास की इच्छा हितार्थ शिव-मंदिर जिसका नाम नील कंठेश्वर रखा, की स्थापना की। यह मंदिर 1906 में बनकर तैयार हुआ। शिवलिंग और गौरी, गणेश, स्वामी कार्तिकेय अर्थात् शिव परिवार मंदिर का प्रतिष्ठापन समारोह कराया गया। शिव-कृपा से परिवारजनों को कुछ मानसिक शांति प्राप्त हुई। इसके निर्माण में करीब चार हजार रुपया व्यय हुआ और प्रतिष्ठापन उत्सव में करीब एक हजार रुपया व्यय हुआ। पूजा हेतु एक पीपल और एक पिलखन का वृक्ष भी रोपा गया। ठाकुर हरनरायन सिंह अपनी कानून की पढ़ाई में लगातार फेल होते रहे। अपने जिद्दी स्वभाव के कारण प्रतिवर्ष परीक्षा देते और फेल हो जाते। भ्राता ने समझाया कि भइया छोड़ो और अपनी अध्यापन नौकरी को बढ़ाने के लिए प्रशिक्षण 'एल.टी.' ले लो, जिससे कॉलेज में प्रिंसिपल पद तक पहुँच जाओगे। अध्यापन-क्षेत्र काफी उत्तम कार्य है। साथ ही प्रतिदिन मंदिर में जल चढ़ाकर भगवान् शिव को मनाया करो"।

ठाकुर हरनरायन भ्राताश्री से प्यार भरे शब्दों में बोले, "भाई साहब आपका आशीर्वाद मेरे ऊपर हो जाएगा तो मैं अवश्य इस बार पास हो जाऊँगा। आपको स्मरण है कि कुछ साल पहले जो साधू बाबा आए थे, उन्होंने मेरे द्वारा किए अपमान से क्रोधित हो, ये शाप दिया था कि बच्चा 'ग्यारह' बार फेल होगा। वो ग्यारह वर्ष समाप्त हो गए और इस बार मैं परिश्रम करूँगा और 'पास' होकर आपको दिखाऊँगा"।

ठाकुर गंगादास की आँखें भर आईं। उन्हें अपने भाई में अपने पुत्र रविशंकर का स्वरूप नजर आने लगा। प्रेम उमड़ पड़ा और भाई को गले

लगाते हुए अपना हाथ उनके सिर पर रख दिया। गद्‌गद हृदय हुए दोनों भाई लिपट गए।

ठाकुर हरनरायन तुरंत संवेदनाओं में बहते हुए बोले, "भाई साहब, ये दूसरा बेटा, जो आपकी भाई वधू के जन्मा है, ये मेरे भतीजे रविशंकर की प्रतिमूर्ति है, अतः इसको आप ही पालेंगे? दुलहन जावित्री कुँवर से कह दें कि वही इसका लालन-पालन करें। ठीक है न"।

धीरे-धीरे दोनों भाइयों का वार्त्तालाप जनानेखाने तक पहुँच गया और जावित्री कुँवर की ममता अपने चाचा ससुरश्री के दूसरे पुत्र में पड़ने लगी। असलियत में ठाकुर हरनरायन सिंह तथा मानदेई कुँवर के प्रथम पुत्र घासी सिंह जब दस वर्ष के थे, तब छोटे पुत्र मंगल सिंह पैदा हुए। अतः इतने वर्ष बाद घर में छोटा बच्चा तथा ठाकुर गंगादास वकील के पुत्र रविशंकर के देहांत के बाद जन्म होने के कारण उनके स्वरूप में उनकी कल्पना ममत्व को पुरजोर करने में असली भूमिका निभाने लगी।

मुसम्मात जमुना कुँवर अपना मानसिक संतुलन पुनः सामान्य स्थिति में लाने में सफल नहीं हुईं। पुत्रवधू उनकी सब देखभाल और चिकित्सा करतीं, परंतु कभी कुछ ठीक लगतीं और पुनः ज्यों की त्यों हो जातीं। पुत्र रविशंकर की यादें उन्हें विचलित करती रहतीं। यूँ तो पिताश्री गंगादास बैरिस्टर भी कम गमगीन नहीं थे। उन्हें एक गम पुत्र का और दूसरा पत्नी की हालत देखकर होता। स्वयं भी अपने प्रति लापरवाही बरतते रहते। पिताश्री भागीरथ जमींदार स्वयं अपने ज्येष्ठ पुत्र की तरफ से परेशान रहते। अपनी वकालत पर भी ध्यान न देना और कहने पर यही शब्द कहते, कि "इस धन-संपत्ति का मेरे लिए कोई उपयोग नहीं है। जो इसको बरतता, जब वही नहीं रहा तो मैं ही क्या करूँगा"?

पिताश्री समझाते बेटा! अपना जीवन सँभालो, हरनरायन के दो बेटे हैं, एक तुम गोद ले लो। तुम्हारा वंश चल जाएगा। मन भी लगा रहेगा।

ठाकुर गंगादास तो जैसे निःस्पृह हो गए। न किसी काम में मन, न किसी से लगाव। पश्चात्ताप की अग्नि में धधकता कलेजा उन्हें उसी घटना के विभिन्न पहलुओं पर ले जाकर डाल देता। कुछ समय शिव-मंदिर में गुजारते तो कुछ शांत वातावरण महसूस करते। उनके सह-बैरिस्टर भी समझाते कि "जो हो गया, वो मनुष्य के हाथ में नहीं होता, यह विधि का विधान है। वह सर्वशक्तिमान ही माध्यम बनाता है। रिश्ते-नाते सब एक बहाना हैं," कहकर खुर्जावासी माखनलाल बैरिस्टर ने समझाया कि अपने को सँभालो।

1908 में सायं खुर्जा से अपनी प्रैक्टिस करके ठाकुर गंगादास बैरिस्टर लौटे तो कमजोरी महसूस करने लगे। दादीश्री रुक्को कुँवर ने पलंग पर बैठे-बैठे ही कहा, "बेटा! कुछ खा-पी लो, थक गए हो"।

"दादीश्री, कुछ 'जी' घबरा रहा है", कहकर नाली की तरफ बढ़े और घबराहट के साथ सूखी उलटी करते गिर पड़े और बेहोश हो गए। सामने रसोई से निकलती पुत्रवधू जावित्री कुँवर ने ससुरश्री को देखा तो लपकी और पानी उनके मुँह में डाला। दादीश्री रुक्को कुँवर भी घबराती पौत्र के पास आईं। नौकर को आवाज लगाई। उठाकर पलंग पर लिटाया। वैद्य को बुलाने भेजा। चेहरा सफेद पड़ गया। पत्नी जमुना कुँवर बिखरे बाल अवाक् खड़ी देखती रहीं। कोई प्रतिक्रिया नहीं की।

ठाकुर गंगादास की साँस तेज चलती रही। वैद्य साहब ने आकर अपना इलाज शुरू किया। नाड़ी देखकर पता चला कि हृदय-आघात है और कुछ पक्षाघात का असर भी हो गया है। मुँह कुछ टेढ़ा हो गया। ठाकुर भागीरथदास ने पुत्र का ऐसा हाल देखा तो हकीम साहब को भी बुलाया। उन्होंने 'काढ़ा' ओटवाकर पिलवाया। कुछ सुधार हुआ तो वैद्यजी और हकीम साहब इलाज-प्रक्रिया समझाकर चले गए। दो-चार चम्मच दूध मुँह में डाला गया। रातभर घबराहट और साँस चलती रही। कुछ देर आँख भी लग गई। ठाकुर हरनरायन रात्रि में भाई के पास बिस्तर बिछाकर ही सोए। रात भर घबराहट के मारे आँख नहीं लगी। प्रातः चार बजे कुछ झपकी आई, तभी जोर से आवाज आई तो देखा कि दौरा पड़ गया है। ठाकुर हरनरायन बिस्तर से कूदे और भाई गंगादास बैरिस्टर ने अपनी अंतिम साँस भाई हरनरायन के हाथों में ली। कनिष्ठ भाई की चीख निकल गई।

प्रातः की गोधूलि-बेला में सारा संसार रात्रि विश्राम के बाद नवप्रभात में कर्मों की डोली थामे बढ़ने को तैयार होने को था और एक विवेकशील बैरिस्टर अपनी अंतिम विश्राम-यात्रा पर निकल पड़ा। खाली हाथ जीवन की संपूर्ण पूँजी छोड़कर निर्मोही पुत्र-मोह में विक्षिप्त पत्नी का सहारा भी न बन सका। अपार भीड़ जमा होने लगी। 1908 का कार्तिक माह, जिसने सुना रुक न सका कि बैरिस्टर ठाकुर गंगाप्रसाद का हृदय गति रुक जाने से निधन हो गया। कैसे हुआ? कब हुआ? क्यों हुआ ? प्रश्नों की झड़ी से समाज का अधिकतर व्यक्ति आश्चर्यचकित था। कोई अपने मुकदमे के लिए उनकी तारीफ कर रहा था। कुछ लोग सहानुभूति के शब्दों से आठ वर्ष पहले एकमात्र पुत्र रविशंकर की मृत्यु का शोक बखान रहे थे। कुछ उनके वैभव

और प्रतिष्ठा की चर्चा करते सुने गए।

दुःख के सागर में डूबा परिवार कुछ भी नहीं सहन करने की स्थिति में अपने को पा रहा था, परंतु मृत्यु पर किसका जोर चला है। कितना भी प्यारा-मीठा व्यक्ति हो, सभी का अंत होना है। अंतिम विश्राम चिता की धधकती अग्नि में शरीर का विलीन होना ही है। भाई हरनरायन सिंह ने अपने प्रिय भाई को मुखाग्नि देकर अपना कर्तव्य प्रेम-पूर्ण निभाया। पिताश्री भागीरथदास जमींदार का हाल अत्यंत कारुणिक था। अपने कर्मों को दोषों में लिप्त किए अत्यंत असहाय और बेबस महसूस करते रहे। दूसरी तरफ दादीश्री रुक्को कुँवर अपनी लंबी उम्र को कोसती अपने बड़े पौत्र के निधन पर आँसू बहाती रहीं।

ठाकुर गंगादास बैरिस्टर की अंतेष्टि क्रियाएँ विधि-विधान से संपन्न की गईं। समय की चाल बड़ी अलबेली है। पत्नी जमुना कुँवर पुत्र रविशंकर के निधन के बाद से ही मानसिक असंतुलन से पीड़ित हैं। पति के स्वर्गवास से कुछ अजीब सी हरकतें और प्रतिक्रियाएँ दिखाने लगी हैं। शारीरिक और मानसिक वजूद अस्त-व्यस्त रहता है। ऊपर के कमरों में से एक तरफ उनका एक कमरा और उसके आगे बड़ी खुली छत है, जिसके पिछवाड़े से पीपल के एक पुराने पेड़ की डाल उस छत पर लटकी दिखाई देती है। फकीर और ओझा से पहले तो इलाज कराया जाता था, लेकिन कोई लाभ न होने के कारण अब बंद कर दिया है। अब वह किसी की नहीं सुनतीं। बाल बिखरे हैं तो कोई अंतर नहीं, साड़ी खुली है तो खुली है, बैठ गईं तो बैठी ही रह गईं, जैसी क्रियाएँ देखकर परिवार में फिक्र बढ़ी रहती है, परंतु कोई कुछ नहीं कर पाता। पुत्र का गम माताश्री जमुना कुँवर को विक्षिप्त कर गया है। पुत्रवधू जावित्री ही उनकी साज-सँवार बड़ी मुश्किलों से करती सारा दिन लगी रहती है। फुरसत के पलों में अपनी चाचीसासू गंगादेई (मानदेई) से अपने मन की बातें कर कुछ हलका महसूस करती हैं। दोनों बच्चों, घासी, जिन्हें प्यार से 'घिस्सू' तथा मंगल जिन्हें प्यार से 'मंगू' कहते हैं, अपनी ताईश्री का मन अपनी बातों से बहलाते हैं। दोनों अब बड़े हो रहे हैं। घासी सिंह तो सत्रह वर्ष के हो गए और मंगल सिंह आठ वर्ष के हैं। घासी सिंह कमजोर तथा अस्वस्थ रहते हैं। उनका विवाह करने का विचार कई बार टाला जा चुका है।

ठाकुर हरनरायन सिंह जमींदार ने इस बार अर्थात् बारहवीं बार बैरिस्टर का इम्तिहान दिया है और उन्हें विश्वास है कि क्रोधी बाबा का क्रोध ठंडा

हो गया होगा और वह इस बार उत्तीर्ण हो जाएँगे। ठाकुर भागीरथदास ने बहुत विचार-विमर्श कर घासी सिंह का विवाह आगरा जिले के निवासी की पुत्री महादेवी के साथ तय कर दिया। धूमधाम से विवाह संपन्न हुआ। सन् 1910 में ठाकुर घासी सिंह पुत्र ठाकुर हरनरायन सिंह जमींदार एवं मुसम्मात गंगादेई कुँवर का पाणिग्रहण-संस्कार पूरी रीति-रिवाज से किया गया। पुत्रवधू महादेवी गोरी-चिट्टी, तेज नाक-नक्श और बड़ी-बड़ी आँखोंवाली चतुर लड़की है। वह अपने पति से तीन वर्ष छोटी है। उनका 'गौना' अर्थात् विवाह के बाद मायके जाना और दूसरी बार आना एक वर्ष बाद हुआ। नौ महीने बाद ही पुत्र को जन्म दिया। पुत्र जन्म और इधर ठाकुर हरनरायन सिंह 1910 में परीक्षा में पास हो गए अर्थात् एक साथ दो-दो खुशियाँ मिलीं। घर में एक बार पुनः खुशियों का मौसम आ गया। एक घर उजड़ गया, दूसरा सँवर गया। अपनी-अपनी तकदीर। ठाकुर भागीरथदास फूले न समाए। पौत्र का विवाह अपने सामने बाकायदा इच्छानुसार किया। दूसरी तरफ दादीश्री रुक्को कुँवर स्वर्ण-नसैनी चढ़ गईं। अतः उन्हें 'स्वर्ण की नसैनी' (नमूना बतौर) बनवाकर उनके पैर लगवाकर और उनके सम्मान हेतु वस्त्र और सूखे मेवा देकर अलंकृत किया गया। पुत्र का नामकरण-संस्कार दसठौन (दसवें दिन) के साथ किया गया। नगर-भोज के साथ सभी ने शिशु को उपहार व आशीर्वाद दिया।

मुसम्मात रुक्को कुँवर ने अपनी हवेली और उसके आस-पास की जमीन ठाकुर हरनरायन के नाम कर दी। स्वतंत्रता सैनानियों की टुकड़ी कभी-कभी दिल्ली से निकलते हुए डिबाई होती जाती तो चोरी-छिपे अंग्रेजों से बचती आ जाती तो रुक्को कुँवर अपनी पुत्रवधुओं से उनको दाल-रोटी बनवाकर खिलातीं। इस प्रकार देश की स्थिति का सही आकलन भी मिल जाता। ठाकुर भागीरथदास को घबराहट होती कि कहीं अंग्रेजों को इसका सुराग मिल गया कि स्वतंत्रता के लड़ाके यहाँ आते हैं तो बेवजह तहस-नहस कर देंगे। परंतु सासू-माँ से कुछ कहने में भी सकुचा जाते। ठाकुर हरनरायन जमींदार ने कई सौ बीघा गाँवों की जमीन बेचकर 'डिबाई' में बढ़ा ली। कई गाँवों के वाग कटवाकर नई पौध लगवाई तथा वहाँ पक्के कुएँ बनवा दिए। खुर्जा के सेठ गौरी शंकर को कुछ संपत्ति बेच दी। यह करीब दस हजार रुपए में बेची। यह इसलिए किया, जिससे टुकड़ों-टुकड़ों में फैली संपत्ति को सँभालना मुश्किल होता है, अतः 'डिबाई' में बढ़ाई जाती रहे।

मुसम्मात रुक्को कुँवर अपने परिवार की समृद्धि देखकर बहुत प्रसन्न होतीं। शिव मंदिर (नीलकंठेश्वर) में रुद्राभिषेक कराया और पीरों पर चादर

चढ़वाकर सुख-शांति की मन्नतें माँगी। उम्र के लंबे पड़ाव के बाद भी परिवार की मुखिया रुक्को कुंवर के रहन-सहन तथा खान-पान में कोई परिवर्तन नहीं हुआ। घर की दुलहनें जब नौकर के हाथों रात्रि में दूध भिजवातीं तो रुक्को कुँवर पकड़ने से पहले यह देखती कि गिलास पूरा भरा हुआ है या नहीं। आधा सेर (आधा किलो से ज्यादा) का गिलास दूध, जिसमें करीब 2 छटाँक (पचास ग्राम) चीनी पड़ी हो, उन्हें चाहिए। नौकर 'नन्हे' पहले ही कह देता, "माँजी गिलास पूरा भरा है और चीनी पूरी है और खूब गरम उछाल कर लाया हूँ।" कभी मुसकरा जातीं और कभी 'कम बोला कर' कहकर चुप करा देतीं। बागों से आम आते तो एक बालटी भरे पानी में चूसनेवाले आम अर्थात् देसी, उनके पलंग के पास रख दिए जाते और दादीश्री एक आम चेंप निकालकर मुँह में चूसतीं और हाथ में चारों तरफ दबाकर और पुनः रस चूसकर और चूसे आम एक खाली डलिया में डालती जातीं। इस प्रकार जब सारे आम चूस लेतीं तो नौकर को बालटी और डलिया हटाने को आवाज लगा देतीं। चूसे आम गाय-भैंस खुश होकर खातीं। खास देखने वाली बात यह थी कि आम एक बार ही मुँह में चूसा जाता, ऐसा नहीं कि बार-बार मुँह से निकाला और फिर मुँह में डाला। आम चूसने के बाद एक गिलास ऊपर से दूध पीतीं। पलंग पर बैठी-बैठी सब पर अपना हुक्म चलातीं और सभी उनके हुक्म का पालन करते। असलियत में उनके आदेश में अनुशासन और स्नेह दोनों का बराबर मिश्रण होता। अतः सब खुश होकर उनकी सलाह पर चलते। परिवार के सदस्य उनका खूब सम्मान करते। ठीक भी था कि सारी दौलत की मालिक मुसम्मात रुक्को कुँवर ही थीं। दामाद भागीरथदास जमींदार, पौत्र हरनरायन सिंह तथा पौत्रवधू मानदेई कुँवर, जावित्री कुँवर तथा नव दुलहन महादेवी सभी अपनी बुजुर्ग परिवार की मालकिन का सम्मान, आदर और आज्ञा मानने में तत्पर रहते। कभी-कभी रुक्मणी कुँवर अपने जोश में होतीं तो दामाद की प्रशंसा में कसीदे काढ़तीं, जिसे सुनकर सभी गौरवान्वित हो जाते। ठीक भी है, क्योंकि परिवार का सारा काम-काज और व्यवसाय उन्होंने बड़े बुजुर्ग मालिक की जिम्मेदारी से उठा रखा है। मुसम्मात रुक्को कुँवर को याद है कि पति की असमय मृत्यु से उत्पन्न डाँवाँडोल स्थिति में दामाद ठाकुर भागीरथदास ही डूबती नैया के खेवनहार बनकर आए थे और परिस्थिति की नाजुकता को बखूबी सँभाल लिया था। पुत्री मेहताब कुँवर का लगाव अपने पिताश्री और माताश्री के प्रति होना तो स्वाभाविक था, परंतु दामाद ने जिस जिम्मेदारी और ईमानदारी से

सब परिवार सँभाला, वह काबिलेतारीफ है।

ठाकुर भागीरथदास के अपने ज्येष्ठ पुत्र ठाकुर गंगादास बैरिस्टर की मृत्यु के बाद चिंता सताने लगी कि हमारे दुश्मन दूर के रिश्तेदार जिनकी नजरें रुक्को कुँवर की जायदाद पर लगी रहती थीं, उनसे बचाने का उपाय कैसे किया जाए? अपनी सासू-माँ रुक्को कुँवर की सलाहानुसार कुछ जमीन जायदाद उपहार-स्वरूप ठाकुर हरनरायन सिंह के नाम और कुछ बेचकर दूसरी जगह उनके नाम से व्यक्तिगत संपत्ति बनाने के लिए सुझाव रखे।

इधर ठाकुर घासी सिंह का पुत्र एक वर्षीय 'किशन' उलटी-दस्त की बीमारी से मृत्यु का ग्रास बन गया। घर में मातम छा गया। किस अपराध की सजा और किस दुष्टात्मा की परछाईं पड़ी कि हँसता-खेलता पुत्र मिनटों में साँस छोड़ गया। मुसम्मात रुक्को कुँवर रो पड़ी कि हमारे परिवार की खुशियों को दीमक बनकर कौन चाटे जा रहा है। ठाकुर घासी सिंह यूँ तो अस्वस्थ रहते, परंतु बातें बड़ी समझदारी की करते बोले, "बड़ी अम्माश्री जो हुआ विधि का विधान था, प्रभु और बच्चे देगा। पत्नी महादेवी अवाक् मुँह देखती रह गईं और मुँह ढककर अपने कमरे में जाकर फूट-फूटकर रोने लगीं। अश्रु की बहती धार उनके गोरे चेहरे पर दर्द का सागर बहा गई। समय रहते पति घासी सिंह की मुँह वाणी से दो पुत्र जन्मे जो कि दो-दो साल के अंतराल से पैदा हुए। उससे पहले एक गर्भपात भी झेलना पड़ा। 'किशन' और 'हरी' नाम रखे गए।

इधर भागीरथदास उम्र के अस्सीवें पड़ाव को पार कर चुके और चलने फिरने में घुटने दर्द करते, अतः जायदाद की सारी देखभाल ठाकुर हरनरायन सिंह ही सँभालते रहे। उनकी साख अब दूर-दूर तक फैलने लगी, क्योंकि अब उन्होंने हेडमास्टरी छोड़कर कानूनी व्यवसाय अर्थात् वकालत शुरू कर दी। हेडमास्टर की तनख्वाह 135/- रुपए प्रति माह थी, लेकिन वकालत में अब 300/- या 350/- प्रति माह अर्जित करने लगे। उनके छोटे पुत्र ठाकुर मंगल सिंह चौदह वर्ष के होने लगे तथा अलीगढ़ में सरकारी स्कूल में मिडिल- क्लास में पढ़ने लगे। जब किसी जानकार से दिल्ली के मशहूर हलवाई 'नन्हेमल' को ठाकुर हरनरायन सिंह के विवाह योग्य पुत्र के बारे में पता लगा तो उन्होंने ठाकुर भागीरथदास के पास अपनी पुत्री 'जानकी देवी' का रिश्ता भेजा। संदेशवाहक डिबाईवासी है और अच्छा व्यक्ति है, जानकर ठाकुर भागीरथदास जमींदार ने अपने पुत्र हरनरायन से विचार-विमर्श किया एवं अपनी सासू-माँ रुक्मणी कुँवर और पुत्रवधू गंगादेई (मानदेई) से भी राय

ली तो सब जानकारी प्राप्त कर स्वीकृति-संदेश पहुँचा दिया गया। मानदेई के मन में एक संशय अवश्य उठा कि दिल्ली शहर की लड़की तेज-तर्रार होगी, अतः यहाँ कस्बे में उसका निभना संभव होगा या नहीं?

असलियत में मानदेई स्वयं अत्यंत सामान्य परिवार की बेटी रही और यहाँ भी उन्होंने सरलता कायम रखी। दूसरी तरफ पुत्रवधू महादेवी आगरा जिले की बेटी अत्यंत तेज-तर्रार हैं, अतः उन्हें घबराहट हुई, लेकिन पति ने समझाया कि खबरानुसार लड़की अत्यंत नेक और खूबसूरत है, अतः ये न सोचें कि शहर की है तो तेज ही होगी। सब कार्यों में दक्ष है, विशेषकर सिलाई-कढ़ाई में योग्यता प्राप्त है। जन्म-पत्री और ग्रह सब सही मिल रहे हैं।

ठाकुर हरनरायन सिंह ने सुना तो मुसकराए। उन्हें मालूम है कि उनकी पत्नी सीधी-सादी है, जबकि वह स्वयं शौकीन मिजाज के हैं। वह अपनी दादी-नानी मुसम्मात रुक्को कुँवर पर गए हैं, जबकि उनके बड़े भाई गंगादास अपनी माताश्री मेहताब कुँवर पर थे, होशियार और सीधे-सादे स्वभाव के। सारे वार्त्तालाप को सुनकर दादी-नानी मुसम्मात रुक्को कुँवर ने पौत्र ठाकुर हरनरायन सिंह जमींदार कानूनगो को गर्व से अपने पास बुलाया और पास में रखे लकड़ी के बक्से से खोलकर कुछ कागजात निकालने को कहा। हरनरायन सिंह ने आज्ञा का पालन किया और फिर दादी-नानी ने गंभीरता से अपने पौत्र को वह कागजात सौंपते हुए विस्तृत रूप से अपने पूर्वजों की प्रतिष्ठा और बहुमूल्य संपदा को समझाया। खानदानी वृक्ष अर्थात् पेडिग्री जो उन्हें सरस्वती कुँवर ने यानी सासू-माँ तुलसा कुँवर की सासू-माँ ने दी थी, उसे 'पौत्र' के सुपुर्द किया कि इसे इसी प्रकार आनेवाले समय में रखना, क्योंकि हमारे कानून के मुताबिक हमारे दूर के संबंधी जो डिबाई में ही हैं, हमारी संपत्ति पर अपनी गिद्ध नजर लगाए रहते हैं। असलियत में इनके परिवार में संतान ज्यादा हैं और हमारे परिवार में कम हैं, अतः आवश्यकता यह भी है कि अब तुम अपनी संतान भी बढ़ाओ अर्थात् अपने पुत्र-पुत्रवधू को समझाओ कि अपना परिवार बढ़ाएँ। सुनकर पहले तो ठाकुर हरनरायन हँसे, लेकिन शीघ्र ही उन्हें दादीनानी के निर्देश की गंभीरता पर सत्यता नजर आई। अतः उन्होंने विश्वास दिलाया कि, 'अम्माश्री आप विश्वास रखें कि आपके पौत्र आपके खानदान की गरिमा और सुदृढ़ता का अपनी जी-जान से खयाल रखेंगे और ठाकुर कुंदन सिंह, दुर्गादास और ठाकुर बालकिशन जमींदार और उनकी पुत्री मेहताब कुँवर की ईमानदार प्रतिष्ठा और संपदा की रक्षा करते हुए दिन दूनी रात चौगनी बढ़ोत्तरी करेंगे'।

मुसम्मात रुक्को कुँवर फूली न समाई और एक अशर्फी अपने पौत्र पर न्योछावर कर मंदिर के गोसाईं की पुत्री गोमती देवी को भिजवा दी।

निश्चित तिथि पर पुत्र मंगल सिंह का शुभ-विवाह संस्कार संपन्न किया गया। महरून रंग के खूबसूरत मोटे कागज पर स्वर्ण अक्षरों से लिखा हुआ उर्दू भाषा में छपा 'निमंत्रण-पत्र' भेजकर सभी रिश्तेदारों और मित्रों को संदेश भेजा गया। दोनों संबंधी पैसे वाले और शान-शौकत में आगे थे। दिल्लीवासी वैसे तो इस कहावत से अलंकृत किए जाते थे कि 'चिकना चेहरा पेट खाली', परंतु दिल्लीवासी नन्हेमल 'हलवाई' इससे विपरीत थे। चौमंजिला मकान पॉश चाँदनी चौक में तथा अच्छे ठाठ-बाट से रहना सहना था। पुत्री जानकी देवी गोरी-चिट्टी, लंबी-पतली और नाज-नखरों में पली परिवार में सबसे छोटी पुत्री हैं। उनका रहन-सहन आधुनिक है, जानकर ठाकुर हरनरायन सिंह बहुत प्रसन्न हैं कि आधुनिक वधू से परिवार में जागृति आएगी। इतनी बड़ी जायदाद सँभलवा सकेगी। सब सोचकर खूब धूमधाम से दोनों पक्षों ने विवाह-उत्सव को संपन्न किया। समधी की चाँदनी चौक में बड़ी हलवाई की दुकान है और कारीगर बढ़िया स्वादिष्ट मिठाइयाँ, बेड़ई (कचौड़ी), मेथी में चटनी और जलेबी, पेड़ा, कलाकंद, बालूशाही आदि बनाते हैं और यही सब बारातियों को खिलवाया गया। तीन दिन बारात रुकी और प्रात: कलेऊ, दोपहर कच्चा खाना तथा सायं विशिष्ट पकवानों से बारातियों का आदर-सत्कार किया गया। डिबाईवासी तथा अन्य रिश्तेदारों ने प्रशंसा के पुल बाँधे। खीमख्वाव और मखमली चादर जरदौजी की कढ़ाई से सुसज्जित पुत्रवधू को गंगादेई कुँवर ने अनेक सोने-चाँदी के आभूषणों के साथ लहँगा-दुपट्टा भाँवरों पर भिजवाई। मोती-माणिक से जड़े दस्तबंद, कड़े एवं गुलबंद और सीतारामी भिजवाई। दिल्लीवालों ने भी अपनी पुत्री को खूब जेवरात दिए तथा परिवार के सदस्यों के लिए बहुमूल्य वस्त्र और इस्तेमाल में आनेवाला जरूरत का सभी सामान दिया।

1914 में गौरवपूर्ण ढंग से संगमरमर जैसे श्वेत बदन वाली रूपमती, 'जानकी' ने घर में प्रवेश किया तो सभी सासुएँ फूली न समाईं। अंग्रेजी सल्तनत के होते विवाह खूब शान-शौकत और आधुनिक व्यवहारों से संपन्न हुआ। ठाकुर परिवार के होनहार पुत्र मंगल सिंह ('सिंह' कभी लगाते, कभी नहीं) ऊँची कद-काठी के सिंह की सी ऐंड से अपने रोबीले स्वभाव के लिए मशहूर थे। उनके भाई घासी सिंह कुछ कमजोर तथा छोटे कद के फिर भी जँचते अपने भाई के साथ-साथ शोभा बढ़ाते रहे।

इधर जनानेखाने में परदादी-नानी मुसम्मात रुक्को कुँवर, माताश्री गंगादेई कुँवर जिन्हें बच्चे 'अम्मी' कहते हर्ष और उमंग से प्रफुल्लित सभी रस्म-रिवाज पूरे करतीं अतिथियों को उपहार और मिठाइयाँ देकर विदा करती रहीं। हिंदू-परंपरा से ढोल-मँजीरे और मंगलगीत गाकर सभी रिश्तेदारों ने उत्सव का आनंद लिया और प्रसन्नचित्त विदाई ली।

9

नया घर, नया परिवार, ग्रामीण परिवेश में ग्रामीण, परंतु भव्य रहन-सहन में अपने आपको घबराहट के बीच सामंजस्य बिठाती जानकी देवी दुलहन कभी अच्छा महसूस करतीं और कभी परेशानी में चुपके-चुपके रोने लगतीं। 'दिल्ली की बेटी, मथुरा की गाय, भाग्य फूटे जो बाहर जाय' कहावत सिद्ध होने लगी। दिल्ली का उन्मुक्त वातावरण और स्वतंत्रता जानकी कुँवर को याद आती। कुछ दिन मायके जातीं तो उन्हें अच्छा लगता, लेकिन विवाहोपरांत ससुराल भी प्यारी लगने लगती है। अत: दोनों परिवारों में अपना मन भरमाती और प्रेम और मर्यादा का पालन करती जानकी देवी दोनों कुलों को अपने कर्तव्यों से पुण्यवान बनाती रहीं। मन से सात्त्विक तथा अनुशासित देखकर सासूश्री मुसम्मात गंगादेई कुँवर जो कि स्वयं सरल तथा सहज थीं, के मन में बस गईं। ससुरश्री ठाकुर हरनरायन तो पहले से भी निछावर थे, अपनी छोटी वधू पर ज्यादा और ज्येष्ठ पर कम विश्वास करते। कारण केवल यही कि ज्येष्ठ कुछ चालाक और छोटी सहज हैं।

1916 में ठाकुर हरनरायन सिंह को हृदयाघात हुआ और कुछ बाएँ हिस्से पर पक्षाघात भी हुआ। ठाकुर मंगल सिंह मिडिल-कक्षाएँ पढ़ने अलीगढ़ सरकारी स्कूल जाना चाहते थे, परंतु पिताश्री की अस्वस्थता के कारण फिलहाल स्थगित कर दिया। कुछ दिन बाद पुन: उन्हें अलीगढ़ सरकारी स्कूल में दाखिला दिलाया गया।

इधर ठाकुर भागीरथदास जमींदार अपने पुत्र के हृदयाघात पड़ने से विक्षुब्ध हो उठे। पिच्चासी वर्ष के जमींदार अपने पुत्र ठाकुर हरनरायन के ऊपर पूर्णतया निर्भर थे और अब उनकी अस्वस्थता से विचलित हुए तो सहनशक्ति खो बैठे। सन् 1916 में 11 सितंबर को अचानक रात्रि में कुछ घबराहट महसूस की और बेहोश हो गए। घरेलू उपचार किए गए, परंतु कुछ

ही क्षणों में प्राणपखेरू उड़ गए। ठाकुर हरनरायन जमींदार पहले से कुछ स्वस्थ हो गए थे, परंतु अपने पिताश्री की मृत्यु से घबरा उठे। ठाकुर मंगल सिंह को अलीगढ़ संदेश भेजकर बुलवाया गया और सभी क्रिया-कर्म पंडित खेमचंद्रजी के पुत्र दिगंबर विष्णु के पांडित्य निर्देशन में किए गए। क्रिया-कर्म संस्कार में शामिल हुए सभी सज्जन बंधु ठाकुर भागीरथदास के समर्पण और वफादारी की भूरि-भूरि प्रशंसा करते देखे गए। वास्तव में भागीरथदास जमींदार समर्पण और त्याग के जीते-जागते उदाहरण थे। अपनी पत्नी मेहताब कुँवर के प्रस्ताव का सम्मान तथा ससुरश्री के भँवर में आ पड़े व्यवसाय और साम्राज्य को बखूबी सँभालकर इस मुकाम पर पहुँचाना कोई छोटी बात न थी, वरन् सच्चे इनसान की इंसानियत का प्रमाण था। उन्होंने 'ठाकुर' खानदान में आत्मसात् कर, अपना सर्वस्व समर्पित कर 'ठाकुर' और 'सिंह' उपाधियाँ अपने नाम के आगे और पीछे ऐसे संरक्षित कर लिये, जैसे सभी यही समझा करते कि ठाकुर भागीरथदास, ठाकुर बालकिशन के पुत्र ही हैं। दान-पुण्य, जायदाद का विस्तार और परिवार के सभी लोगों का सुख-दुःख अपना बना लिया और अंतिम समय तक ईमानदारी से कर्तव्य निभाया। अपने जीवनकाल में ही हवेली के आसपास फैला मोहल्ला 'भागीरथ गंज' नाम से स्थापित कर दिया था।

मुसम्मात रुक्को कुँवर के आदेश से 'ब्रह्म-भोज' किया गया तथा तेरह पंडितों को भोजन के साथ-साथ कपड़े, दैनिक प्रयोग की वस्तुएँ तथा 'पान-दान' भी दिए गए। ठाकुर भागीरथदास 'पान' के शौकीन तथा 'हुक्का' पीते थे। अतः पंडितों को एक-एक 'हुक्का' भी दिया गया। परिवार के पुण्यात्मा मुखिया के स्वर्गवास के गम से सभी त्रस्त हो गए। भरा-पूरा परिवार अपने को भाग्यवान् भी मान रहा था कि उनकी कृपा से सभी तरफ खुशहाली है। रुक्को कुँवर कभी-कभी अपने को कोसती कि मैं इस उम्र में अपने प्रिय दामाद का विछोह देखने को बैठी रह गई। वह 97 वर्ष में चल रही हैं, सोचकर फफककर रोने लगतीं। अरिष्टि संस्कार पर 'नीलकंठ मंदिर' पर भोग लगाकर तथा 'आन' खुलने के लिए बहन-बेटियों को नेगस्वरूप धन आदि देकर विदा किया गया।

ठाकुर भागीरथदास की मृत्यु के कुछ समय पश्चात् ही बड़ी पौत्रवधू महादेवी ने एक पुत्र को जन्म दिया। परिवार में खुशियाँ छा गईं कि 'दादाश्री' ही बालक का रूप धरकर आ गए हैं। हिंदू धर्मानुसार मरते समय व्यक्ति का ध्यान जिस योनि में होता है, उसी में जन्म लेने की गुंजायश हो जाती है।

सब लोगों ने इस विषय पर काफी प्रकाश डाला और हिंदू-धर्म की व्यावहारिकता और मानवता से जुड़े तथ्यों को सार्थकता की तुला पर तोलकर शत-प्रतिशत व्यावहारिक माना। ठाकुर मंगल सिंह अपनी मैट्रिक परीक्षा के अंतिम वर्ष में पदार्पित हो गए। उन्होंने अपनी पढ़ाई में कठिन परिश्रम किया विशेषकर गणित विषय में, लेकिन अपने पिताश्री ठाकुर हरनरायन सिंह को दूसरा अटैक पड़ने के कारण आना पड़ा और उनकी सेवा में लगकर इलाज कराया। वैद्यजी तथा हकीमजी दोनों द्वारा इलाज चला तो जमींदार साहब कुछ बेहतर हो गए और अपना कार्यभार सँभालने लगे। उन्होंने अपने पुत्र ठाकुर मंगल सिंह को समझाया, "बेटा अब मेरे वश का यह कारोबार और जायदाद सँभालना नहीं है। अत: तुम अपनी पढ़ाई छोड़कर मेरें साथ यह सब समझ लो, वरना मेरे बाद कारिंदा या किसानों पर विश्वास करना संभव न होगा। इतनी लंबी-चौड़ी जायदाद है और किसान और किराएदार ही उसे सँभाल रहे हैं। अत: उनसे लगान और किराया वसूलने के लिए 'बहीखाता' सँभलवाने के लिए स्वयं मालिक को अपने व्यवसाय की जानकारी होनी चाहिए।"

यह सुनकर ठाकुर मंगल सिंह घबराए, परंतु तुरंत ही पिताश्री की अस्वस्थता का ध्यान कर उनके निर्देशन पर चलने का विश्वास जताया। वह बचपन से ही सुनते आ रहे थे कि 'लक्ष्मी' को बचाए रखने के लिए बल, बुद्धि और विवेक से गिद्ध दृष्टि रखनी पड़ती है। उनकी दादी-नानी भी एक बार उन्हें भविष्य में सावधान रहने के लिए आभास दिला चुकी थी। सबसे नाजुक मोड़ था, भारतीय कानून का लचीलापन, जिसमें जायदाद पर बेटी का कोई 'हक' नहीं होता। केवल बेटी के पुत्र इसके मालिक हो सकते हैं अर्थात् धेवते (नाती अर्थात् पौत्र)। यदि धेवते मृत्यु को प्राप्त हो जाए और नानी जीवित रहें तो जायदाद नानी के पास लौटकर पहुँच जाएगी और फिर वह नानी के नजदीकी रिश्तेदारों में बँट जाएगी। अभिप्राय यह कि धेवते के पुत्रों को नहीं मिलेगी। इन्हीं जटिलताओं को देखते हुए दादी-नानी रुक्को कुँवर ने काफी जायदाद तरकीबों से उपहारस्वरूप और अन्य क्रय रूप से बच्चों के नाम कर दी थी, परंतु जायदाद काफी फैली हुई थी। इन्हीं कानूनी पहलुओं को नजर में रखते दूर के रिश्तेदार मुँह पैना करते रहते कि ठाकुर हरनरायन सिंह जमींदार को दो बार हृदयाघात हो चुका है, यदि तीसरी बार हो गया तो यह सब जायदाद लौटकर हमारे पास आ जाएगी।

ठाकुर हरनरायन सिंह अपने दोनों पुत्रों ठाकुर घासी सिंह एवं ठाकुर मंगल सिंह से यह सभी संभावनाएँ तथा भविष्य की सावधानियाँ समझाते

रहते। उनकी बदनियति और लोमड़ी चाल से भी अवगत कराते। ठाकुर घासी सिंह ने मैट्रिक पूरी कर ली और घर में ही रहते। ठाकुर मंगल सिंह अपने भाई से दस वर्ष छोटे, लेकिन होशियार तथा जायदाद के संबंध में अति विवेकवान हैं। उन्होंने समय की नाजुकता को पहचान लिया है और पिताश्री को अपने दायित्व का भरोसा दिला रखा है। अब ज्यादातर हिसाब-किताब, जमीन-जायदाद का लेन-देन अपने पिताश्री के साथ यही करने लगे हैं। ठाकुर हरनरायन सिंह को वकालत के लिए अनूपशहर जाने के लिए भी मना करते हैं। यद्यपि ठाकुर मंगल सिंह अपने पिताश्री से डरते हैं, लेकिन अवसर पाकर एक दिन कह ही बैठे, "पिताश्री, अब आप अपनी प्रैक्टिस करना बंद कर दें? प्रतिदिन घोड़ेगाड़ी से अनूपशहर जाना और वहाँ जिरह करना दिल के लिए सही नहीं है" ?

सुनकर पिताश्री मुसकराए। उनके चेहरे की झलक यह दरशाने में साफ थी कि उनमें पहले जैसी चमक तथा जोश नहीं रह गया, लेकिन पुत्र के समक्ष अपने को कमजोर दिखाने से बचते हुए बोले, "मंगू, (प्यार में मंगू पुकारते) तुम कह तो सच रहे हो कि दिल के दो बार दौरे पड़ने से वो शक्ति नहीं रह गई, परंतु मन नहीं मानता और फिर क्लाइंट्स भी मुझे चैन नहीं लेने देते। जब तक गाड़ी चल रही है, तब तक चला लेता हूँ, जब शरीर काम नहीं करेगा तो अपने आप रुक जाना पड़ेगा। मैं सोचता हूँ तुम्हारे ससुरश्री नन्हेमल अच्छे मशहूर व्यक्ति हैं, उनके द्वारा किसी ऐलोपैथिक डॉक्टर को दिखा लिया जाए" ?

सुनकर ठाकुर मंगल सिंह ने सहर्ष सलाह पर स्वीकृति प्रकट की। नियत समय सब जानकारी लेने पर दिल्ली के डॉ. चटर्जी मशहूर कार्डिलोजिस्ट को दिखाया गया। दिल काफी बढ़ गया, बताया गया और उसके लिए दवाइयाँ लिख दी गईं। दो वर्ष तक इलाज चला, काफी दवाइयाँ खाते रहे और परेशान होकर यह भी कहते कि इससे तो मैं मर जाऊँ तो अच्छा है। इतनी दवाइयाँ खानी पड़ रही हैं। उनकी ऐसी बातें सुनकर पत्नी गंगादेई कानों पर हाथ रख लेतीं तथा परिवार के सभी सदस्य दुःखी हो उठते।

मुसम्मात रुक्को कुँवर सुझाती, बेटा बादाम और पोश्त का नाश्ता खाओ, दूध पीओ और दंड पेलो, स्वस्थ हो जाओगे। हमारी उम्र तुम्हें लग जाए। '101 वर्ष की दादी, नानी पोपले मुँह से अभी भी खूब स्वस्थ हैं'-सोचकर घरवाले दाँतों तले उँगली दबाते और उनकी तारीफ भी करना न भूलते।

इधर हरनरायन को दिल-दर्द की शिकायत हुई तो दिल्ली डॉ. चटर्जी

को संदेशा भेजा गया और दवाई देने के लिए निवेदन किया गया। उन्होंने कहा कि दवाई तो मैं भेज रहा हूँ, लेकिन सही तभी रहेगा, जब आकर दिखा जाए। दवाई दे दी गई और तबीयत की नाजुकता देखते हुए प्रात: ही जाने का प्रबंध किया गया। ठाकुर हरनरायन जमींदार के जिगरी दोस्त अर्जुन सहाय ने बीमारी की गंभीरता भाँपकर ठाकुर मंगलसेन को समझाया कि हरनरायन की हालत ठीक नहीं है, यह प्रात: शायद ही पकड़ पाए, अत: अच्छा हो कि अपने भविष्य की समय रहते सोचो।

मंगल सिंह पहले तो कुछ न समझे, लेकिन 'क्या करें? पूछने पर उन्होंने उनको एक तरफ ले जाकर अपने अनुभव का परिचय दिया और कहा कि मंगल सिंह बेटा, तुम यदि परिवार का भविष्य सुखद और जायदाद बचाना चाहते हो तो अपनी परदादी नानीश्री को 'गंगा नदी' में बहा आओ, अन्यथा यह सारी संपत्ति तुम्हारे पिताश्री के न रहने पर मुसम्मात रुक्को कुँवर के नाम लौट जाएगी और वो 102 वर्ष में चल रही हैं, कभी भी संसार से विदा हो सकती हैं और बुढ़िया के जाने के बाद कोई परेशानी नहीं रहेगी, बशर्ते उनके धेवते अर्थात् ठाकुर हरनरायन जीवित रहें।

यह सुनकर ठाकुर मंगल सिंह स्तब्ध रह गए। उन्हें विश्वास ही नहीं हुआ कि परदादी नानी के प्रति ऐसी निर्मम भावना भी प्रकट की जा सकती है। उन्होंने दोनों हाथों से अपने कान मूँद लिये और बोले, 'चाचाश्री, जायदाद के पीछे इतना बड़ा अपराध नहीं कर सकता। यह तो अत्यंत अमानवीय तथा पशुवत् व्यवहार होगा और मैं यह सब नहीं कर सकता। जिस नानी माँ ने हमें अपने प्राणों से भी ज्यादा प्यार दिया है। हमारे पीछे अपने रिश्तेदारों से दूरियाँ बना लीं और सारी संपत्ति हमारे लिए सहेज कर रखी है। नहीं-नहीं! यह मैं किसी हालत में नहीं कर सकता।

अर्जुन सहाय के लाख हानि-लाभ समझाने पर भी ठाकुर मंगल सिंह अपनी परदादी नानी मुसम्मात रुक्को कुँवर को संपत्ति की रक्षा के लिए गंगानदी में फेंकने या गला दबाकर मारने के लिए तैयार नहीं हुए। सीधी सरल माताश्री गंगादेई ने सुना तो घबरा उठीं कि लोगों को इस खबर की भनक लग गई तो सारे समाज में बदनामी से मुँह भी नहीं दिखा सकेंगे।

वही हुआ, जिसका अंदेशा ठाकुर हरनरायन सिंह जमींदार के परम मित्र अर्जुन ने संभावित किया था। प्रात: की बेला में ठाकुर हरनरायन सिंह गहरी नींद से उठ न सके। वह सदैव के लिए इस संसार से 27 मार्च, 1920 में विदा हो गए। कम उम्र में एक प्रतिभावान बैरिस्टर की मौत से परिवार,

अनूपशहर के शिक्षक, मित्र तथा खुर्जा मुंसिफी का सारा समाज श्रद्धांजलि देने उमड़ पड़ा। सभी अश्रुपूरित हृदय से शोकाकुल हुए। समझ नहीं पा रहे थे कि यह विपत्ति कैसे आन पड़ी। कई मित्र और नजदीकी मुवक्किल तो फूट-फूटकर रो पड़े।

दोनों पुत्रवधुएँ तथा पत्नी मुसम्मात गंगादेई कुँवर का रो-रोकर बुरा हाल हो गया। दोनों पौत्र किशन और हरि विस्मित मुद्रा में परेशान हो उठे। दोनों पुत्र ठाकुर घासी सिंह और ठाकुर मंगल सिंह अपने पिताश्री की मृत्यु से द्रवित हो उठे। 19 वर्ष की आयु के मंगल सिंह तथा 29 वर्ष के घासी सिंह इस दुःख की घड़ी में अपनी माताश्री (जिन्हें 'अम्मी' कहकर पुकारते हैं) को भी सांत्वना बँधाकर स्वयं भी फूट पड़े। वातावरण इतना गमगीन हो गया कि कट्टर-से-कट्टर व्यक्ति की आँखों में आँसू आने लगे।

समझदार और भारी-भरकम शुभचिंतकों ने समझा-बुझाकर अंत्येष्टि-क्रिया संपन्न करने के लिए तैयार किया। ठाकुर मंगल सिंह ने ही दाह-संस्कार किया, क्योंकि ज्येष्ठ भाई घासी सिंह तो सदैव से ही अस्वस्थता के शिकार हैं, अतः वे ही सब उत्तरदायित्व उठाते रहे हैं। कच्ची उम्र में सारी जिम्मेदारी और परिवार दायित्व सँभालने का बोझ उनके नन्हे कंधों पर आ पड़ा।

क्या होगा? कैसे होगा? आदि प्रश्नों में उलझी गंगादेई किंकर्तव्यविमूढ़ हो गईं। पत्नी-धर्म की सारी रस्में सहेलियों और पड़ोसियों ने कराईं। काँच की चूड़ियाँ तोड़ीं और माँग सिंदूर पोंछ दिया गया, क्योंकि यह पत्नी होने की शर्तों में शामिल था। शव-यात्रा में लंबी भीड़ देखी गई। कहनेवालों ने बताया कि ठाकुर हरनरायन समाज में अति प्रतिष्ठित तथा पसंदीदा संभ्रांत व्यक्ति माने जाते रहे हैं। मुसम्मात रुक्को कुँवर अपनी शतआयु को अपने लिए अभिशाप मानने लगी कि मेरा पौत्र मेरे सामने मृत्यु को प्राप्त हो गया। कहते हैं, 'जीवन पर किसी का बस नहीं। मुनष्य कब पैदा होगा और कब मरेगा, यह विधाता के हाथ में है।' पुत्रवधुएँ अपने ससुरश्री के लाड़ और व्यवहार को याद कर दुःखी होतीं और पूरा वातावरण शोक सागर में डूब जाता। इधर मंगल सिंह पर सारा काम आ पड़ा। जमींदारों के कारिंदे, किसान, किराएदार और वकालत के क्लाइंटस आदि आते और अपने-अपने कामों का दुःखड़ा रोते। ईश्वर महिमा विचित्र है। छोटी सी उम्र में मंगल सिंह एक जिम्मेदार और भारी-भरकम जमींदार बन गए। कारिंदा मौहम्मद उमर से धीरे-धीरे अपनी जायदाद की बारीकियाँ समझने लगे। वृद्धा रुक्को कुँवर मस्तिष्क से चुस्त-दुरुस्त अपने परपौत्र को अपने पूर्वजों की ख्याति और

कुशलता का परिचय देती अपनी दादी-सासू-माँ सरस्वती कुँवर और सासूमाँ तुलसा कुँवर की दूरदर्शिता और होशियारी का किस्सा बताती कि किस प्रकार तुम्हारे दादाश्री भगीरथ दास को डिबाई बुलाने के लिए पुत्री मेहताब कुँवर को समझाया था और आज उसी का फल है कि इतने वर्षों बाद भी यह जमीन-जायदाद सुरक्षित रह पाई है। अब तुम्हारी बारी है कि किस प्रकार संपत्ति के दुश्मनों से लड़ाई लड़ते इसका मीठा फल भोगोगे।

"मंगू बेटा, तुम्हारे पिताश्री के असमय देहावसान से कई समस्याएँ खड़ी हो सकती हैं। अतः तुम्हें उनसे होशियारी और बहादुरी से सामना करते हुए निबटना होगा।" मेरी आँखों के सामने उन भूखे भेड़ियों का चेहरा नजर आ रहा है, जो जायदाद में बेटी को हकदार न मानकर स्वयं हड़पने की दिशा में कदम उठा सकते हैं। मेरी अवस्था सैकड़ा पार कर चुकी है और मुझे मालूम है कि किस-किस युक्ति से मैंने तुम्हारे दादाश्री और पिताश्री के साथ मिलकर यह जायदाद इस मुकाम पर पहुँचाई है । अतः अब आवश्यकता इस बात की है कि मेरे जिंदा रहते तुम इसे कागजों में अपने व्यक्तिगत और कानूनी तौर पर सुरक्षित स्थिति में नाम करा लो।"

यह सुनकर ठाकुर मंगल सिंह अपनी परदादी नानी की दूरदर्शिता और अनुभवशीलता से प्रभावित हुए और उन्हें यह भी दीख रहा है कि 102 वर्ष की नानीश्री का क्या भरोसा, कब भगवान् को प्यारी हो जाएँ, अतः उनके जीवनकाल में जितना हो सके, सुरक्षित व्यवसाय कर लिया जाए। अनिश्चितता के बादल घिरने से पहले अपना घर सुरक्षित कर लिया जाए। परिवार और कारोबार की प्राथमिकता ही अब मेरा कर्तव्य है। घर में 102 वर्ष की परदादी नानी, विधवा जमुना कुँवर 55 वर्ष की, विधवा जावित्री कुँवर 40 वर्ष की और माताश्री गंगादेई 37 वर्ष की हैं, जिनकी पूरी जिम्मेदारी हमारी है। गृहस्थी की बागडोर माताश्री अपनी दोनों पुत्रवधुओं महादेवी कुँवर, जिन्हें 'आगरे वाली' तथा जानकी देवी कुँवर 'दिल्ली वाली' के सहयोग से सँभलवाती। सारा परिवार का खाना-पीना सब एक चूल्हे में होता। नाई, धीमर अपना-अपना दायित्व निभाने आते और सिर धोना, पानी भरकर रख जाना, बरतन माँजना और घर की सफाई आदि करते । पुरुष नौकर गाय-भैंस की सानी, दूध निकालना तथा बरौसी (कंडों की अँगीठी) में कंडे जलाकर रखना, फिर दही जमाकर मट्ठा चलाकर मक्खन निकालना आदि दैनिक कार्य करते। मुसम्मात गंगादेई कुँवर उनके कार्य-कलापों पर नजर रखतीं। इधर ठाकुर मंगल सिंह की दुलहन जानकी देवी ने 1922 में एक पुत्र को जन्म दिया। खुशियों के बीच सभी उत्सव

कार्य छठी/नामकरण खूब धूमधाम से भोज के साथ मनाए गए।

ठाकुर मंगल सिंह का शारीरिक सौष्ठव मजबूत, कद ऊँचा और प्रभावशाली व्यक्तित्व समाज के बीच, प्रतिष्ठा और प्रशंसा का विषय रहता। मूँछों पर ताव तथा ठाकुरों की ऐंठ बिलकुल 'क्षत्रियता' से भरी रहती। आत्मसम्मान और सत्यता के लिए कुछ भी करने को तैयार रहते, परंतु अपने परिवार की देखभाल तथा इंतजाम बहुत जिम्मेदारी और निष्पक्षता से करते। एक-एक पैसे का हिसाब रजिस्टर में लिखा जाता और घर के प्रत्येक सदस्य को इन बातों की महत्ता से अवगत कराया जाता। ज्येष्ठ भाई ठाकुर घासी सिंह और भाभी महादेवी को अपने देवर पर निष्पक्षता का विश्वास जम गया कि छोटा भाई जो कारोबार और जमींदारी सँभाल रहा है, वह उनके वश का नहीं है। उन्हें मालूम था कि पिताश्री की मृत्यु के बाद दुकानदार, किराएदार और किसानों से पैसा वसूलना कोई आसान काम नहीं है। ठाकुर घासी सिंह यह बात अपनी चतुर पत्नी महादेवी कुँवर को समझाते कि अपने पुत्र जन्म पर भी 'मंगू' ने हिसाब से खर्च किया, वरना उसके हाथ में सारा पैसा रहता है, वह कितना भी खर्च कर सकता था। परंतु एक-एक पैसे का हिसाब लिखा है और जिस प्रकार तुम्हारे पुत्र किशन और हरी के जन्म महोत्सव पर खर्च हुआ था, बिलकुल उसी तरह अपने पुत्र-जन्म कार्यक्रमों में व्यय किया है। "शक के लिए कोई गुंजाइश न रहे, इन्हीं उसूलों की चर्चा मैं तुमको बता भी चुका हूँ कि भइया 'मंगू' मेरा कलेजा है, वह कभी गलत काम नहीं कर सकता"-यह कहकर वह अपनी पत्नी के संदेह को दूर करते रहते हैं'।

किसान और दुकानदार अवश्य कुछ खेमा बदलने की कोशिश कर रहे हैं। कारण है ठाकुर हरनरायन जमींदार की मृत्यु के बाद उनमें भय कम हो गया है और वे ये समझ रहे हैं कि ठाकुर मंगल सिंह अभी छोटे हैं और उन्हें जायदाद के बारे में पूरी तरह जानकारी भी नहीं है। अतः किराया तथा लगान देने में ढील बरत रहे हैं। उन्हें यह पता नहीं है कि ये ठाकुर वैश्य खानदान के पीढ़ी-दर-पीढ़ी इज्जत से चलनेवाले अनुशासित खानदान के वारिस हैं, जिन्होंने अपनी कुल की प्रतिष्ठा और इज्जत को सर्वोच्च स्थान दिया है। यहाँ की वधुएँ भी अपनी मर्यादा और कर्तव्यों के लिए अपने परिवार को एक सूत्र में बाँधकर चलने के लिए प्रतिष्ठित रही हैं। नतीजा यह हुआ कि ठाकुर मंगल सिंह ने अपनी हवेली में उन महानुभावों को अपने कारिंदा के द्वारा बुलवाया, जो किराया आदि देने में मक्कारी दिखा रहे थे। हुक्का गुड़गुड़ाते ठाकुर मंगल सिंह आराम कुरसी पर झूल रहे हैं और एक-एक कर

उनकी रईया (किसान/किराएदार) 'पायलागूँ' कहते बैठते जा रहे हैं।

ठाकुर मंगल सिंह उन लोगों से बैठने की कहकर और कुछ न बोले। बस कारिंदा मौहम्मद उमर से कहा कि मियाँजी कितने महीने का हिसाब है इनका? रोबीली आवाज और ठाठ-बाट देखकर ज्यादातर लोग, जी हुजूर! जी हुजूर! कहते जल्दी-से-जल्दी अपना हिसाब साफ करने के वायदे करते नजर आए।

बाद में सुना गया कि चर्चा में ये रहा कि "छोटे जमींदार तो अपने पिताश्री से भी सख्त हैं।" नतीजा यह हुआ कि अधिकतर किराया/लगान समय पर उगाहा जाने लगा। अब कारिंदा मौ. उमर भी कहते नजर आए, "जमींदार साहब आपकी एक मुलाकात से मुझे बहुत आसानी हो गई और अब किराया-लगान वसूल करने में दिक्कत नहीं आती"। ठाकुर साहब मुसकरा दिए।

ठाकुर मंगल सिंह जितने सख्त हैं, उतने ही नरम दिल भी। अपनी दादी-नानीश्री रुक्को कुँवर के पद-चिह्नों पर चलकर गरीब किसानों की बेटियों की शादी में सहायता करते जैसे लकड़ी अपने सूखे पेड़ों से कटवा देते और रुपए-पैसे की भी मदद करते। 'विधवा' हुई कम उम्र की लड़कियों को माहेश्वरी स्कूल तथा रामप्यारी कन्या पाठशाला में बगैर फीस या कम फीस पर पढ़ाने की कोशिश करते।

1 दिसंबर, 1924 को मुसम्मात रुक्को कुँवर को दस्त और उलटी आईं। घरेलू उपचार में अजवाइन चूर्ण भूनकर दिलवाया और वैद्यजी से दस्त बंद करने की दवा भी दिलवाई, परंतु कोई लाभ न हुआ और दिन के उजाले में अर्थात् करीब 10-11 बजे एक दम लंबी-लंबी साँसें लीं और देखते-देखते अंतिम साँस लीं। बोलते-बोलते 106 वर्ष की, अपने परमधाम के लिए विदा हो गईं। इतनी लंबी उम्र की यात्रा सभी परिवारवालों के लिए गर्व और गौरव का विषय थी। अब तक पुरुष भाई तो कच्ची-पक्की उम्र पाकर जाते रहे थे। केवल रुक्को कुँवर ने भरपूर उम्र पाई। अच्छे कर्मों और पुण्य-प्रतापों से इतनी उम्र कोई-कोई व्यक्ति पाता है। फिर भी परिवार के सदस्य अवाक् हो दुखित हो उठे। जिसने सुना, उठ दौड़ा दर्शन के लिए। लोग कहते सुने गए कि जिसका जन्म हुआ है, उसे जाना तो अवश्य है, लेकिन ऐसी मौत, ऐसा जीवन भगवान् सबको प्रदान करे। यशस्वी और सफल वही है, जिसने जीते-जी अपने जीवन का एक-एक पल परिवार, समाज और जरूरतमंदों के हितार्थ लगाया हो। समर्पण और कर्तव्यपरायण दादीश्री उदाहरणीय हैं। शत-शत नमन करते बड़े, जवान, बच्चे, नर-नारी सभी की प्रशंसा का पात्र बनी

दादी-नानी मुसम्मात रुक्मणी कुँवर मृत्यु शैया पर लेटी किसी वृद्ध अवतार से कम नहीं लग रही थी। अंतिम-संस्कार एक 'मृत्यु उत्सव' था। विमान बनवाया गया और पुष्पों का श्रृंगार कर अंतिम विदाई दी गई। मृत्यु शाश्वत सत्य है! पंडितजी के मुँह से जैसे ही यह वाक्य निकला, परिवार तथा मित्र-मंडली 'अरथी' को लेकर क्षणभर में चल पड़ी। अपार जनसमूह टूट पड़ा। महिलाओं ने अपने छोटे बच्चे अरथी के नीचे से निकाले इस भावना से कि उनकी भी ऐसी लंबी उम्र हो जाए। स्वतंत्रता के दीवानों को चोरी-छिपे भोजन-प्रबंध तथा धन से मदद करनेवाली रुक्मणी कुँवर प्रसिद्ध रहीं। अत: ऐसे कार्यों में मशगूल तथा स्वतंत्रता प्रेमी मंडलियों ने भी पता चलते इस संस्कार में दर्शनार्थ भाग लिया। हिंदू सनातन पद्धति से सभी संस्कार पूर्ण कराए गए। ठाकुर मंगल सिंह जमींदार ने अपनी परदादी नानी को श्रद्धा-भक्ति भाव से गंगा किनारे 'करनवास' (जहाँ महाभारत युग के राजा कर्ण प्रतिदिन सोना पुण्य किया करते थे वह स्थान) में शवदाह किया। बाद में अस्थि-विसर्जन गंगा नदी की पावन जलधारा में किया। ऐसा माना जाता था कि रुक्मणी कुँवर प्रत्येक 'पूरनमासी' (पूर्णिमा) को बैलगाड़ी में भोजन बनवाकर ले जाती थीं और गंगास्नान-पूजन के बाद वहाँ मंदिर में भोग लगाकर और साधुओं को भोजन बाँटतीं और फिर गाड़ीवान तथा अपने साथ गए सभी को खिलातीं और फिर स्वयं खातीं। इस सबके बाद गंगाजली में गंगाजल भरवाकर लाती और साथ लाईं चिनौरी (इलायची दाना) घर में सभी को 'प्रसाद' बतौर बाँटती। यह नियम तब तक चलता रहा, जब तक कि हाथ-पैर पूरी तरह कमजोर न पड़ गए। घर का माहौल कुछ समय तक अपनी भव्यता और जिंदादिली खो सा गया। घर की दीवारें भी जैसे 106 वर्ष से उनके साथ रहने की आदी हो गई हों, ऐसा घर की उदासी और स्तब्धता से महसूस हो रहा था। वैश्य-जमींदार परिवार की 'रीढ़' मानी जानेवाली मुसम्मात रुक्मणी कुँवर सदैव के लिए 'अलविदा' हो गई थीं।

10

प्राचीनता का एक अध्याय समाप्त हुआ और देखते-देखते नवीन सोच और रहन-सहन का परिवर्तन प्रभाव परिवार के सदस्यों पर नजर आने लगा। ठाकुर मंगल सिंह ने भाई के बड़े पुत्र किशन चंद्र को यह बताना शुरू

कर दिया कि पढ़ाई मन लगाकर करो और अपने पैरों पर खड़े होकर आर्थिक रूप से सक्षम बनो, क्योंकि सुगबुगाहट आ रही है कि हमारे विपक्षी, हमारे दूर के रिश्तेदार जायदाद पर अपना कब्जा पेश करने के लिए मुकदमा दायर करने जा रहे हैं।

सुनकर आठवीं कक्षा में पढ़ रहे किशन चंद्र ने अपने पिता तुल्य चाचाश्री के निर्देशन भरे सुझाव को गौर से सुना और बोले "चाचाश्री, ये कैसे रिश्तेदार हैं, जो हमारी संपत्ति के लिए लड़ाई करना चाहते हैं?"

ठाकुर मंगल सिंह ने समझाया कि किस प्रकार कानून की कमजोरी का फायदा उठाने के उद्देश्य से वो लोग हमसे बैर-भाव मानते हैं। ये बैर तभी से मानने लगे थे, जब हमारे परदादा नाना और परदादी नानी बालकिशन और रुक्मणी कुँवर ने हमारे दादाश्री भागीरथदास और दादीश्री मेहताब कुँवर को अपने पास बुला लिया था और सारा कार्यभार उन्हें सौंप दिया था। तभी से इन्हें ये लगने लगा था कि 'पुत्री मेहताब कुँवर का तो पिता की जायदाद में कोई हक बनता नहीं है। उनके पुत्रों का बनता है, लेकिन उनके पुत्र अपनी नानी से पहले स्वर्गवासी हो गए तो जायदाद लौटकर नानी के पास आ जाएगी। नानी के स्वर्गवास के बाद लौटकर फिर हमारे पास आ जाएगी।' इसी विचार का लाभ उठाने के लिए ये लोग अपनी चालें फेंक रहे हैं। अब हमें सचेत रहना होगा। यदि जायदाद हमारे हाथ से निकल गई तो हमारे बच्चे बेगाने हो जाएँगे। यद्यपि परदादी-नानी ने उपहार और क्रय कर बहुत सारी जायदाद हमारे पक्ष में कर रखी है, लेकिन तुम्हारे दादाश्री ठाकुर हरनरायन सिंह कहा करते थे कि मुकदमे के लिए 'जेब' और 'जूता' दोनों मजबूत होने चाहिए।

अब तक ठाकुर घासी सिंह के दूसरे पुत्र हरीसिंह अपने चाचाश्री और भाईश्री के लंबे वार्त्तालाप को सुनकर जिज्ञासावश वहीं आ पहुँचे थे। दोनों भाई एक साथ बोल पड़े, 'चाचाश्री 'जेब' और 'जूता' मजबूत होने का क्या अर्थ है?

ठाकुर मंगल सिंह ने समझाया कि मुकदमे में धन बहुत खर्च होता है, अतः 'जेब' पैसे से मजबूत होनी चाहिए, दूसरी तरफ मुकदमे के लिए सुनवाई और जवाब देने के लिए बार-बार जाना होता है तो जूते कमजोर हुए तो टूट जाएँगे। अतः मजबूत होने चाहिए, जिससे जाने-आने में मुश्किल का सामना न करना पड़े। सुनकर किशनचंद बोले, 'चाचाश्री फिर तो मैं अपने दादाश्री की तरह कानूनविद् बनने के लिए बैरिस्टरी की पढ़ाई करूँगा।

ठाकुर मंगल सिंह मुसकराते हुए कमर थपथपाने लगे। असलियत में सारा आर्थिक कार्यभार, व्यवसाय आदि सँभालने के कारण सब बच्चे भी अपने चाचाश्री के ऊपर निर्भर रहते और उन्हीं से अपनी प्रत्येक माँग पूरी कराते।

मुसम्मात गंगादेई कुँवर की छोटी बहन तुलसा देवी के पति झम्मन लाल का इंतकाल हो गया और इनके दो बच्चे, एक लड़की विवाहित तथा लड़का 10-12 साल का आर्थिक रूप से परेशान हो रहे थे। उनकी अपनी बहन गंगादेई कुँवर के पास खबर आई कि मिल जाएँ तो ठाकुर मंगल सिंह वहाँ गए और उनकी दीन-दशा देखकर रो पड़े। हुआ यूँ कि पति के गुजरने से विधवा तुलसा देवी का कोई कमानेवाला न रहा तो रोटी का जुगाड़ करने के लिए दो पैसे सेर अनाज पीसतीं तब रोटी बनती । जब ठाकुर मंगल सिंह पहुँचे तो देखा कि लड़का हरीशंकर नमक लगाकर रोटी खा रहा था, देखकर उनकी आँखों में आँसू आ गए कि हमारे घर के तो कर्मचारी भी सब्जी, मट्ठा से खाना खाते हैं और हमारी मौसी का हाल इतना बुरा कि बच्चा नमक से रोटी खा रहा है। बस उन्होंने तुलसा देवी से कहा कि, 'तुम्हारी बहन ने तुम्हें वहीं रहने को बुलाया है।'

पहले तो तुलसा देवी ने आना-कानी की, परंतु जब ठाकुर साहब ने समझाया तो वह अपना कुछ सामान लेकर अपनी बहन के बेटे के साथ पुत्र हरीशंकर को लेकर डिबाई आ गईं। पुत्र हरीशंकर अपने हम उम्र किशन चंद और हरीशचंद्र के साथ में खूब घुल-मिल गए। उन्हें उन्हीं के साथ नगरपालिका स्कूल में दाखिला दिला दिया गया। तुलसा देवी अपनी बहन के प्रत्येक कार्य में बड़ी जिम्मेदारी और चतुरता से सहयोग करती। बहन गंगादेई सीधी-सादी सरल स्वभाव की और तुलसा देवी चतुर और समझदार थीं। अतः बच्चों के रख-रखाव में बहुत आराम मिलने लगा।

जानकी देवी दिल्लीवाली ने अपनी दूसरी संतान एक पुत्री को जन्म दिया। अपनी माताश्री की तरह गोरी-चिट्टी फूल सी बच्ची को पाकर घर में खुशियों का साम्राज्य छा गया। चाँदनी, गुलाबी नामों से पुकारते किशन, हरी, शंभू गोद में लेने को जिद्द करते। ठाकुर बालकिशन जमींदार तथा मुसम्मात रुक्मणी कुँवर की लाड़ली पुत्री मुसम्मात मेहताब कुँवर के पश्चात् 'पुत्री' जन्म का सुअवसर ही नहीं मिला था, अतः घर की देहरी सूनी ही रह गई थी। हिंदू-धर्म में यह मान्यता रही है कि 'यत्र नारीस्व पूजंते, तत्र देवता रमंते' अर्थात् बिना माता, पत्नी, पुत्री के 'गृह' अधूरा माना जाता है

और शुभ-कर्म नहीं आते, माताश्री गंगादेई ने बताया। अपनी माताश्री गंगादेई कुँवर के विचार सुन ठाकुर मंगल सिंह और घासी सिंह फूले न समाए। सभी बड़ी सासू माएँ खुशी से मंगल गान करने लगीं और नाईन को बुलाकर जच्चा-बच्चा के स्वस्थ और दीर्घ जीवन के लिए मंगलगीत कराए। नामकरण-संस्कार में पंडितजी को संपूर्ण 'तीहल' (पाँच कपड़े, धोती, कुरता, तौलिया, बनियान तथा टोपी) भेंट की। अन्य निमंत्रित आगंतुकों को भी उपहार तथा मिठाई देकर विदा किया। नाम निकला 'जगवती' अर्थात् दुनिया की रोशनी और धीरे-धीरे 'जग्गो' नाम से पुकारी जाने लगी।

इन्हीं दिनों 'प्लेग' रोग फैल गया और देखते-देखते प्लेग ने विकराल रूप ले लिया अर्थात् 'महामारी' बन गया। प्लेग चूहों के द्वारा फैलनेवाला रोग है, इससे चूहे मरते समय परेशान होते हैं और निकल-निकलकर तड़पते मर जाते हैं। इनके अंदर बसे कीटाणु मनुष्य में संक्रमण फैलाते हैं और वह व्यक्ति भी इस बीमारी की चपेट में आ जाता है। 'प्लेग' का प्रकोप ऐसा हुआ कि पूरा नगर रोग ग्रस्त हो उठा। हर तरफ त्राहि-त्राहि मचने लगी। चार मृतक फूँककर आए और चार और तैयार हो गए। त्रस्त परिवारों ने अपनी पत्नी और बच्चों को मायके भेज दिया। ठाकुर मंगल सिंह ने भी अपनी भाभीश्री महादेवी आगरे वाली और पत्नी जानकी देवी दिल्लीवाली को बच्चों सहित मायके भिजवा दिया। घर का खाना, दही-दूध भी छींकों पर (ऊपर टाँगकर) रखा जाता या अलमारियों में जहाँ चूहे न जा सकें और प्रदूषित होने से बचाया जा सके। मौसी तुलसा देवी इस काम में दिनभर लगी रहतीं। लेकिन उनकी बहन गंगादेई कुँवर पत्नी स्व. ठकुर हरनरायन सिंह, प्लेग की चपेट में आ गई। इलाज में देर न की। वैद्य, हकीम और अंग्रेजी दवाएँ सभी इलाज किए गए। मौसी तुलसा देवी ने अपनी बहन की जी-जान से सेवा की, परंतु उन्हें नहीं बचा पाईं और 1924 में आई महामारी ने कितनों की बेमौत जान ले ली। मुसम्मात गंगादेई कुँवर भी प्लेग का शिकार हो गईं। जल्दी-जल्दी 'गंगा मैया' के किनारे शवदाह किया गया और अस्थि-विसर्जन भी कर दिया। शवदाह के लिए गरीब-अमीर सभी को प्लेग का शिकार होना पड़ा, अतः बागों से लकड़ी कटवा-कटवाकर जरूरत मंदों को ठाकुर मंगल सिंह ने मुहैया कराई।

स्वतंत्रता की लड़ाई के विरोध में अंग्रेज यही चाहते थे कि इन भारतीयों को अशिक्षित, अभावपूर्ण और निष्क्रिय रहने दिया जाए, जिससे ये रोटी-कपड़ा की जुगाड़ में ही लगे रहें और हमारा शासन यूँ ही चलता रहे। माल-माल हम खाएँ और बचा-खुचा इनको दे दें। इसी कारण यह बीमारी एक बार

1914 में आई थी, जो कि कम थी, लेकिन 1924 में महामारी के रूप में तबाह कर गई। अव्यवस्था ने अनेक की जान मुफ्त में ले ली।

प्लेग का प्रकोप थमते ही दोनों बहुएँ वापस बच्चों सहित आ गईं। अपनी अनुपस्थिति में सासूश्री गंगादेई कुँवर का देहांत होने और उनसे न मिल पाने का दोनों बहुओं को अफसोस रहा। अब घर में मौसी तुलसा देवी ही वरिष्ठ नागरिक रह गई थीं। उधर जावित्री कुँवर तो अपनी मानसिक विक्षिप्त अव्यवस्थित सासू-माँ जमुना कुँवर की सेवा शुश्रूषा में ही सारा दिन लगी रहती, अतः मजबूरी में अपना संपर्क कम बना पातीं। मौसी तुलसा देवी ने बहुओं को अपनी सासूश्री के निमित्त दान-पुण्य तथा शुद्धि-हवन करने का प्रस्ताव रखा। महीना तिथि पर दोनों पुत्र वधुओं (महादेवी और जानकी देवी) ने हवन-पूजन कराया और भगवान् से माताश्री की आत्मा की शांति की श्रद्धांजलि दी। शिव मंदिर के पुजारी पंडित श्यामलाल की माताश्री विधवा पार्वती देवी को पाँचों कपड़े तथा सवा महीने के भोजन का अन्न, सब्जी, घी, नमक आदि दिए। साथ ही प्रसाद बतौर लड्डू सभी में बाँटे।

खानदानी रिश्तेदार निरंतर अपनी कुचालों से इस परिवार की जायदाद को हड़पने की चालें बनाते ही रहते। मुसम्मात रुक्को कुँवर की जिंदगी में वासुदेव सहाय ने एक घर पर जबरन कब्जा कर लिया था, उसका मुकदमा चला ही था, जिसमें उन्होंने उस मकान पर अपना अधिकार दिखाने का नाजायज हक जमा लिया था। अब दूसरे खानदानी रिपु सूदनदास ने 1928 में पूरी जायदाद को वापस लेने का हक जाहिर करते हुए केस दायर कर दिया, जिससे पूरे घर में कोहराम और परेशानी की घड़ी पैदा हो गई। ठाकुर घासी सिंह शारीरिक और मानसिक दुर्बलता से असमर्थ तथा ठाकुर मंगल सिंह, इतने बड़े परिवार, जिसमें तीन-चार परिवारों का दायित्व सम्मिलित है, में आर्थिक और पारिवारिक संतुलन बनाने में व्यस्त और पस्त रहते तथा अब ये मुकदमा बैठे-बिठाए जबरदस्ती आ गया तो परेशान हो उठे। पत्नी और भाई ने समझाया कि हिम्मत से काम लो। इन दुश्मनों को जवाब तो देना ही होगा।

ठाकुर मंगल सिंह जमींदार ने अपने सभी जायदाद संबंधी कागजातों का ध्यान से अध्ययन किया और मुकदमा लड़ा। उन्हें मालूम था कि यह सभी दूर के संबंधी मेहनत करने से जी चुराते हैं और हमारी संपत्ति और जायदाद की उन्नति और समृद्धि को देखकर जलते हैं। इसी कारण जलन और ईर्ष्यावश यह हमसे विरोध मानते हैं। इनके बच्चे जमींदारी की झूठी शान में मूँछों पर ताव देकर काले आदमी से बात नहीं करना चाहते। कुत्तों की जोड़ियाँ पाल

रखीं हैं और उन्हें दूध और डबल रोटी खिलाते हैं। किन्हीं-किन्हीं के बच्चे कबूतर पालते हैं और प्रतिस्पर्धा में बोलियाँ लगाते हैं। झूठी शान और पुरखों की अमीरी का नाजायज लाभ उठाने की होड़ में लगे हुए हैं। नवाब समाप्त हो गए, लेकिन नवाबियत सिर चढ़कर बोलती है। मुल्ला नसरुद्दीन ने बगदाद शहर की जिस प्रकार बेजा नवाबियत का हाल बयान किया और उससे जनता का शोषण होते देखा, वही कुछ-कुछ नजारा इन ठाकुर-वंशियों में नजर आता है। 'ख्वाजा रूप सिंह' का खानदान एक दिन ऐसे हाल में होगा, पुरखों ने सोचा भी न होगा। उनकी आत्मा भी अगर देख पाती होगी, तो भाग्य को कोसती होगी कि हमने अनेकानेक परिश्रमों से धन-संपत्ति और यश अर्जित किया, उसका ये बेहाल हो रहा है। सचमुच, अपने ही अपनों के दुश्मन होते हैं। मंगल सिंह जमींदार ने पिछले कुछ ही वर्षों में इतना अनुभव बटोर लिया था कि अपनी परनानी दादीश्री रुक्को कुँवर की सभी निर्देशिका सत्य महसूस होने लगी। परनानी दादीश्री का एक शेर उन्हें याद आता 'लूटा, मुझे अपनों ने लूटा, गैरों में कहाँ दम था'।

ठाकुर रिपुसूदन दयाल और उनके साथ अन्य खानदानी का दिमाग इस शातिरगर्दी पर चल रहा था कि ठाकुर कुंदन सिंह के पिता ठाकुर जसवंत सिंह के दादाश्री टीकम सिंह के पिताश्री मकरंद राय की संतानों के उत्तराधिकारी होने के कारण उनका अधिकार इस संपत्ति पर बनता है, क्योंकि सातवीं पीढ़ी तक किसी की संपत्ति पुत्र न होने के कारण पुत्री को नहीं मिल सकती। यह कानून "Law of Reversoners" कहलाता है। इसी का फायदा उठाने की बदनीयती से रिपुसूदन दयाल ने जायदाद का दावा ठोक दिया। 1928 में दावा किया और लोअर कोर्ट से ठाकुर मंगल सिंह 1932 में जीत गए। पुनः उन्होंने हाईकोर्ट में अपील की और 1938 में विरोधी लोग जीत गए। ये बताया गया कि जजसाहब रिश्वत खा गए। असलियत में 1932 में जो मुकद्मा मंगल सिंह जमींदार जीते, उसमें माननीय जज ने एक बिंदु बढ़ा दिया कि ये व्यक्ति (अर्थात् मुकदमा दायर करनेवाले) नहीं, वरन् दूसरे अर्थात् वासुदेव सहाय खानदान इस जायदाद का भागीदार हो सकता है।' बस इस बिंदु का लाभ उठाने की नीयत से वासुदेव सहाय ने अवसर प्रदान कर दिया और उन्होंने अपने साथ काफी सारे लोगों को लेकर केस पुनः कर दिया। 1938 को किया केस चलता रहा और दोनों पक्ष अपने-अपने गवाहों और दलीलों को पेश करते रहे। ठाकुर घासी सिंह और मंगल सिंह ने अपने अच्छे वकीलों से विचार-विमर्श किया तो सभी ने अपील हाईकोर्ट, इलाहाबाद

में दायर करने की सलाह दी।

मुकदमों की लगातार पैरवी और वकालत, वकीलों के चक्कर लगाते ठाकुर मंगल सिंह जमींदार पूरे वकील ही बनते गए। कानून से संबंधित विभिन्न पहलुओं पर उन्हें विभिन्न कोणों से अनुभव होने लगे। उन्होंने अपने भतीजे किशन चंद सिंह को कानून की पढ़ाई करने खुर्जे भेज दिया। पहले तो किशन चंद्र ने आना-कानी की, परंतु अपने पितातुल्य चाचाश्री के निर्देशन में सभी कार्य होने की प्रतिक्रिया से कानून शिक्षा एल.एल.बी. में प्रवेश ले लिया। ठाकुर मंगल सिंह ने अपने परिवार में चल रहे मुकदमों की सलामती के लिए कानून की जानकारी की कीमत से अपने भतीजे को अवगत कराया। दूसरे भतीजे अभी स्कूली शिक्षा ग्रहण कर रहे हैं और उनके स्वयं के पुत्र भी छोटी कक्षाओं में पढ़ रहे हैं, दो पुत्रियाँ भी प्राइमरी कक्षाओं में पढ़ रही हैं। परिवार का खर्चा चलाने के लिए काफी मशक्कत करनी पड़ रही है, क्योंकि मुकदमों का खर्चा भी सब मिलाकर वकालतनामा और सबसे प्रख्यात वकीलों की फीस पर होनेवाला व्यय, होनेवाली आमदनी से ज्यादा हो गया है। इन्हीं सब मसलों को ध्यान में रखते हुए आमदनी के जरिए बढ़ाए जाने पर सोच-विचार किया जा रहा है। ठाकुर मंगल सिंह जमींदार के एक मित्र बंशीधर गुप्त ने उनकी हिम्मत की दाद देते हुए एक दिन अमर शहीद भगत सिंह का ये शेर सुनाया।

'उसे फिक्र है हरदम नया लर्जे जफा क्या है;
हमें यह शौक देखें तो सितम की इंतहा क्या है।'

इसे सुनकर ठाकुर मंगल सिंह ने अपनी व्यथा और कथा दोनों अपने मित्र से कहकर मन हलका किया। ठाकुर मंगल सिंह जमींदार शान-शौकत वाले दिलकश-मित्र मिजाज व्यक्तित्व के धनी दृढ़संकल्पी हैं, अतः यह बरदाश्त नहीं कि उनके क्रिया-कलापों पर कोई आक्षेप लगाए। लेकिन जब मजबूरी आ गई तो उसका उचित जवाब तो देना ही होगा।

[Plaint of Thakur Ripsudan Dayal against Ghasi alias Ghasi Singh and others.]

1933 में यह मुकदमा तथा पुनः वासुदेव सहाय और अन्य द्वारा जो किया गया था, जिसमें काफी जायदाद, जमीन जो मुसम्मात रुक्को कुँवर के नाम थी तथा व्यक्तिगत भी, जिसे उन्होंने खर्चे और हरजाना में लिये जाने का अधिकार पेश किया था, जानकर परिवार के सभी लोग हतप्रभ रह गए। सभी ने गंभीरता से विचार कर यह निर्णय लिया कि मुकदमा अच्छे-से-अच्छे

वकील द्वारा लड़ा जाए और जीत के प्रयास किए जाएँ। सात पीढ़ी तक यदि लड़के हुए तो उस संपत्ति पर उसी खानदान का अधिकार रहेगा, लेकिन यहाँ छह पीढ़ी अर्थात् टीकम सिंह पुत्र मनसाराम पुत्र जसवंत सिंह पुत्र कुंदन सिंह पुत्र दुर्गादास पुत्र बालकिशन पुत्री मेहताब कुँवर। अर्थात् सातवीं पीढ़ी में पुत्री।

मुसम्मात रुक्को कुँवर 106 साल के राज्य में इन रिश्तेदारों की एक न चली, क्योंकि रुक्को कुँवर इन्हें खरी-खरी सुनाया करतीं कि दूसरों की संपत्ति पर नीयत डिगाने से अच्छा है, स्वयं मेहनत कर अपनी धन-संपत्ति पैदा करो। उनके सामने इनकी एक न चली, लेकिन उनके सामने, उनके धेवते ठाकुर गंगादास तथा ठाकुर हरनरायन सिंह के कम उम्र में ही स्वर्गवासी हो जाने के कारण उन्हें कमजोर पहलू मिल गया। इन सभी खानदानियों पर भी जमीन- जायदाद इनके पुरखों की बहुत थी, अर्थात् ठाकुर मकरंद राय ने अपने सभी पुत्रों में बराबर जायदाद विभाजित की थी, लेकिन कुछ ने हमारी तरह बढ़ाई और कुछ ने उसी में से बेच-बेचकर अपना भरण-पोषण करना ही उचित समझा। जो खानदानी अय्याशी और झूठी शान-शौकत में बेहिसाब पैसा फिजूलखर्ची करते रहे, उनकी संतानें भी बिगड़ गईं और देखते-देखते धन- संपत्ति समाप्त होने के कगार पर आ गई।

ठाकुर कुंदन सिंह जमींदार के समय से इस परिवार की एक-एक संतान लड़का और लड़की रहे और उनकी पत्नियाँ मुसम्मात सरस्वती कुँवर पत्नी कुंदन सिंह उनके पुत्र दुर्गा दास जमींदार पत्नी तुलसा कुँवर और इनके पुत्र बालकिशन सिंह जमींदार पत्नी मुसम्मात रुक्मणी देवी और इनकी पुत्री मेहताब कुँवर पति ठाकुर भागीरथदास ने अपने-अपने जीवनकाल में अथक परिश्रम और बहादुरी से अपने पतियों के साथ अपनी संपत्ति और जायदाद की रक्षा की और उससे कमाया-खाया। आगे फिर इनकी संतानों ने भी दिन-दूनी रात-चौगुनी तरक्की की तथा अपने पूर्वजों की धरोहर को अपने पुण्यमयी कर्मों से दूसरों को लाभ पहुँचाते हुए रक्षा और सुरक्षा दोनों प्रदान कर अपनी प्रतिष्ठा में चार-चाँद लगाए। इस परिवार के पास डिबाई कस्बे की जायदाद बहुत ज्यादा थी और ग्रामीण क्षेत्र कम अधिकार में रहे। लेकिन अन्य खानदानियों पर ग्रामीण जायदाद ज्यादा रही और शहर क्षेत्र की कम रही। अतः मूल्य-गणना में यह परिवार अमीर रहा और दूसरे खानदानी कमजोर रहे । यद्यपि पहले जमाने में ऐसा माना जाता रहा था कि शहर की जमीन कम मूल्यवान है और ग्रामीण क्षेत्र फसल के हिसाब से ज्यादा कीमती है, लेकिन वक्त की नजाकत कोई नहीं जानता।

ठाकुर मंगल सिंह अपनी सीमाओं को पहचानते थे और ठाकुर मंगल सिंह ही क्यों उनकी पत्नी जानकी देवी कुँवर अत्यंत धार्मिक और विदुषी महिला हैं, जो दिल्ली के रईस परिवार की बेटी होने के बावजूद अपनी विवेकशीलता और संस्कारिता से परिवार के प्रत्येक कार्य में ध्यान देते हुए पति के प्रत्येक कदम पर सहयोगी की भूमिका निभाती हैं। उन्होंने अपनी पुत्रियों को ग्रह-कार्य में दक्षता के साथ-साथ स्कूली शिक्षा में भी खूब उत्साह दिलाकर मैट्रिकुलेशन कराया है। बड़ा पुत्र शंभू अब सतीश चंद्र तथा द्वितीय रमेश चंद्र और तृतीय सुरेशचंद्र नाम से अपने-अपने उच्च शिक्षण-संस्थानों से वकालत, इंजीनियर और डॉक्टरी की उच्च शिक्षा ग्रहण कर रहे हैं। दूसरे भाई घासी सिंह के बड़े पुत्र किशन चंद्र वकालत तथा छोटे हरी सिंह रेलवे में अच्छी नौकरी पर लग गए हैं। उनकी बुजुर्ग मौसी 'तुलसा देवी' अपनी निपुणता और परिश्रमशीलता से दोनों-तीनों दुलहनों को रीति-रिवाज, तीज-त्योहार और सामाजिक व्यवहार-कुशलता का पाठ पढ़ातीं अपने निर्देशन से अनुशासन कायम करती हैं। दोनों पुत्र वधुएँ अत्यंत अनुशासित तथा आज्ञाकारिणी हैं । बड़ी महादेवी कुँवर कभी-कभी अपनी माँगों पर अड़ जाती हैं, लेकिन अपने देवर मंगल सिंह से बहुत डरतीं तथा इज्जत करती हैं। उसका कुछ कारण उनके पतिश्री घासी सिंह हैं। वह अपने कनिष्ठ भाई ठाकुर मंगल सिंह से बहुत स्नेह और सम्मान करते हैं, वह उनके व्यावसायिक कार्यों में तभी राय देते हैं, जब वह पूछते हैं, अन्यथा वह उन पर पूरी तरह विश्वास सहित निर्भर हैं । दूसरी तरफ ठाकुर मंगल सिंह सत्यवान हरिश्चंद्र की तरह एक पाई (पैसे का चौथाई हिस्सा जो पहले चलता था) का भी हिसाब रजिस्टर में लिखते हैं। इस बीच बड़े भतीजे किशनचंद्र वकील के रिश्ते आने लगे और अच्छा रिश्ता देखकर जहाँगीराबाद से विद्यावती कन्या से गुण-दोष का अच्छा समन्वय बैठा, निश्चित कर विवाह-संस्कार खूब धूमधाम से कर दिया गया। दूसरे पुत्र श्री हरीश सिंह का पाणिग्रहण-संस्कार भी एक वर्ष के अंतराल से आगरे की कन्या सुशीला देवी से कर दिया गया। दोनों पुत्र वधुएँ अत्यंत संस्कारी व खानदानी परिवार की योग्य सुंदर कन्याएँ हैं ।

मुसम्मात जमुना कुँवर, जो लगातार अपनी असंतुलित अवस्था में पुत्रवधु जावित्री कुँवर द्वारा सेवा-सुश्रूषा से चल रही हैं, परंतु 1945 में अचानक एक दिन ठोकर खाकर गिर गईं और स्वर्गवासी हो गईं। उन्होंने तभी से अपना जीवन अत्यंत कष्ट और दु:खों में काटा, जब से पुत्र रविशंकर और फिर पतिश्री गंगादास वकील जमींदार कम उम्र में ही स्वर्गवासी हो गए थे। अब

जावित्री कुँवर कभी अपने मायके और कभी अपनी ससुराल रहने लगी हैं। इधर मौसी तुलसा देवी की पुत्री चंदा देवी ससुराल में अत्यंत दुःखी हैं और उनका समाचार मिला है कि मुझे आकर ले जाएँ, वरना ससुरालवाले मार डालेंगे। मौसी तुलसा देवी अत्यंत परेशान हो उठीं, क्योंकि अब तो उनकी एक ही संतान चंदा रह गई है। पुत्र हरी शंकर तो दस वर्ष पहले हैजा के प्रकोप से विवाहोपरांत ही मृत्यु की गोद में समा गए थे और नवविवाहिता वधु अपने मायके चली गई थी। अतः मन के किसी कोने में दर्द का पहाड़ समाए मौसी ने अपने दिन काटे हैं। रोकर किसे दिखाएँ, स्वयं भी दूसरे परिवार के ऊपर निर्भर हैं, यद्यपि सभी उनकी इज्जत करते हैं, परंतु काम के सब प्यारे हैं। दिन-रात मेहनत कर कुछ पैसा अर्जित करती हैं और कुछ ठाकुर मंगल सिंह प्रति माह देते हैं। खाना तो घर में सभी जो खाते हैं, वही वो खाती हैं। उनका दिमाग आज अपनी पुत्री चंदादेवी का समाचार सुन अत्यंत दुःखी हो उठा। उन्होंने अपने पुत्रवत् ठाकुर मंगल सिंह से सलाह-मशविरा किया कि-

"मैं क्या करूँ? पुत्री का दुःख सुनकर मेरा हृदय बहुत परेशान हो रहा है। तुम्हीं बताओ, ऐसे में क्या करूँ?

सारा किस्सा सुनकर ठाकुर मंगल सिंह अपनी मौसी की परेशानी से दुःखी हुए और बोले, "मौसी, मैं सोच-विचार कर तुम्हें जवाब दूँगा। तुम थोड़ी देर बाद आना।"

असलियत में वह मर्दाने खाने में बैठे अपने मुकदमे की अपील पर होनेवाले विभिन्न बिंदुओं में कोर्ट द्वारा माँगे गए जवाबों के उत्तर में यथावत् कागजात तैयार कर रहे हैं। उनके भतीजे किशन चंद वकील भी केस के विभिन्न बिंदुओं पर राय प्रकट करते हुए जवाब अपने हितार्थ करने में अपने चाचाश्री को सहयोग प्रदान कर रहे हैं। 1938 में हारने के पश्चात् हाई कोर्ट में जो 'अपील' की थी, वह लगातार तारीखें पड़-पड़कर दोनों पक्षों द्वारा अपने-अपने साक्ष्य पेश कर मुकदमा अपनी रफ्तार चल रहा है। प्रतिकूल वाद अपनी विभिन्न चालों से Pedigree तथा किस्सागोई बना-बनाकर पेश कर रहा है, वहीं ठाकुर मंगल सिंह के आधिपत्य तथा कागजात की पुख्ता सबूतों पर अपनी मजबूत उपस्थिति दर्ज कराए जाने का दृढ़ विश्वास काम कर रहा है। उन्होंने ठोस जवाब तैयार कर कोर्ट में पेश किए हैं।

वर्तमान परिस्थिति ने ठाकुर मंगल सिंह को विक्षुब्ध कुछ ज्यादा ही किया है, क्योंकि उन्हें सारी वास्तविकता का विश्वास और यथार्थ अपनी

परदादीनानी रुक्को कुँवर ने अपने जीवनकाल में समझा दिया था। परिश्रम और ईमानदारी से यह सारी जायदाद हमारी है, हमने इसे समय-समय पर बढ़ाया और रक्षा कर इसे दानपुण्य और धार्मिक-कर्मों में भी अर्पित किया, अतः इस पर हमारा अधिकार है और किसी का नहीं। यह दृढ़ संकल्प उनके परिवार का प्रत्येक सदस्य ले चुका है। मुसम्मात जानकी कुँवर ने तो 'रामचरित मानस' के पाठ करते हुए मुकदमा जीतने पर अनेक अनुष्ठान करने का भी संकल्प ले लिया है। अपने पति मंगल सिंह से वह कई बार कह चुकी हैं–

"आप चिंता न करिए, मैंने माता गौरी से मुकदमे की जीत के लिए बहुत प्रार्थना तथा अर्चना कर रखी है"।

पत्नी की बातों में विश्वास और आस्था सुनकर ठाकुर मंगल सिंह उन पर विश्वास जताना नहीं भूलते। बातों-ही-बातों में दोनों पति-पत्नी ने अपनी मौसी तुलसा देवी की पुत्री के साथ ससुरालवालों द्वारा किया जा रहा अनैतिक व्यवहार से उत्पन्न स्थिति पर भी निर्णय लेने का विचार किया तो यही निश्चय किया गया कि ऐसी स्थिति में पुत्री को वहाँ से इस समय तो ले आना ही उसके हित में है। बाद में जैसा उचित होगा किया जाएगा।

इस बीच चंदा देवी के ससुराल से किसी शुभचिंतक ने पुनः संदेश दिया कि चंदा को बहुत मारा-पीटा गया है और उसके हाथ की हड्डी भी टूट गई है।

सुनकर यही निश्चय किया कि ठाकुर मंगल सिंह स्वयं किसी को लेकर जाएँ, जिससे उनके ऊपर दवाब बने और पुत्री को वहाँ से लाया जा सके। मौसी ने अपने भी जाने की बेचैनी प्रकट की तो उन्हें लेकर ठाकुर मंगल सिंह जमींदार उनके ग्राम पहुँचे। उन्हें देखकर ससुरालवाले हक्के-बक्के रह गए। परिस्थिति की नाजुकता और चंदा देवी की बदहालत देखकर ठाकुर मंगल सिंह जमींदार अपने गुस्से को रोक न पाए और उन्होंने खूब खरी-खरी सुनाईं और धमकी दी कि तुम्हारे ऊपर कोर्ट-केस करेंगे कि तुमने पुत्रवधू के साथ अत्याचार और मार-पीटकर मारना चाहा। बंदूक साथ थी, अतः पहले तो ससुरालवाले कुछ भयभीत हुए, लेकिन फिर पुत्रवधू की बुराई कर उसपर बाँझ और बेअक्ल होने का दोषारोपण करने लगे। बात बढ़ती देख तुलसा देवी अपनी पुत्री की दयनीय दशा देखकर रो पड़ी और साथ लेकर चलना ही सुरक्षित समझा।

ठाकुर मंगल सिंह जमींदार ने उन लोगों को धमकी देते हुए, "पुत्री चंदा

अब इस घर में कभी कदम नहीं रखेगी।" और यह कहकर तीनों जन दूर खड़ी घोड़ागाड़ी पर बैठकर डिबाई आ गए।

पुत्री चंदा के विवाह को करीब दस-ग्यारह वर्ष हो गए, लेकिन उनकी 9 वर्ष की उम्र में विवाह होने के कारण अभी तक कोई संतान नहीं पैदा हुई। सबसे बड़ा कारण 'बाल-विवाह', जिसमें नन्ही चंदा की उम्र खेलने-खाने और पारिवारिक स्नेह और शिक्षा ग्रहण करने की थी, तभी उसका विवाह कर दिया और पति गोवर्धन छह साल बड़ा और हट्टा-कट्टा था। चंदा के पिता क्षय रोग से पीड़ित रहते इसीलिए भोजन भी ठीक से न मिल पाता। अतः दुर्बल तथा छोटे कद की चंदा को ससुराल भी ऐसी मिली कि पति कठोर और मौज-मिजाज का, लड़कियों को घूरता रहता। पति के सख्त मिजाज के कारण उसे मार खानी पड़ती और उसका लाभ सासू-माँ उठाती। सासू-माँ चार सेर अनाज पीसने के लिए 'ढला' (कागज की लुगदी से बना बरतन) में प्रातः चार बजे ही अनाज दे देती और यदि नींद न खुलती तो पति से पिटवाती। कई बार नींद न खुलने पर पति गोवर्धन ने चारपाई उलटी कर चंदा को गिरने को विवश किया। एक बार चारपाई से गिराकर 'पाटी' पर खड़ा हो गया और चंदा की हाथ की हड्डी टूट गई। कई बार जलती लकड़ी से जला दिया। यह सब गुस्से में करता जैसे रोटी सिकने में देर हुई या समय पर उसका काम नहीं किया तो वह चंदा को मारता।

इस बार तो गजब हो गया कि पंजाब व्यवसाय करने ससुर और बेटा गोवर्धन गए और चार-पाँच दिन बाद लौटकर आए तो सासू-माँ ने आरती की थाली सजाकर उनके स्वागत की तैयारी की। कानों कान किसी को पता न चला कि ऐसा पहली बार क्यों हो रहा है। जब आए तो द्वार पर गोवर्धन दूलहा बने और उनके साथ दुलहन बनी एक औरत, दोनों के साथ ससुरजी तथा दुलहन का आठ-दस वर्ष का भाई साथ था। चंदा का कलेजा 'धक्क' कर गया। किंकर्तव्यविमूढ़ सी आँखें फाड़कर देखती रह गईं। समझते देर न लगी कि उसके साथ धोखा हुआ है, पर किससे कहे? कौन सुनेगा? जब पति ही पराया हो गया तो सभी की सलाह से यह कार्य हुआ होगा? प्रश्नों के कँटीले जाल में फँसी चंदा घायल हिरनी सी तड़पने लगी। तड़प छुपाकर उसे ससुरालवालों के कटु वचनों को सुनते कान गुँजारने लगे—

'दस वर्ष शादी को हो गए और घर में बच्चे की किलकारी नहीं गूँजी क्या फायदा ऐसी स्त्री का जो मातृत्व से विमुख हो।' किसी ने कहा 'पड़ी रहेगी घर में पीसना, कूटना और नई बहू की सेवा-शुश्रूषा करती रहेगी।' आदि

वाक्यों ने चंदा को मतिभ्रम कर सोचने-समझने की दुर्बलता प्रदान कर दी।

चंदा को मालूम है, कहाँ जाएगी? मायके में कोई ठिकाना नहीं रहा। माताश्री भी अपनी ससुराल छोड़कर अपनी बहन के परिवार की सेवा कर रही है, अतः जैसे भी रखें ससुराल वाले, रहना होगा। कम-से-कम रोटी तो मिलती रहेगी। सौतन की चाकरी कर लूँगी। सोच-सोचकर चंदा ने 4-5 वर्ष बिताए। इस बीच चंदा के एक लड़का भी पैदा हुआ, लेकिन सौतन ने उसे न जाने क्या दे दिया कि मुँह से झाग गिरे और 3-4 महीने का बच्चा मृत्यु को प्यारा हो गया। उससे खूब काम कराया जाता और बाद की बची रोटियाँ उसे खाने को मिलतीं। सौतन की झूठी-सच्ची शिकायतों पर पति विश्वास कर चंदा को मारता और जब अति हो गई तो चंदा ने मोहल्ले के एक देवर के साथ यह समाचार भेजा कि 'माँ' मुझे यहाँ से ले जाएँ, अन्यथा अब मैं जिंदा नहीं बचूँगी।

चंदा अपने भाईश्री ठाकुर मंगल सिंह जमींदार और अपनी माँ के साथ डिबाई आ गई। माताश्री तुलसा देवी ने पुत्री चंदा की दयनीय दशा अर्थात् रुग्ण शरीर और बीमार सोच देखकर अत्यंत दुःख पाया। घर में बहन गंगादेई की बहुओं ने चंदा को देखकर पहले तो कुछ मुँह सिकोड़ा, लेकिन व्यथा सुनकर सब सहम गईं। चंदा के शरीर पर जहाँ-तहाँ जले के और मार के निशान पड़े हुए थे। साथ ही हाथ की हड्डी में सूजन, क्योंकि हड्डी टूटने पर हल्दी और तेल की पुल्टिस बाँधकर ही जोड़ा गया था, अतः टेढ़ी हड्डी के जुड़ने से अभी भी सूजन थी। तुलसा देवी ने वैद्य-हकीम से सलाह ले, उसका इलाज किया। तुलसा देवी अपनी बुद्धि-योग्यता तथा सभी के काम आने के कारण एक प्रिय और समझदार मौसी बन गई थी। 'मौसी' नाम से ही बड़े-छोटे पुकारने लगे थे। अब तुलसा देवी ने अपना 'चूल्हा' अर्थात् भोजन प्रबंध पृथक् कर लिया। उन्हें घर में ही एक कोठा दे दिया गया और उन्हें आवश्यक सामग्री भी दिलवा दी गई, जिससे दोनों माँ और पुत्री अपने हिसाब से अपना जीवन काट सकें। चतुर और वफादार मौसी परिवार के सभी जनों की सेवा में तैयार रहती और अपनी अनुभवशीलता से सभी के हितार्थ काम करतीं। चंदा यहाँ आकर शांति महसूस करने लगी, लेकिन उन्हें बीते दिन कभी-कभी याद आते तो रो पड़ती। माँ तुलसा देवी पूछतीं कि ससुराल जाएगी तो कहती कि मरते दम तक भी वहाँ नहीं जाऊँगी। यद्यपि ससुराल से कई बार समाचार आया कि लौट आएँ। एक बार देवर आया कि 'भाईजी' ने लेने को भेजा है, परंतु चंदा ने साफ-साफ मना कर दिया और अपने कड़वे

अनुभव याद दिलाए।

इधर ठाकुर मंगल सिंह मुकदमों की पैरवी में व्यस्त रहते और उधर पत्नी जानकी देवी दिल्लीवाली बीमार रहने लगी। कई संतानों का लालन-पालन और पति का अत्यधिक व्यस्त रहना जानकी देवी को मानसिक कष्ट देता। खानपान में अत्यधिक नखरा, अत: उन्हें आँतों में जख्म हो गए। वैद्य का इलाज चला फिर खुर्जा के एक डॉक्टर मुन्नीलाल का इलाज हुआ, परंतु कुछ लाभ होता और फिर बीमार हो जातीं। ठाकुर मंगल सिंह जमींदार ने उन्हें दिल्ली उनके मायके भेज दिया और वहाँ एलोपैथिक के मशहूर डॉ. चटर्जी का इलाज कराया तो उन्होंने छह माह का इलाज बताया और छह माह दिल्ली रहीं, तब वह ठीक हुईं। संयुक्त परिवार में उनके बड़े बच्चे रहते रहे।

इधर प्रतिवादी पक्ष अपने तरह-तरह के साक्ष्यों की प्रस्तुति कर न्यायाधीशों को लुभाता, लेकिन ठाकुर मंगल सिंह भी अपने विद्वान् वकीलों की मदद से उनके जवाब देते रहे। विरोधी पक्ष किसानों और किराएदारों को बहकाने के लिए चालभरी बातें करते, 'ये खानदान तो अब डिबाई छोड़कर 'फरह' भाग जाएगा, क्योंकि यह परिवार तो यहाँ की बेटी का परिवार है। मुसम्मात मेहताब कुँवर तो ठाकुर बालकिशन की पुत्री थी और उनका विवाह फरह कस्बे के भागीरथदास से किया था। भागीरथदास यहाँ के दामाद थे और यह सब भागीरथदास और मेहताब कुँवर के पौत्र हैं। अत: इनका इस जायदाद पर कोई अधिकार नहीं बनता, इसलिए यह सब जायदाद हमारे हिस्से में ही आ जाएगी और ये लोग 'फरह' ही चले जाएँगे।" रईया किसान और किराएदार भ्रमित हो उठते कि वास्तव में अब हमें लगान और किराया इन्हीं लोगों को देना होगा या नहीं।

ठाकुर मंगल सिंह जमींदार पक्के उसूलों और दृढ़ क्षमता के ठाकुर कानूनगो परिवार के वंशज हो चुके थे। उन्होंने अपनी ठकुराहट की दृढ़ इच्छाशक्ति से किसानों और किराएदारों को समझाया कि ये संपत्ति हमारी है और ये कोर्ट से वसूली के आदेश ले आए तो हम सब जायदाद छोड़ देंगे, अत: तुम लोग होश में काम करो और इनके बहकावे में कतई न आओ। इसका प्रभाव यह हुआ कि किसान और किराएदार अब यही कहने लगे कि 'कोर्ट के ऑर्डर' दिखाइए। विरोधियों के झूठे किले धराशायी हो गए।

ठाकुर मंगल सिंह ईमानदारी के इतने पक्के इनसान कि यदि उनका पुत्र या पौत्र भी एक पैसा माँगे तो वह भी यह कहकर टाल देते कि अपनी वालदा (माताश्री) से ले लो, काटें और यदि कोई ज्यादा जिद्द कर जाए तो अपने

खर्चे कम कर उसमें से दे देते, जैसे पान खाते तो उस दिन पान कम खाते और उसका खर्चा बचा लेते। इसीलिए उनके ज्येष्ठ भ्राता घासी सिंह अपनी पत्नी महादेवी से उनकी शिकायत पर कह देते कि मेरे भाई से कुछ मत कहना। अगर कुछ कहा तो मैं जहर खा लूँगा। यहाँ देखने की यह बात थी कि प्रेम और विश्वास की मजबूत जंजीर इस परिवार को एक सूत्र में बाँधे हुए थी, जिस पर ईमानदारी का शुद्ध लोहा लगा हुआ था। उसी ईमानदारी की शुद्धता ठाकुर मंगल सिंह और पत्नी जानकी कुँवर की सहयोगी कार्यप्रणाली में थी। वह परिवार के मुख्य विषयों पर सबसे पहले अपनी भाभी महादेवी की सलाह लेते और फिर अपनी पत्नी को बताते। दोनों के बीच सामंजस्य बनाने का अद्भुत तरीका प्रयोग में लाते कि आपसी मतभेद भी न पैदा हो।

यह वह समय था, जब स्वतंत्रता आंदोलन के लिए महात्मा गांधी के साथ कस्तूरबा, आचार्य कृपलानी, देवदास गांधी गाजीपुर होते हुए सैदपुर घाट से नाव द्वारा पहुँचे और वहाँ सभा को संबोधित किया, जो अत्यंत महत्त्वपूर्ण माना गया था। स्वतंत्रता सेनानी भारत की आजादी के लिए तन-मन-धन अर्पण करने में पुरजोर सक्रिय थे और दूसरी तरफ अपने ही अपनों की जड़ें काटने में कोई कोर-कसर नहीं छोड़ रहे थे। झूठा अहंकार और स्वार्थ का नंगा नाच अपनों को अपनों द्वारा ठगने में अहम भूमिका निभा रहा था। बुद्धिजीवी वर्ग यही कहता सुनाई पड़ता कि हजार वर्ष की गुलामी ने भारतीयों को अपने ही देश में विदेशी बना दिया है, इसीलिए इनकी सोच अपनों का सहयोग करने के स्थान पर गिराने और नीचा दिखाने की हो गई है।

बहुत से बैनामे (उर्दू में) पिछले दिनों जो बुजुर्गों ने किए, उनकी प्रतियाँ आदि सँभालकर रखते, पढ़ते ठाकुर मंगल सिंह अपने भतीजों और पुत्र को दिखाते कि किस प्रकार हमारा केस हमारे पक्ष में होगा। सभी बच्चे कुशाग्र बुद्धि के तथा पढ़ने में तीक्ष्ण और तेज दिमाग के बन रहे हैं, जानकर पति-पत्नी अर्थात् ठाकुर मंगल सिंह तथा जानकी देवी कुँवर अत्यंत प्रसन्न होते, परंतु बच्चों को ढीला बिलकुल न छोड़ते। कुबेर हाई स्कूल जो ठाकुर खानदान के ही व्यक्तियों द्वारा स्थापित की गई संस्था थी, उसी में सभी बच्चे पढ़ते रहे हैं। भतीजे किशन चंद्र, हरिश्चंद्र, पुत्र सतीशचंद्र, रमेश चंद्र, सुरेशचंद्र, पुत्रियाँ जगवती, रामादेवी, गायत्री देवी और किरन देवी सभी पढ़ने में होशियार तथा प्रथम श्रेणियों में पास होनेवाले बच्चे हैं। प्रिंसिपल रस्तोगी, हैड मास्टर मुरारी लाल गुप्त (सी.टी. साहब), श्री एस.पी. गोविल आदि कुछ बहुत समर्पित शिक्षकों का समुदाय है, जिनकी विद्वत्ता की चर्चा शिक्षार्थी भी

करते हैं। यह शिक्षण-संस्था कुबेर नाथ रईस के परिश्रम और धन से स्थापित संस्था है। लड़कियाँ, 'माहेश्वरी बालिका स्कूल' में पढ़ती हैं। इस समय खर्चा ज्यादा और आमदनी निश्चित है, अतः ठाकुर मंगल सिंह ने सोच-विचार कारिंदा मियाँ साहब की सलाह लेकर खाली पड़ी भूमि पर एक मार्केट (बाजार) बनाकर दुकानें निकलवाईं और उन्हें किराए पर यह शर्त तयकर लिखवाली कि जमीन हमारी, इमारत तुम्हारी, इससे किराया मिलेगा और थोड़ी पगड़ी ले ली। मार्केट से काफी आमदनी होने लगी, जिससे केस का खर्चा आदि सहारा लग गया। परिवारवाले भी यह समाचार सुनकर प्रसन्न हुए। बच्चों ने अपने चाचाश्री (भतीजे और पुत्र भी 'चाचाश्री' ही पुकारते) को विश्वास दिलाया कि अब शीघ्र ही आपके कार्यों में हम और सहयोग करने लगेंगे। 'मुकदमा' तो परिश्रम और दिमाग चाहता है, अतः ठाकुर मंगल सिंह को बहुत श्रम करना पड़ता।

ठाकुर मंगल सिंह जमींदार मुकदमे की तारीखों से संतृप्त हो उठे और उन्हें दिल का दौरा उठ आया। उन्हें तुरंत 'कोरेमिन' का इंजेक्शन दिलवाया गया और फिर आगरा इलाज के लिए ले जाया गया। यहाँ उनका इलाज हुआ और उन्हें पूर्ण तरह एक महीने विश्राम करने की सलाह देकर डाक्टरों ने दवाइयाँ लिख दीं। खान-पान में भी बदलाव कर दिया गया और देर से हजम होनेवाले भोज्य-पदार्थों पर कमी कर दी गई। मौसी तुलसा देवी पुत्र का गम और पुत्री का दुःख भूलकर अपने 'मंगू' भाई के स्वास्थ्य के लिए सभी परवरिश के इंतजाम में लगी रहती। ठाकुर साहब की बीमारी का कमजोर पक्ष देखकर विपक्षियों ने तरह-तरह की अफवाहें उड़ानी शुरू कर दीं कि मुकदमा पक्ष में होने जा रहा है। परिस्थिति की नाजुकता देखते हुए ज्येष्ठ भाई घासी सिंह ने अपने भाई मंगल सिंह को समझाया-

"भइया मंगू! मेरे विचार में यदि सुलहनामा करके जायदाद को आधा-आधा बाँट लिया जाए तो कैसा रहेगा? तुम्हारा स्वास्थ्य भी अभी पूर्णतया ठीक नहीं है और मैं तो किसी काम का हूँ ही नहीं-तो यही विचार मेरी समझ में आया है और तुम जैसे ठीक समझो। मुझे तो तुम्हारी चिंता लगती है कि तुम्हारे ऊपर सारा भार आया हुआ है। इन दुश्मनों से कैसे भी पीछा छुड़ाओ। मुझे तुम्हें परेशान देखकर कलेजा मुँह को आता है।"

यह सुनकर मंगल सिंह भाई को धैर्य बँधाने लगे और सोचने लगे, "सारी संपत्ति जाती देखकर बुद्धिमान थोड़े में सब्र कर लेते हैं," अतः भाई के विचारों में दम तो है। पत्नी और भाभी से विचार-विमर्श किया तो वह तो पहले ही स्वास्थ्य

के प्रति फिक्रमंद थीं, अतः तुरंत इस सलाह पर अमल करने की स्वीकृति प्रदान की। उन्हें मालूम था कि इस मुकदमे ने परिवार की परेशानी से ज्यादा परिवार के वित्त मंत्री की दुविधाएँ बढ़ा दी हैं। अनेक प्रश्नों के अर्थ नेपथ्य में गूँजते ठाकुर मंगल सिंह को परेशान करते। जिनमें 'यदि जायदाद चली गई तो हमारी इज्जत मिट्टी में मिल जाएगी', 'परिवार कहाँ जाएगा', 'बुजुर्गों ने जो संपदा अपने परिश्रम और समर्पण से आज तक पीढ़ी-दर-पीढ़ी सँभालकर आनेवाली संतानों के हाथों में सुरक्षित सौंपी, क्या उसका यही हश्र होना होगा', परदादी नानी रुक्मणी कुँवर और उनके पति बालकृष्ण जमींदार कानूनगो ने किस आशा से अपनी पुत्री-दामाद मेहताब कुँवर और भागीरथदास को बुलाकर अपने पूर्वजों की प्रतिष्ठा और सम्मान सुरक्षित हाथों में सौंपा था, क्या मेरे त्याग और शुचिता का यही अंजाम होगा?'

उन्होंने अपने प्रतिवादियों के मुखिया ठाकुर वासुदेव सहाय को अपने निवास पर बातचीत के लिए बुलाया और कहा-

"हमने और हमारे भाई ने अपने परिवार की सलाह पर यह तय किया है कि आपसी मुकदमेबाजी तथा लड़ाई से दोनों पक्षों का धन और तन व्यर्थ खर्च हो रहा है और मानसिक क्लेश भी है, अतः क्यों न हम जायदाद को आधा-आधा बाँट लें।"

यह सुनकर विपक्षी की भौंहें टेढ़ी हुईं और बोले, "आपका इस संपत्ति पर कोई अधिकार नहीं बनता है। आप 'फरह' के रहनेवाले परिवार से संबंधित हैं, अतः आप बेकार परेशान हो रहे हैं। संपत्ति और जायदाद हमारे पूर्वजों की थी और इसपर पूर्ण अधिकार हमारा है।'

दोनों पक्षों में काफी देर बातें हुईं कि कुछ बात बन जाए, लेकिन लालच और स्वार्थ की चिकनाई पर समझौते की बातें जम नहीं पाईं।

ठाकुर मंगल सिंह जमींदार ने झुकना कभी सीखा नहीं था, अतः उन्होंने अपना स्वाभिमान बड़ा करते हुए उन्हें सचेत कर दिया कि ठीक है, "अब आपको जैसा करना है करिए, हम जीतें या हारें, यह हमारा भाग्य है।"

'अनिर्णय' के इस वार्त्तालाप को सभी युवाओं ने 'धमकी' के रूप में लिया, लेकिन ठाकुर मंगल सिंह ने सभी को संयम और विवेक से काम लेने का निर्देश दिया।

ठाकुर मंगल सिंह ने विपक्षियों को तोड़ने पर विचार किया और ठाकुर रिपुसूदन के पास संदेश भेजा कि आपसे कुछ बात करनी है। रिपुसूदन अपने साथ चार-पाँच साथियों को भी लाए और वार्त्तालाप हुआ। ठाकुर मंगल सिंह

ने अपने व्यवहार में नरमी तथा अनुशासन कायम रखा। ठाकुर रिपुसूदन हर बात में अपनी शर्तें रखते। कौन सी जमीनें बँटवारे में हम लेंगे, कौन सी आप लेंगे। कुछ जमीनें ऊँची हैं, कुछ नीची हैं। कुछ बंजर हैं और कुछ ज्यादा उपजाऊ हैं। उन्हें इस समझौते में लगा कि इनकी गरज है, अतः इन्हें किसी तरह भी दबाया जा सकता है, वे प्रत्येक निर्णय पर अपना फायदा और शर्त थोप देते। मध्यस्थता के लिए ठाकुर मंगल सिंह ने एक शिक्षक बंधु बनवारी लाल को बुलवा लिया था, क्योंकि वह ऐसे व्यक्ति थे, जिनकी ईमानदारी और निष्पक्षता से सभी प्रभावित रहते थे। काफी घंटों की चर्चाओं और वार्त्ताओं के पश्चात् भी कोई निर्णय नहीं लिया गया। हारकर श्री बनवारी लाल, शिक्षक भी यह कहकर चले गए कि, 'जब कोई निर्णय लेना ही नहीं था तो मेरा समय क्यों बरबाद किया।' बाद में यही कहते सुना गया कि 'रिपुसूदन को सारी संपत्ति मुफ्त की दीख रही है और लोभ और लालच ने इनकी बुद्धि को भ्रष्ट कर रखा है, अतः यह निर्णय कभी नहीं ले सकते।'

उदास मन से ठाकुर मंगल सिंह यह सोचकर ईश्वर पर विश्वास करते रह गए कि, 'जो करें महादेव शंकर वही होगा।' जैसे ही अपनी बीमारी से कुछ स्वस्थ हुए और हिम्मत जुटाकर मुकदमे की तारीखों पर जाना-आना होता, साथ ही इलाहाबाद जाकर कई-कई दिन रहना पड़ता। हाईकोर्ट के मशहूर वकील जी.एस. पाठक तथा शंभुनाथ सेठ दोनों से केस की हर तरह से पैरवी करने के लिए दबाव डालते। दोनों वकीलों ने जी-जान से केस की फाईलिंग की और सारे साक्ष्य ठाकुर मंगल सिंह से समझते रहते।

18 फरवरी, 1940 को उचित समझते हुए केस के सारे कागजात छपने प्रूफ के लिए प्रेस में भेजे और रिकॉर्ड प्रिंटिंग 20 अगस्त, 1941 को कराई गई। इसी समय इस केस के समस्त कागजात 'पैडिग्री', बैनामे', 'किराएदारी रसीद', 'किसानों की लगान रसीदें' और जायदाद से संबंधित सभी प्रूफ्स, जिनमें पूर्वजों की संपदा के साथ-साथ व्यक्तिगत बनाई जायदाद के कागजात भी एकत्रित कर उन्हें पुस्तक रूप में संग्रहित किया गया। यह संग्रहण करीब एक हजार पृष्ठ में था, अतः इलाहाबाद प्रेस में प्रिंट कराकर एक कोर्ट में 'मूल प्रपत्रों वाला' दिया गया और प्रिंटिड वाला, जिसे कई प्रतियों में कराया अपने पास रखा गया।

इसमें दोनों वादियों के वाद-विवाद और अपने-अपने साक्ष्यों की कोर्ट में पेश की गई प्रतियाँ तथा उनपर विद्वान् जजों की टिप्पणियाँ आदि का विस्तृत ब्यौरा सब था। जायदाद की विस्तृत जानकारी तथा उन पर किराएदारों की

सूची और वसूला जानेवाला शुल्क संख्या का भी समावेश किया गया। सबसे रोचक बात यह भी थी कि 900 वर्ष पहले एक पूर्वज 'गैलचंद्र' द्वारा बसाए गए ग्राम 'गैल घुसराना' का भी जिक्र रहा तथा शाहजहाँ के शासनकाल में 'ख्वाजा रूप सिंह' को 'सिंह' और 'कानूनगो' उपाधियों से नवाजा जाना तथा फिर उनके पुत्र 'गोवर्धनदास कानूनगो' के नाम परवाना आना शामिल था।

❋ ❋

11

इसी बीच दुलहन जानकी देवी पेट की बीमारी से काफी परेशान हुईं, तो उन्हें दिल्ली मायके इलाज के लिए भेज दिया गया। उनकी बड़ी पुत्री को सभी काम सँभालना पड़ते। मौसी तुलसा देवी उनकी मदद करतीं तो दूसरी दुलहन महादेवी आगरे वाली ये चाहतीं कि जितना काम मौसी उनका कर रही हैं, उतना ही हमारा भी करें। अब सभी का खाना-पीना अर्थात् चौका-चूल्हा अलग-अलग हो गया है, अत: अपनी-अपनी जिम्मेदारी, अपना-अपना खर्च, लेकिन पैसा आने का साधन, 'संयुक्त' है, जिसकी एकल जिम्मेदारी ठाकुर मंगल सिंह की है। अनाज-दालें सब खेतों से किसान दे जाते हैं और घर आकर बराबर मात्रा में दोनों को दिया जाता है। दूसरी तरफ मौसी और जावित्री कुँवर को अलग-अलग उनके खर्चे के हिसाब से दिया जाता है। साथ ही मंदिर (नीलकंठेश्वर) में भी भिजवाया जाता है। यही हाल दूध आदि का होता है। भैंस-गाय पाली जाती हैं और बराबर मात्रा में वितरण किया जाता है। नौकर-चाकर विभिन्न कार्य दोनों तरफ का करते रहते हैं। संयुक्त खर्चे शादी-विवाह और गाड़ी-घर आदि के खर्चे सब संयुक्त रूप से किए जाते हैं। इनमें किसी को बोलने की इजाजत नहीं है।

मंदिर का सभी खर्चा स्व. ठाकुर हरनरायन सिंह जमींदार द्वारा प्रबंधित पाँच दुकानों से आनेवाले किराए शुल्क से किया जाता है। 'पीर' साहब पर दीपक बाती और बताशे प्रत्येक बृहस्पतिवार को एक मुसलिम फकीर द्वारा 'प्रसाद' बाँटकर अदा किया जाता है, लौटकर वह धूप तथा बताशे (प्रसाद) घर देकर जाते हैं, उनके साथ ही बना 'गोसाईं चबूतरा' पर एक हिंदू भाई प्रत्येक मंगलवार दीपक/बाती तथा बताशे चढ़ाकर प्रसाद बाँटते हैं और थोड़ा प्रसाद घर दे जाते हैं। इन दोनों को उनके इन कार्यों के लिए मासिक वेतन दिया जाता है।

एक दिन ठाकुर मंगल सिंह जमींदार जब अपने मुकदमे के कागजात अपने बड़े पुत्र और बड़े भतीजे से सँभलवा रहे थे तो पुत्र सतीश चंद्र (प्यार से 'शंभु') ने पूछा, 'चाचा यह मुकदमा अब तक तय क्यों नहीं हुआ? क्या कारण है? इतने दिन हो गए और पैसा भी खर्च हो रहा है। आपका इसमें इतना समय व्यर्थ खर्च होता है'। पुत्र सतीश चंद्र सिंह की भारी-भरकम बातें सुन ठाकुर मंगल सिंह सोचने को विवश हुए और उचित उत्तर देना भी आवश्यक है, क्योंकि आनेवाले समय में इन्हें ही इन सारी परिस्थितियों से जूझना होगा, अतः मुकदमे के पहलुओं पर सारगर्भित रूप से प्रकाश डालना अत्यंत आवश्यक है, सोचकर समयानुसार बोले–

"देखो बच्चो, 1938 में हमने हाई कोर्ट में जो अपील की उसका मुख्य कारण हमारा 'लोअर कोर्ट' से केस हार जाना था और हारने का कारण भी यही था कि 'जजमेंट रिपोर्ट' को माननीय जज ने हमारे खिलाफ कर दिया। खिलाफ का कारण था–विपक्षियों की झूठी 'सत्यनारायण कथा' पेश कर ये दिखाना कि हमने जो पेडिग्री दाखिल की है वह सच है, इसका साक्ष्य उन्होंने मथुरा जाकर एक 'पंडा' को बहला-फुसला और समझा-बुझाकर अपनी उपस्थिति दर्ज कराई और रीतिनुसार अपनी वल्दीयत दर्ज कराई। पेडिग्री दर्ज इस प्रकार कराई कि तारीखों को आगे-पीछे कराकर 'बही' में जोड़-तोड़ करा लिया। उदाहरणार्थ–यदि 4 जनवरी को यात्री भक्तों ने अपनी उपस्थिति लिखवाई और उसके बाद इन्होंने अपनी 7 जनवरी की उपस्थिति दिखा दी। उसके आगे 5 जनवरी की उपस्थिति दर्ज थी, लेकिन इन्हें इस बात से क्या लेना था। अतः कोर्ट में जज ने इनकी उपस्थिति की पेडिग्री को उचित मान लिया, लेकिन जब हमने मथुरा से 'पंडा' को बुलाकर गवाही कराई तो झूठ का भेद खुला। लेकिन 'जज' ने इनसे साँठ-गाँठ कर ली और जजमेंट में इनकी पेडिग्री को सच सिद्ध इस प्रकार किया कि 'बही' में लिखने में भूल हो जाती है कभी-कभी, अतः पेडिग्री के हिसाब से जायदाद में इनका अधिकार है।

दोनों पुत्र सुनकर भड़क उठे कि 'जज भी ऐसा गलत निर्णय दे सकते हैं'?

ठाकुर मंगल सिंह ने उनका भावावेश समझते हुए तुरंत वस्तुस्थिति को अपने हाथ में लिया और बोले, इसीलिए तो मैंने यह दोनों प्रतिष्ठित वकील किए हैं, इनकी फीस बहुत है, लेकिन हम जीतेंगे, हम जायदाद के मालिक हैं

और जायदाद हमारे अधिकार में है। परंतु''परंतु, हमें बिना अपना संबल खोए मेहनत से अपना पक्ष और साक्ष्य प्रमाणित करना होगा। 'ईश्वर सत्य के साथ होता है।' कहकर उन्होंने कुछ और जानकारी से उन्हें अवगत कराया।

वादी और प्रतिवादी दोनों ही काफी संख्या में हैं। प्रत्येक तारीख पर दोनों तरफ से बहस होती है और नए-नए मामले निकलकर आते हैं। विपक्षियों की संख्या भी बढ़ती जा रही है, क्योंकि अगर एक गवाह मृत्यु को प्राप्त हो गया तो उसकी संतानें गवाह बनाई जाती हैं, इन सब प्रक्रिया में एक-एक वर्ष तो यूँ ही बीत जाता है। तारीखें पड़ती हैं और कई बार तो किसी-किसी पक्ष के गवाह उपस्थित होने में असमर्थता के कारण दूसरी तारीख डाल दी जाती है। प्रत्येक तारीख पर पृथक् सबूत और फिर उनकी प्रामाणिकता सिद्ध करना ही समय लेता जाता है। इसी तरह हमारे भी गवाहों की सूची लंबी हो गई है।

'कैसे'?—भतीजे किशनचंद्र जो अभी वकालत पूरी करके अपने चाचाश्री से केस की पैरवी करने की जानकारियाँ लेने आए हैं, पूछने लगे।

चाचाश्री ठाकुर मंगल सिंह ने समझाया कि देखो यह केस हमारे पूर्वजों से संबंधित है, इसलिए उन्होंने अपने जीवनकाल में बहुत सी जमीनें बेचीं, खरीदीं। प्रतिवादियों को खरीदी जमीनों से तो कुछ लेना-देना नहीं, परंतु जो बेची, उसका मलाल है। उनका कहना है कि ये संपत्ति तो हमारी है और उन्हें बेचने का क्या अधिकार था।

"यह तो बड़ी बेहूदी बात रखी है उन्होंने!"—सुनकर पुत्र सतीशचंद्र ने बीच में अपनी प्रतिक्रिया प्रकट की।

'बिलकुल ठीक है। लेकिन इस समय तो लोअर कोर्ट से जीतने के बाद उनके पैर जमीन पर नहीं है। अब तो वह इस भरोसे में हैं कि सारी जायदाद हमारी है और बहुत शीघ्र हमें मिल जाएगी'। उत्तर में ठाकुर मंगल सिंह ने कहा।

'चाचाश्री! क्या वास्तव में हमारी जायदाद इनके पास चली जाएगी'? संदेह के घेरे में भटकते किशनचंद्र सिंह ने पूछा।

'कभी नहीं। यह हमारे पूर्वजों की संपदा है, उनके परिश्रम का फल हमारा है। परदादी-नानी रुक्को कुँवर ने माताश्री को बताया था कि इन विपक्षियों की हिम्मत नहीं, जो जायदाद को ले सकें। यह सब उनकी पुत्री मेहताब परदादीश्री की है और उनके हम वारिस हैं। अत: हमसे इसे कोई नहीं ले सकता' कहकर पुत्र सतीशचंद्र जोश में भर गए।

ठाकुर मंगल सिंह जमींदार ने पुत्र की भावनाओं की कद्र करते हुए उन्हें समझाया, 'पुत्र! हमारा कानून लचीला है। सात पीढ़ियाँ तक पुत्र अपने पूर्वजों की संपत्ति का अधिकारी होता है, पुत्री नहीं। हमारी परदादीश्री मेहताब कुँवर सातवीं पीढ़ी की संतान थीं, अतः उनके पुत्रों का अर्थात् मेरे ताऊश्री ठाकुर गंगादास वकील तथा पिताश्री हरनरायन सिंह वकील जमींदार का इस संपत्ति पर अधिकार था। परंतु उनकी मृत्यु अपनी नानीश्री मुसम्मात रुक्मणी कुँवर से पहले हो गई और यह जायदाद लौटकर नानीश्री के नाम चढ़ गई। इसी कारण इन सात पीढ़ियों के ऊपर बिराजे रिश्तेदारों ने अपना अधिकार जमाकर कोर्ट का सहारा लिया है। अब लोअर कोर्ट से केस जीतने के बाद इनकी हिम्मत बढ़ गई है और जो जमीनें दादाश्री भागीरथदास और ताऊश्री-पिताश्री के जीवनकाल में उनकी बड़ी परसासूश्री मुसम्मात सरस्वती कुँवर, परसासूश्री तुलसा कुँवर तथा सासूश्री रुक्मणी कुँवर ने बेची थी या अपने वारिसों को उपहारस्वरूप 'भेंट' की थीं, उन पर अपना अधिकार जाहिर कर 'एतराज' दाखिल कर रहे हैं और इस मामले से जुड़े खरीददार आदि भी इस मुकदमे के गवाह बन गए हैं। इनमें कुछ मुसलमान भाई खरीददार तो अपनी जमीनें बेचकर पाकिस्तान भी भाग गए हैं और उन्हें सरकार ने पाकिस्तान से विस्थापित हुए लोगों को भी दे दिया है । इस प्रकार दिन-पर-दिन 'गवाह' बढ़ते जा रहे हैं। दूसरी तरफ प्रतिवादी पक्ष बहुत बड़ा है, लेकिन देश को अंग्रेजों से स्वतंत्रता मिल गई, ऐसे में अंग्रेज सब भाग रहे हैं और भारतवासियों का शासन आने पर हमारा केस कुछ अनुकूल परिस्थितियों में आ जाएगा और हमें फायदा मिल जाएगा। जवाहरलाल नेहरू प्रधानमंत्री बनकर कानूनों में कुछ सुधार कर सकते हैं।"

ठाकुर मंगल सिंह ने केस से संबंधित कागजातों की अलमारी खोलकर पुत्रों को दिखाई तो वह देखते-देखते आश्चर्यचकित हो उठे। मुगल शासन में 'सात पीढ़ियों' तक जायदाद पर पुत्र का ही अधिकार, सभी कागजों में संचित बंद अलमारी में सुरक्षित रखे प्रपत्र देखकर, प्रशंसनीय भी लगा। अनेक किराएनामे, जिनमें पुराने स्टांप-पत्रों पर उर्दू भाषा में शपथ-पत्र, देखकर दोनों को अच्छा लगा। तभी और भाई छोटे-बड़े आ गए और 'हम भी देखेंगे', जिनमें कुशाग्र बुद्धि वाले रमेश चंद्र और सुरेशचंद्र अपनी जिज्ञासा को शांत करने के लिए प्रबलता दिखाने लगे। लेकिन पिताश्री के भय से दूर ही खड़े रहे ।

हँसकर पिताश्री ने पास बुलाया और समझाया कि पढ़ाई में ध्यान लगाओ। आगे जाकर तुम्हें ही सब सँभालना है। अभी तुम्हारा समय नहीं आया

मन में अनेक प्रश्न और जिज्ञासा लिये दोनों भाई वहाँ से हट गए, लेकिन मुकदमे की जड़ों तक जाने की इच्छा उन्हें बनी रही। अकसर उन्होंने पिताश्री के पास किराएदारों और पगड़ी बाँधे सलवार-कुरती पहने 'विस्थापितों' को देखा है, जो जमीन पर बैठ गए और आग्रह करने पर बैंच पर बैठे और पिताश्री के पूछने पर कि आपकी क्या मदद करें तो वह कहते, 'हुजूर', हमें केवल दुकान के आगे ही बैठने की इजाजत दे दें, हम अपनी रोजी-रोटी के लिए कोई भी व्यवसाय कर लेंगे, बस आपकी इतनी मदद चाहिए।

पिताश्री ने उन्हें अपने हिंदू किराएदारों से समझा-बुझाकर दुकान खाली कराकर दिलवाई और वो खुश होकर अपना व्यवसाय कर रहे हैं। पता चला कि ये सिंध प्रांत जो पाकिस्तान में चला गया, वहाँ से अपना घर-बार छोड़कर हिंदुस्तान आए हैं। वहाँ मुसलमान भाइयों ने इन्हें खदेड़ा और मार डालने की धमकी दी, इसलिए यह अपने परिवारों सहित खाली हाथ जो कुछ ला सके ले आए, बाकी छूट गया। विभाजन की त्रासदी किसी से छुपी नहीं है। हिंदू और मुसलमान दोनों इसका शिकार हुए हैं।

जो मुसलमान हिंदुओं के भय से पाकिस्तान भाग गए, उनमें ऐसे भी हैं, जिन्होंने ठाकुर मंगल सिंह के पूर्वजों विशेषकर मुसम्मात सरस्वती कुँवर, तुलसा कुँवर और रुक्मणी कुँवर से जमीनें खरीदीं और अब प्रतिवादियों की माँग पर बुलवाए जा रहे हैं। जो हिंदुस्तान में ही रह गए, वे 'गवाही' में आसानी से भाग ले सकेंगे।

एक मजेदार बात यह थी कि इतने दिन से आपस में दोनों पक्ष मुकदमा लड़ रहे हैं, लेकिन मिलना-जुलना तथा आपसी सौहार्द बना हुआ है। वासुदेव सहाय के पुत्रश्री सौराज सिंह का विवाह ठाकुर मंगल सिंह ने अपने साले बाबूराम की पुत्री प्यारी देवी से कराया और जयवीर सिंह (दूसरे प्रतिवादी) के पुत्र चंद्रवली सिंह का विवाह अपनी साली की पुत्री धर्मवती से कराया। उनका मानना है कि मुकदमा अपनी जगह है, वह अधिकारों की लड़ाई है और आपसी संबंध पृथक् मामला है। बात तो काफी हद तक सही है, लेकिन क्या प्रत्येक मनुष्य इन पहलुओं पर उदार धारणा रखकर चल सकता है। कितना कठिन होता है। सामाजिक हानि-लाभ, यश-अपयश और गृहस्थ की संयुक्त-प्रणाली का मर्यादा में करीने से कर दिया जाना? सन् 1945 में ही रामादेवी

के पति ने अपने पिता के गुस्से में कहे कठोर शब्दों से आवेश में आत्महत्या कर ली। रामादेवी को पिता ठाकुर मंगल सिंह डिबाई ले आए। कुछ ही दिनों बाद पुत्रीश्री जगवती अपने चार वर्ष के पुत्र को छोड़कर किसी बीमारी में स्वर्गवासी हो गई। जवान पुत्री की मृत्यु से घर में कोहराम मच गया। अभी कुछ दिन पहले रामादेवी के पति ने आत्महत्या की और दूसरी पुत्री जगवती स्वर्गवासी हो गई। माताश्री जानकी देवी का रो-रोकर बुरा हाल हो गया। ठाकुर मंगल सिंह भी बहुत आहत हो उठे।

समय की मार से कोई अछूता नहीं रहा। सभी को समय के समक्ष झुकना पड़ा है। सभी को लगा कि न जाने किन कर्मों के दुष्प्रभाव से ये दुर्दिन देखने पड़े हैं। गम की आँधी ने ठाकुर मंगल सिंह और जानकी देवी को आहत कर डाला। गम शांत हुआ तो सभी परिस्थितियों पर सोच-विचारकर यह निर्णय लिया गया कि जवान रामा देवी और जगवती के चार वर्षीय पुत्र की सही परवरिश को ध्यान में रखते हुए यह उचित होगा कि जगवती के पति सूरजभान और विधवा रामादेवी का पुनः विवाह कर दिया जाए। निर्णय स्वरूप में बदला और सब धीरे-धीरे सामान्य स्थिति में आ गया। तभी दु:ख के बाद सुख आया और द्वितीय पुत्र रमेशचंद्र ने इंटरमीडिएट परीक्षा में उत्तर प्रदेश बोर्ड में टॉप किया और पिछले पचास सालों के रिकॉर्ड तोड़े। तीसरे पुत्र सुरेशचंद्र भी अपनी कक्षाओं में प्रथम श्रेणी लेकर विद्वत्ता का परिचय देते रहे। परिवार की पुत्रियाँ भी विदुषी बनने में निरंतर प्रयासरत रहीं।

दोनों पति-पत्नी ने अपनी संतानों के उच्चस्तरीय शिक्षा की सफलता पर परिश्रम और उपलब्धि के लिए अखंड रामायण का संगीतमय पाठ कराया। नीलकंठ महादेव पर दूध और प्रसाद चढ़ाया, अपने दादाश्री ठाकुर भागीरथदास जमींदार द्वारा स्थापित 50 वर्ष पुराने 'नीलकंठेश्वर मंदिर' में स्थापित शिवलिंग, नादिया, गणेश, गौरी और स्वामी कार्तिकेय पर पुष्पमाल आदि चढ़ाकर अर्चन-पूजन कराया। हनुमानजी पर 'चौला' चढ़वाया। उनके पुत्र सुरेशचंद्र ने जानकारी दी कि भारत में उपलब्ध सबसे प्राचीन पुस्तक 'पंचरक्ष' है, जो 1905 ई. की हस्तलिखित पांडुलिपि है और नेपाल से प्राप्तकर यह कलकत्ता के आशुतोष संग्रहालय में सुरक्षित है। जानकारी प्राप्त कर सभी परिवारजन उनके ज्ञानकोश की प्रशंसा करने लगे। पुत्री किरन भी अपनी उपस्थिति से सबको आकर्षित करने की इच्छा से बोल पड़ी, 'मेरे पास बहुत सारी पुस्तकें हैं, मैं कक्षा में प्रथम स्थान प्राप्त करूँगी'। सुनकर सब हँस पड़े और सभी को

उनकी योग्यताओं के लिए प्रोत्साहित किया।

ठाकुर मंगल सिंह जमींदार डिबाई कस्बे में रईस और प्रतिष्ठित जमींदार के नाम से जाने जाते रहे। उन्होंने अपने विवेक और बुद्धि से समय की नजाकत पहचानकर जमींदारी की रक्षा के लिए मुकदमा टलते रहने में ही परिवार की भलाई समझी। पुत्र रमेशचंद्र 12वीं करके इंजीनियरिंग की परीक्षा में बैठे तथा उन्होंने बी.ई. रुड़की के साथ जे.ई. का फार्म भी भरवाया, जिससे यदि बी.ई. में किसी कारण नहीं आ पाए तो जे.ई. में ही चले जाना। जे.ई. का रिजल्ट पहले आया और उसमें उनका चयन नहीं हुआ। रिजल्ट सुनकर सभी दु:खी हो गए और सभी को यह विश्वास हो गया कि जब जे.ई. में चयन नहीं हुआ तो बी.ई. में तो सवाल ही नहीं उठता। सोचकर पिताश्री ने स्नातक साइंस के लिए सुझाव दिया। पुत्र रमेश चंद्र हठीले स्वभाव के बोले, "मैं करूँगा तो इंजीनियरिंग नहीं तो व्यवसाय कर लूँगा"। पिताश्री कुछ परेशान हुए, लेकिन स्वभाव जानते हुए विवश हो गए। इधर बड़े भाई घासी सिंह सख्त बीमार हो गए और उनकी देखभाल और दवादारू में काफी पैसा उठने लगा। मुकदमे में पहले से ही प्रत्येक तारीख पर खर्चा, वकील फीस और आना-जाना खर्चीला है, सोचकर बड़े पुत्र सतीशचंद्र को एल.एल.बी. कराकर 'प्रैक्टिस' के लिए भाई किशनचंद्र के साथ ही लगा दिया। कुछ ही दिनों में वह कानून प्रैक्टिस में होशियार हो गए और अपने पिताश्री के साथ मुकदमों में सहयोग देने लगे। उन्होंने बुलंदशहर में ही अपने 'ताऊश्री भाई' किशनचंद्र की तरह मकान किराए पर ले लिया और पत्नी संग वहीं निवास स्थान बना लिया।

हिंदुस्तान को स्वतंत्रता मिल गई, लेकिन विभाजन का दर्द भी मिला। 1947 में महात्मा गांधी के अहिंसा और अस्तेय मंत्र की सफलता से अंग्रेजों को देश छोड़कर जाने को विवश कर दिया। लेकिन अंग्रेजों ने हिंदू और मुसलमानों में फूट डालकर उन्हें विवश कर दिया और भारत-भूमि दो देशों में बँट गई, अर्थात् भारत और पाकिस्तान दो देश विभक्त हुए। यह युग भी त्रासदी का युग रहा, जब अपनों से अपने बिछुड़े और अत्याचारों के जुल्म भी सहने पड़े। इसी जद्दो-जहद में 30 जनवरी, 1948 को प्रार्थना-स्थल जाते हुए महात्मा गांधी को नाथूराम गौड्से की गोली का शिकार होना पड़ा और 'हे राम', 'हे राम' के साथ उनके प्राणपखेरू उड़ गए। यह वह समय था कि सारी उम्र जमीन, जायदाद की साज-सँवार और तीन-चार परिवारों का आर्थिक

बोझ उठाते मंगल सिंह व पत्नी जानकी कुँवर अपने दो पुत्रों और पुत्री का विवाह-संस्कार तथा अपने ज्येष्ठ भाई के पुत्रों और पुत्री का विवाह कर निवृत्त हुए थे, अतः कुछ अध्यात्म और शांति के उद्देश्य से 'हरिद्वार' घूमने निकल पड़े। 'स्वर्गाश्रम' और 'शांति कुंज' के पावन आश्रमों में कुछ समय बिताया। ऋषिकेश और हरिद्वार में हरि की पौड़ी पर पावन गंगाजल में स्नान तथा आचमन करते एक सप्ताह धर्मशाला में रुके। तन-मन को अपार शांति तथा चैन मिला। दोनों पति-पत्नी को संयुक्त परिवार की जिम्मेदारियाँ निभाते अपने लिए कभी समय ही नहीं मिला था, अतः घर से बाहर उन्हें जीवन में पहली बार पति-पत्नी होने का एहसास हुआ। 55 वर्ष की आयु हो गई और छह बच्चे भी हुए, परंतु दिनचर्या ऐसे बीती जैसे मशीनी जिंदगी। संतोष और हर्ष इसी बात से रहा कि जीवन में कर्तव्यों को प्राथमिकता देकर दूसरों को संतुष्ट किया। पुराना जमाना और पुरानी प्रथाएँ पति-पत्नी का अभिप्राय अपने सास-ससुर और अन्य बुजुर्गों के प्रति सम्मान और मर्यादा-पालन करते हुए सीमाओं में रहना। दिल्ली की बेटी जानकी कुँवर डिबाई आकर अपने विचारों के स्थान पर परिवार के विचारों से चलना सीख गई थी। पुण्य-धर्म के उद्देश्य से हरिद्वार से यात्रा कर दोनों पति-पत्नी ने गृहस्थ-धर्म के विचार से अपने परिवारजनों को वस्त्र और अन्य आवश्यक वस्तुएँ देकर सम्मानित किया। ज्येष्ठ भाई के दोनों पुत्रों की पत्नियाँ और अपने दोनों पुत्रों की पत्नियाँ दयावती आगरेवाली और राजकुमारी दिल्लीवाली के लिए 'स्वर्ण मुद्रा' बनवाकर दी और पुत्री रामा गुप्ता को कान के झाले दिए। ब्राह्मण-पत्नियों को पंचवस्त्र भेंट किए और मित्रगणों में प्रसाद रूप 'चिनौरी', गंगा माँ मुद्रा तथा गंगाजल भेंटकर सभी को अपनी आध्यात्मिक यात्रा का आनंद बाँटा। रेलयात्रा का विशद-वर्णन तथा मार्ग में विभिन्न अनुभवों से मिली जानकारियों का वर्णन भी सभी को रस लेकर बताया।

घर आकर पुनः व्यवसाय के अनेक मसले तथा जायदाद का मुकदमा आदि में फिर घिर गए। जानकी कुँवर भी अपनी अनुपस्थिति से उत्पन्न अनेक अधूरे पड़े कार्यों की लंबी सूची में उलझ गईं। जीवन अपनी निर्बाध गति से चलता रहता है। मनुष्य को उसका भान तभी होता है, जब नित्यप्रति के कार्यों में बाधा आती है। अपने तीसरे पुत्र की मेडिकल की पढ़ाई का खर्चा और छोटी पुत्री का विवाह और ऊपर से मुदकमे की तारीखें ठाकुर मंगल सिंह के रक्तचाप को बढ़ाने लगीं, पहले भी इसकी धमक ने उन्हें कई बार धमकाया

है। दिल का मामला है। मित्र-मंडली में बैठकें और पान-शरबत के साथ मन बहलाना प्रतिदिन सायं का नियम है, जिसमें आपबीतियाँ, नगर की विभिन्न घटनाओं के साथ हँसी-चुहलबाजी के फव्वारे भी होते हैं। इसके लिए मंगल सिंह मशहूर हैं कि सख्त मिजाज के साथ-साथ मित्र तबीयत तथा सहायता करने का स्वभाव भी है। गंभीरता संयुक्त परिवार के लिए और हँसी-मजाक जीवन लाभ के लिए है।

एक दिन जब विपक्षियों ने चाल चली कि अब बहुत शीघ्र ठाकुर मंगल सिंह को अपनी हवेली से बेदखल होना पड़ेगा, क्योंकि मुकदमा उनके पक्ष में होनेवाला है तो परिवार में खलबली मच गई। अफवाह इतनी तेज गति से फैली कि नगर में भी चर्चा का विषय बनी। दूसरी तरफ छोटी पुत्री किरन के 'मंगली' होने के कारण कई बने-बनाए रिश्ते टूट गए। बड़ी मुश्किल हुई, समझ ही नहीं आया, क्या करें? ठाकुर मंगल सिंह को दिल का दौरा पड़ गया। डॉ. मंगलदेव खुर्जावालों की दवाई से कोई लाभ नहीं हुआ तो छोटे पुत्र सुरेशचंद्र जो एम.बी.बी.एस. की पढ़ाई की तीसरी साल में है, ने अपने गुरु अर्थात् एस.एन. मेडिकल कॉलिज के प्रोफेसर को दिखाने का सुझाव दिया और उनके निर्देश पर तुरंत आगरा ले जाया गया। समय पर सभी जाँच-पड़ताल और इलाज से लाभ होने लगा। इसी बीच बड़े भाई सतीश चंद्र एडवोकेट ने अपनी बहन का रिश्ता तय कर दिया और विवाह तिथि निकलवाकर सभी संस्कार पिताश्री के सहयोग और संरक्षण में संपन्न कराए। बीमारी के दौरान में ही जमींदार साहब ने पुत्री का 'कन्यादान' संस्कार भीगी पलकों से संपन्न किया। परिवार में सबसे छोटी संतान होने के कारण पुत्री किरन अपने भाई-बहनों और माता-पिता से बिछुड़ने का गम सहन नहीं कर पा रही थी। बेटी की विदाई सदैव ही अश्रुपूरित हृदय से होती रही है। सकुशल विवाह-कार्य संपन्न हुआ।

इधर ज्येष्ठ भाई घासी सिंह भी अपने भ्राता मंगल सिंह की बीमारी से बेचैन हो गए और भगवान् से दिन-रात प्रार्थना करते कि "मेरे भाई के सामने मुझे मृत्यु आ जाए" और भाई का निश्छल स्नेह इतना अटूट था कि ठाकुर घासी सिंह जमींदार अपने भ्राता की बीमारी के दौरान एक दिन परम पूज्य परमेश्वर को प्यारे हो गए। मुगल बादशाह बाबर ने अपने पुत्र हुमायूँ की गंभीर बीमारी से पीड़ित होने पर अपनी मौत तथा पुत्र की कुशलता माँगी थी और कहते हैं कि बाबर के अंतःकरण की आवाज ऊपरवाले ने सुनी और

हुमायूँ ठीक हो गया और बाबर मृत्यु को प्राप्त हुआ। दोनों भाइयों का प्रेम सभी के बीच अनुकरणीय माना जाता था। ठाकुर घासी सिंह के ज्येष्ठ पुत्र किशनचंद्र सिंह एडवोकेट ने अपने चाचाश्री ठाकुर मंगल सिंह जमींदार के आदेश का सम्मान करते हुए, अपने पिताश्री का दाह-संस्कार तथा सभी अन्य तिलांजलि-संस्कार अश्रुपूरित हृदय से पंडितजी के निर्देशन में संपूर्ण विधि-विधान से पूर्ण किए। बड़े भाई का शुचित-मन अपने छोटे भ्राता को जीवन-दान दे गया। समाज में यह चर्चा का विषय बन गया।

वियोग और वैराग दोनों का गहरा संबंध है। मनुष्य जब किसी के गम में दुःखी होता है तो लगता है कि यह संसार बेकार है। जो अपने प्यारे हैं, वह भी एक दिन हमसे बिछुड़ जाते हैं, सोचकर परिवार में कुछ दिन के लिए अवसाद के पल आ गए। रिश्तेदार और मित्र सब सीमाओं तक अपने रहते हैं। ठाकुर मंगल सिंह ने अपने तीनों पुत्रों सतीशचंद्र सिंह एडवोकेट, इंजीनियर रमेशचंद्र सिंह और डॉ. सुरेशचंद्र सिंह अपने भ्राता के दोनों पुत्रों किशनचंद्र सिंह एडवोकेट और हरीचंद्र सिंह रेलवे अधिकारी को पास बुलाकर बताया कि आपसी सौहार्द और प्रेम से अपनी जमीन-जायदाद को सम्मिलित प्रयासों से सुरक्षित रखना, अपने विद्वान् बुजुर्गों और विदुषी सरस्वती कुँवर, रुक्को कुँवर और पूज्य दादी-माँ मेहताब कुँवर को सच्ची श्रद्धांजलि देने का भाव अपने तन-मन में दृढ़ रखना। "जो संतानें अपने पूर्वजों की संचित संपत्ति और संस्कारों को अपने समर्पित और पुण्यमयी कर्मों से उन्हें दोगुना विकसित कर समाज में फैलाती हैं, उन्हें परमात्मा सुख और शांति से सदैव पुष्पित और पल्लवित करता है।" सुनकर पाँचों ने उनकी आज्ञा को सिर-माथे रखा। विश्वास जताया कि आपके कुशल नेतृत्व में हम सदैव आज्ञाकारी रहेंगे। इस अवसर पर पिताश्री अपनी पुत्रियों और भाई की पुत्री 'गायत्री देवी' को भी सच्ची सलाह देने से न चूकें और उन्हें सदैव अपने परिवार, समाज के प्रति कर्तव्यों का पालन करते हुए अपने अधिकारों की सुरक्षा करने का भी दृढ़संकल्प कराया। माताश्री जानकी कुँवर अत्यंत सहज और आध्यात्मिक गृह-स्वामिन हैं, लेकिन प्रत्येक बेटी संतान को समझाती कि अपने परिवार के अनुसार परिस्थितियों का सामना हिम्मत और ईमानदारी से करते हुए अपना स्वाभिमान तथा व्यक्तित्व बनाना चाहिए। अपने पैरों पर खड़े रहने के लिए उचित शिक्षा और आत्मविश्वास का होना परम आवश्यक है।

पुत्री रामा गुप्ता ने अपने पिताश्री के वचनों को प्रामाणिक रूप देते हुए

अध्यापिका पद पर दिल्ली में अपना सम्मानीय स्थान बना रखा तथा छोटी बहन, किरन स्नातक कर खुश हैं। वह संयुक्त परिवार में अपने आपको समझौते के सिद्धांतों से चलकर खुश है और गायत्री देवी गृह-स्वामिनी बन सुखमय जीवन व्यतीत कर रही हैं। उनके पति यथावत् सूरज भान, नरेश चंद्र गुप्ता तथा हरी सिंघल अपने-अपने व्यवसायों में समृद्ध जीवन व्यतीत कर रहे हैं। मध्यवर्गीय परिवारों की भाँति संघर्ष कर जीवनयापन कर रहे हैं। पूरे ग्यारह महीने के अंतराल में ठाकुर मंगल सिंह जमींदार अपने स्वास्थ्य के उतार-चढ़ाव से जूझते मानसिक द्वंद्व-युद्ध में उलझे अपने प्रति न्याय नहीं कर पा रहे। हृदय-दुर्बलता उनके जीने के मार्ग में व्यवधान पैदा करती रहती है। यद्यपि अब उनके ऊपर छोटे पुत्र की मेडिकल की पढ़ाई की जिम्मेदारी ही है, लेकिन पत्नी जानकी कुँवर से निराशा भरे विचार प्रकट करना नहीं भूलते–

"यदि मेरा हार्ट फेल हो गया तो तुम किस प्रकार इस परिवार को सँभालोगी"?

मुँह से ऐसी अशुभ बातें क्यों निकालते हैं? तुम्हारा इलाज चल रहा है। तुम्हारे कंधों पर पूरे घर का भार है। न जाने कब मुकदमा अपना रंग दिखाने लगे? तुमने तो अपनी समझदारी और बुद्धिमानी से पिछले बीस वर्षों से इसे यूँ अनिर्णयीत चला रखा है। क्या पता विपक्षी कब सिर उठाने लगे और बच्चे सब अपने-अपने रोजगारों में लगे हुए हैं, कहाँ है फुरसत? कि इस जमीन-जायदाद को सँभालें? कहकर जानकी कुँवर अपने पति को जीने का सबब बता उनकी उपस्थिति का महत्त्व समझाने लगी।

"अच्छा लाओ, जरा एक पान लगाकर दे दो, बड़ा जी खराब हो रहा है।" जमींदार साहब ने पत्नी से गुहार की।

जानकी कुँवर को मालूम है कि जब से जेठश्री घासी सिंह जमींदार का देहांत हुआ है, तब से पतिश्री पत्नी के काफी करीब आ गए हैं, वरना पहले तो दोपहर के भोजन के समय या रात्रि में ही मिलना होता था और वो भी औपचारिक रीतियों से बँधा हुआ । निकटतम क्षणों में भी आत्मीयता कम, औपचारिकता ज्यादा होती थी। दूसरी तरफ बेटों की नौकरी और अपने परिवार की जिम्मेदारियाँ निभाने के कारण चले जाने से उत्पन्न रिक्तता से भी पत्नी की आवश्यकता बढ़ गई है। यद्यपि यह परंपरा जानकी कुँवर के मायके में नहीं रही, वहाँ पति-पत्नी के बीच दूरियाँ नहीं रहीं। उनके माता-पिता के बीच कभी औपचारिकता नहीं दिखाई दी, परंतु ससुराल में विशेषकर ठाकुर

मंगल सिंह जमींदार अपने अनुशासन और स्वनिर्णय लेने वाले व्यक्तित्व के धनी रहे हैं। जो निर्णय ले लिया, वह अडिग रहता है। लेकिन जब से दिल के मरीज हुए हैं, तब से शिथिलता बरतने लगे हैं। हो सकता है–यह शारीरिक दुर्बलता के कारण हो, सोचकर जानकी कुँवर अपने गृह-कार्यों में व्यस्त हो जाती हैं।

छोटे पुत्र डॉ. सुरेशचंद्र सिंह आगरा से अपने विभागाध्यक्ष डॉ. श्रीवास्तव से अपने पिताश्री का इलाज करने के सिलसिले में अकसर रविवार के दिन पिताश्री का हालचाल लेने आ जाते हैं। ज्येष्ठ पुत्र वकील बुलंदशहर से भी हाल-चाल लेने आते रहते हैं। मध्यम पुत्र इंजीनियर रमेशचंद्र सिंह नजीबाबाद से आने में बार-बार असमर्थ रहते हैं, परंतु पिताश्री का मन रहता है कि सब उनके नजदीक रहें। इसी जद्दोजहद में एक दिन दिल का दौरा ऐसा पड़ा कि कोई काम न आया और सब देखते रह गए। पंछी सदैव के लिए उड़ गया। प्रातः का समय अभी कुल्ला ही किया था कि जी घबराया और ठाकुर मंगल सिंह जमींदार ने पत्नी को आवाज दी, लेकिन तुरंत गिर पड़े और प्राणपखेरू उड़ गए।

पल भर में परिवार का प्रत्येक सदस्य अचानक हुए इस आघात से शोकाकुल हो उठा। क्या हो गया? कैसे हो गया? प्रश्नों की बौछारों के बीच परिवार के इस अति समर्पित जिम्मेदार सदस्य को निहार-निहारकर अश्रु बहाने लगे। जनवरी 1959 की कड़ी ठंड में दिलवाले मरीजों को जीवन का काफी डर रहता है'–यह वाक्य पुत्र सुरेशचंद्र जो आगरा से 5 वर्ष की एम.बी.बी.एस. की पढ़ाई पूरी करने के अंतिम चरण में थे, माताश्री जानकी देवी को कई बार बता चुके थे, अतः जानकी देवी के मुँह से यही वाक्य निकला। 57 वर्ष के जमींदार मंगल सिंह अपनी शान-शौकत और जमींदारी रईसी के लिए नगर में प्रसिद्ध थे। जीवन के नाजुक पड़ाव पर अर्थात् 19 वर्ष की आयु में पिताश्री हरनरायन जमींदार की मृत्यु उपरांत सारा कारोबार सँभालकर अत्यंत जिम्मेदारी का प्रमाण पेश कर चुके थे। अतः नगर भर में उनकी मृत्यु का समाचार आग की तरह फैल गया। उनकी सहृदयता के कायल किसान और किराएदार भी अपने प्रिय मालिक की मृत्यु पर शोक व्यक्त करने एकत्रित होने लगे। देखते-देखते अपार जनसमूह शोक व्यक्त करने इकट्ठा हो गया। प्रियजनों के सहयोग से पुत्रियों और पुत्रों को तार द्वारा तुरंत सूचित किया गया और रोते-बिलखते सभी बच्चे एकत्रित हो गए। हृदय पर पत्थर रखे पत्नी

जानकी देवी ने अपने प्राणप्रिय पति के निमित्त पंडितों और घर की बुजुर्ग मौसीश्री तुलसा देवी के अनुसार सभी कर्मकांड संपूर्ण किए। मुखाग्नि ज्येष्ठ पुत्र सतीशचंद्र सिंह एडवोकेट ने दी। तेरह दिन का शोक पिताश्री की स्मृति-संस्मरणों और अथक कर्मों की चर्चाओं से भरा रहा। कहते हैं, 'समय किसी का इंतजार नहीं करता' और 'सत्य अमर है।' सबकुछ धीरे-धीरे अपनी सामान्य गति पर आ जाता है। लेकिन...लेकिन अपने 'प्रिय' का विछोह सबसे ज्यादा 'प्रिय' को ही सालता है। विशेषकर महिलाओं को और महिलाओं में भी वह जो 'घर' की दीवारों तक सीमित रहती हैं। साथ ही बच्चे, जो आर्थिक रूप से पिताश्री पर निर्भर हैं। 'आर्थिक' पहलू कितना महत्त्वपूर्ण है? यह ऐसे विषय आदमी को अपने प्रियजन की बिछुड़न पर महसूस होते हैं।

कहा जाता है कि सारे नाते-रिश्ते स्वार्थ के हैं। यह शत-प्रतिशत सत्य है। पति, पत्नी और माता-पिता बिछुड़ने पर इसीलिए याद किए जाते हैं कि उनसे हमारा स्वार्थ सिद्ध होता था। खैर! यह संसार का नियम है। 'ईश्वर निर्मित नियमावली' का पालन करना प्रत्येक मनुष्य का कर्तव्य है। 'समय' प्यारे-से-प्यारे को भुला देता है। यह अवश्य है कि ठाकुर मंगल सिंह जमींदार के स्वर्गवास से परिवार डाँवाँडोल स्थिति में आ गया, परंतु–ईश्वर महान् है।

1960 का दिसंबर मास है। सन् 1960 का वर्ष अपनी उपलब्धियों से विश्वभर में अपनी कामयाबी का झंडा गाढ़ चुका था और भारतवर्ष तो यौवन की स्वतंत्र, चंचल और स्वच्छंद पक्षियों की उड़ान भरता मन में अंतरिक्ष छू लेने के स्वप्निल संसार में विचरण कर रहा था। 'भारतीय' अपनी आजादी के चौदह यादगार उत्सव मनाकर पंद्रहवें वर्ष में पदार्पण कर चुके थे। देश निर्माण की ललक भारतवासियों में एक नूतन उल्लास और उमंग का संचार कर चुकी थी।

ऐसे युग में अठारहवें वर्ष के समापन की ओर अग्रसर एक लड़की अपने शिक्षक पिताश्री मुरारी लाल गुप्ता और विदुषी माताश्री सरस्वती देवी के ममता भरे आँचल से निकलकर जीवन के द्वितीय सोपान 'विवाह-सूत्र-बंधन' की देहरी पर अपने पाँव जमाने जा रही है। 'डिबाई' कस्बा उत्तर-प्रदेश में बसा उसका 'जन्म-स्थान' तथा 'नवीन गृह' भी बन रहा है और 'जन्म-स्थान' शब्द किसी भी भाव-प्रवीण मानव को आत्मखुशी और परम संतोष देने के लिए काफी है। 'सोने में सुहागा' कि जीवन साथी डॉ. सुरेशचंद्र सिंह बंसल लड़की के पिताश्री के 'डिबाई' अध्यापन के दौरान शिष्य रहे हैं। संयोग एक

यह भी कि लड़की के भाई ने ही उन्हें प्रस्तावित किया है, अत: 'डिबाई' स्वाभाविक ही संस्कारों, पुरातन संस्कृति और पावन भोले संस्मरणों से सुसज्जित नगरी है, जिसे पिताश्री के स्थानांतरित हो जाने के कारण चार वर्ष की आयु में ही छोड़कर लड़की को 'अलीगढ़' चले जाना पड़ा था। 'डिबाई' कस्बा का सौभाग्य है कि 'गंगा मैया' के विराट् घाटों से रसाप्लावित राजघाट, नरौरा, करनवास और अनूपशहर तीर्थ स्थान लाखों श्रद्धालुओं को अपने पवित्र जल से 'स्नान', 'आचमन' और 'पूजन' कराकर भारतीय समाज को संतुष्टि प्रदान कर रहे हैं।

इसी 'डिबाई' कस्बे में ऐतिहासिक घटनाओं का वृहद् खजाना छुपा है। 'भागीरथ भवन' नामक नवीन गृह में, जिसकी नवीन सदस्या यह लड़की बन गई है। यहीं से शुरू हो जाती है अनेक जिज्ञासाओं, जानकारियों और प्रश्नों के अनसुलझे सवालों का ऐसा संसार, जो अपनी रहस्यात्मक सूची परत-दर-परत खोलता जाता है।

'सात पीढ़ियों' के अधकचरे कानून की बलवेदी पर चढ़ा परिवार अभी तक उसके कारण खोजता और समाज के लिए सार्थक फल प्रदान करने के लिए कोर्ट के चक्कर लगाता रहता है। एक हजार वर्ष का विदेशियों का शासन भारतवर्ष को अपनी खोई अस्मिता और प्रतिष्ठा को वापस नहीं लाने दे रहा। 'सत्यं, शिवं, सुंदरम्' की पावन भावनाओं से सुसज्जित भारत हिंसा, भ्रष्टाचार और महिला अत्याचारों की चपेट में इस बुरी तरह जकड़ रहा है कि अनेक बुद्धिजीवी, समाजसेवी, देशप्रेमी और सच्चे मानव भी अपने अथक प्रयासों से खोया अस्तित्व नहीं दिला पा रहे।

सन् 1976 में जब आपातकालीन कानून लगा तो सभी अदालतों को 'पेंडिंग केस' तय करने के आदेश जारी किए गए। तभी समाचार-पत्रों में 'यह केस सबसे लंबा' अर्थात् 'सात पीढ़ियों' के कारण उत्पन्न 1938 का चला मुकदमा (जिसको ठाकुर मंगल सिंह अपने जीवन-काल में परिवार के भरण-पोषण के कारण खींचते आए थे) सुनवाई के लिए तारीख पर आ गया। एक अत्यंत संवेदनात्मक मुकदमा अपनी आखिरी साँसें लेता दिखाई दिया। इसकी सब जिम्मेदारी और पैरवी करने का भार ठाकुर मंगल सिंह जमींदार के स्वर्गवास पश्चात् सतीशचंद्र सिंह एडवोकेट के ऊपर आ गया था। वह बुलंदशहर में स्थाई निवास स्थान बनाकर 'सिविल कोर्ट' में प्रैक्टिस करने के साथ-साथ 'संयुक्त परिवार' के इस मुकदमे की पैरवी भी करते

और किराया उगाहने की व्यवस्था कारिंदा 'उमर मौहम्मद' के द्वारा कराते। इसी बीच दूसरे छोटे पुत्र डॉ. सुरेशचंद्र सिंह भी डिबाई में (अपने पैतृक स्थान) आकर अपने परिवार के अनुरोध और जिम्मेदारी सँभालने के उद्देश्य से 'जिला परिषद् अस्पताल' में मेडिकल इनचार्ज होकर यहीं तथा क्षेत्र के आस-पास के मरीजों का इलाज करने लगे। उनकी ख्याति अति शीघ्र जिला स्तर तथा अन्य जिलों तक फैलने लगी। उन्होंने अपने ज्येष्ठ भाई के जमींदारी कार्यों का भार भी अपने कंधों पर ले लिया। यद्यपि इतनी बड़ी जायदाद को सँभालना कोई आसान काम न था। इस कारण बहुत से मोहल्ले धीरे-धीरे वहाँ के निवासियों ने किराया न देकर अपने बना लिए। इसी बीच कारिंदा साहब भी स्वर्गवासी हो गए। अब विपत्ति बढ़ गई, क्योंकि यह पता लगाने के लिए कि 'कितने किराएदारों से किराया बहुत दिनों से नहीं आया', अत्यंत 'समय' देने वाला कार्य था और डॉ. सुरेशचंद्र सिंह अपने मरीजों में व्यस्त और दूसरे भाई एडवोकेट सतीश चंद्र अपने प्रैक्टिस में व्यस्त तो नवीन कारिंदा के ऊपर सब निर्भर था। इधर मुकदमा 1976 में अपनी तारीख पर आ गया और निर्णय क्या हुआ? डिबाई में रहने के कारण सारी चिंता और कार्यभार डॉ. सुरेशचंद्र सिंह और रजनी सिंह की प्रतिष्ठा और मर्यादा से जुड़ गया तो अपना समस्त अर्थ-बल, श्रम-बल और आत्म-बल लगाकर दोनों पति-पत्नी ने इस पर विजय पाने के लिए साधन जुटाए। डॉ. सुरेशचंद्र सिंह कानूनी स्तर पर कोर्ट में तथा रजनी सिंह आध्यात्मिक पहलुओं पर ईश्वर निवेदन में व्यस्त अपना जी-जान लगाने लगे कि पूर्वजों की जमीन-जायदाद को सुरक्षित रखने का दायित्व उनकी संतानों और उससे जुड़े दामाद या बंधुओं का भी उतना ही हो जाता है, जितना पूर्वजों की संतानों का। इसका अभिप्राय जाहिर है कि परिवार पुत्र-पुत्री दोनों से एक बराबर बनता है, भेद केवल इतना है कि पुत्र देकर पुत्री आती है और पुत्री देकर पुत्र आता है। इसे यूँ भी समझ सकते हैं कि यह सृष्टि नर-नारी दोनों के संयोग से संभव होती है। अतः इसे अलग-अलग सोचना असंभव है। इसलिए परिवार की संतानों का दायित्व बनता है कि अपने परिवारों की आवश्यकताओं और परिस्थितियों को देखते हुए समयानुसार कर्तव्य निभाना चाहिए। यदि पुत्र के पूर्वजों की संपदा की रक्षा का प्रश्न हो या पुत्री के पूर्वजों की जायदाद की आवश्यकता हो, उसे सम्मिलित प्रयासों से सुलझाकर सुरक्षित रखना कर्तव्य का पालन करना होगा। जो संतानें अपने कर्तव्यों का सही अर्थों में पालन नहीं करतीं, उन्हें

संकट तथा दुर्दिनों का सामना करने के लिए प्रकृति बाध्य कर देती है। यह सत्य शाश्वत एवं दृढ़ है।

डॉ. सुरेशचंद्र सिंह एवं रजनी सिंह ने अपने पूर्वजों की जमीन-जायदाद की रक्षा के लिए अपने व्यक्तिगत प्रयासों से हर पल रक्षा व बचाव के उपाय किए। इसके लिए उन्हें अनेक कष्टों और मुश्किलों का सामना करते हुए कोर्ट-कचहरी, समाज के व्यक्ति तथा नाजायज कब्जा कर लेनेवालों के प्रति कदम उठाने पड़े। इस कार्य में उनके भतीजे आदेश बंसल एडवोकेट और पत्नी अरुणा का सहयोग बराबर सराहनीय रहा। कब्जाधारकों को अति सामान्य मूल्यों पर दुकानें, मकान तथा जमीनें बेचकर विरोधियों से बचाकर अपने जीवन में शांति और चैन की आशा रखी। हजारों करोड़ की संपत्ति हजार रुपयों में बेची गई। इसके पीछे यही भावना रखी कि झगड़े की संपत्ति को निबटाने में ही शांति है। मुहल्ले-के-मुहल्ले बिना मूल्य लिये छोड़ दिए गए कि जो परिवार पचासों वर्षों से रह रहे हैं, अब उनसे झगड़ा करना न्याय-संगत नहीं है। अत: 'जिओ और जीने दो'। 'कल जो किसी और का था, वो आज हमारा है और जो आज हमारा है, वो कल किसी और का होगा'। अत: क्यों अफसोस किया जाए। यह सोचकर परिवारजन आपस में सहमति बनाते।

न जाने किन कारणों से, किस नियम के तहत 'सात पीढ़ियाँ' पुत्र और पुत्री के नासमझ भेद से उत्पन्न नाजायज लाभ के प्रति विपक्षियों को झगड़े-फसाद के लिए प्रेरित करती रहीं, काफी विचारणीय विषय हैं?

जीवन-संघर्ष का नाम है, जितना ज्यादा रचनात्मक संघर्ष सृजनात्मक पहलुओं पर करना पड़ता है और व्यक्ति उसे 'आफत' न समझ 'चैलेंज' समझकर सामना करता है, उतना ही उसका व्यक्तित्व 'सफलता' की सीढ़ियों पर चढ़ता जाता है।

चार सौ से ज्यादा वर्षों का इतिहास लिखना और उसे 'औपन्यासिक' धरातल पर जिज्ञासु और मनोरंजक बनाना कोई आसान कार्य नहीं है। बीते युगों की स्मृतियाँ सदैव हमें भान कराती हैं कि 'आगे ऐसा कभी न हो' के लिए अनुकूल कदम उठाएँ। 'सात पीढ़ियाँ' पुत्री के 'समान अधिकारों' का ज्ञान कराती ज्ञानवान और निष्पक्ष अधिकारोंवाले विकसित समाज की कल्पना को मूर्तरूप प्रदान करती हैं।

'पुत्री ही है, पुत्र नहीं हुआ' यह वाक्य किसी भी जन्मदात्री माता के हृदय को द्रवित करने के लिए काफी होते हैं। पुत्री या पुत्र संतान हैं, जो

किसी भी माता के गर्भ से बराबर पीड़ा से जन्म लेती है। वर्तमान माता गर्व से कहती है कि उसने पुत्री को जन्म दिया है। यह परिवर्तन ज्ञान और विकास का प्रतीक है। मुसम्मात रुक्मणी कुँवर की पुत्री मुसम्मात मेहताब कुँवर ने अपने पति भागीरथदास के साथ अपने पिता ठाकुर बालकिशन जमींदार का परिवार दायित्व सँभालकर यह उदाहरण पेश किया कि 'पुत्री' भी पुत्र की भाँति आवश्यकता पड़ने पर कर्तव्य पूरा करती है। ठाकुर भागीरथदास तथा मुसम्मात मेहताब कुँवर की पाँचवीं पीढ़ी में पुनः यह संवाद दोहराया गया और डॉ. सुरेशचंद्र सिंह और रजनी सिंह ने पाँच पुत्रियों को जन्म देकर यथावत् परिवार दायित्व सँभालने में अपने दामाद डॉ. अजय गर्ग एवं पुत्री डॉ. श्वेता बंसल ने अपने पिताश्री को सहयोग द्वारा पूर्ण कर्तव्य निर्वहन किया है और अपनी माताश्री के संचालित कार्यों को आगे बढ़ाने में दूसरी पुत्री डॉ. जया बंसल और पुत्र गौरांग बंसल द्वारा भी परिवार के उत्तरदायित्व को सँभालने में अपना यथावत् कर्तव्य निभाया। 'पीछे' ये भी नहीं हैं–डॉ. अनुभा-डॉ. अनिल, डॉ. विभा-डॉ. सिद्धार्थ और डॉ. रूपम बाला, जिन्होंने माता-पिता के प्रति तन-मन-धन से कर्तव्यों की कभी न थमनेवाली डोर के साथ कार्यरत रहते, 'परिवार के दीपक' बने हैं। सात पीढ़ियों का नियम-कानून 'समय' की शीतल बयारों से इतिहास के शुष्क और ग्रीष्म थपेड़ों को सलिलता प्रदान करता, अपने पथ पर निर्बाधित गति से गतिमान है। पुत्रियाँ अपने दोनों परिवारों को समानता की परिधि में बाँधकर अपने ज्ञानचक्षुओं से दुलारती, सहलाती और आवश्यकता पड़ने पर कठोर कदम उठातीं आगे बढ़ रही हैं। एक या दो नहीं, सभी पुत्रियाँ अपने विद्वान् और ज्ञानवान पतिश्री के कंधे से कंधा भिड़ाकर 'अर्धनारीश्वर शक्ति' का पर्याय बनी हुई हैं। 'भारत' का सुनहरा भविष्य अब पुत्रियों पर ही आधारित है। इतिहास के बहुमूल्य क्षण हमारे पूर्वजों की श्रमबद्ध क्षमता और देशप्रेम की धधकती ज्वाला से हम सभी का मार्ग प्रज्वलित और अवलोकित करते रहें, इसी भावना से नतमस्तक हम पूर्वजों की स्मृति सजग रखें। उनकी ही अदृश्य कृपामंजरी से समस्त विपदाएँ समय के धरातल में समाकर अर्थात् माता-पिता पक्ष तथा सास-ससुर पक्ष दोनों की, आनेवाली पीढ़ियों को सुखद-सुगंधित वातावरण प्रदान करती हैं।

सात पीढ़ियाँ अपने पीछे संघर्षों से जूझता परिवार छोड़ सुखद भविष्य का आशीर्वाद देती नजर आती हैं।

1976 में माननीय प्रधानमंत्री इंदिरा गांधी के शासन में लगाया 'आपातकाल'

एक बार पुन: इस वैश्य परिवार के लिए अनिश्चितताओं का धुंध भरा अवसर लेकर आया। शासनादेश तहत सभी निलंबित मुकदमों को तुरंत निर्णित करने का अदालतों को निर्देश दिए गए। आदेशों का अनुपालन करे हुए पाया गया कि घासी सिंह बनाम वासदेव सहाय मुकदमा सबसे पुराना है। यह 1968 में अपील के बाद लगातार तारीखों पर सुनवाई के बाद अनिर्णीत स्थिति चलती रही है। समाचार-पत्रों ने इसे खबरों में छापा। यह 38 वर्ष पुराना मुकदमा देखा गया। मुकदमा जब सुनवाई पर आया तो यहाँ भी इसी परिवार की हार हुई। अब विपक्षियों को बल मिला और उन्होंने खुशियाँ मनाईं परंतु इस परिवार की अनुभवी पीढ़ियों में श्री सतीशचंद्र सिंह, एडवोकेट तथा डॉ. सुरेशचंद्र सिंह ने सोच-विचारकर चतुराई भरा कदम उठाया और विपक्षियों के कई खातेदारों से डॉ. सुरेशचंद्र सिंह की पत्नी रजनी सिंह के नाम 'हिस्सा जमीन' खरीद लिये। इस प्रकार उनके हिस्सों में अपनी भागीदारी भी हो गई। हिस्सेदार बनने से यह लाभ हुआ कि 'बँटवारा' (Execution) का मुकदमा डाल दिया गया।

यहाँ ध्यान देनेवाली महत्त्वपूर्ण बात यह है कि जायदाद के सारे विस्तृत रिकॉर्ड्स हमारे पास थे और उनके पास तो अंदाजा ही था, उसमें भी बहुत सारी जायदाद मुकदमे से बाहर थी और काफी सारी हम मुकदमे की नाजुकता देखते हुए विक्रय कर चुके थे।

विपक्षियों ने बिना सोचे-समझे बेची हुई दुकानें आदि पर जबरदस्ती और बाहुबल का प्रयोग करते हुए उनसे फरजी पैसे ऐंठने शुरू कर दिए। कुछ मजबूरी के मारे इनके दबाब में आ गए और कुछ ने एकचित्त होकर हमारी शरण ली। हमने उन्हें अपनी स्वामित्वता का प्रमाण दे दिया। हमने उन्हें बताया कि तुम एकत्रित होकर कोर्ट जाओ कि यह सब दुकानें मुकदमे से अलग हैं। हमने (पक्षधरों ने) भी जो हिस्से उनसे खरीदे, वो बेचने शुरू कर दिए। डिबाई कस्बे में ईमानदारी और गुणग्राहकता की धाक जमी होने के कारण डॉ. सुरेशचंद्र सिंह तथा समाज-सेवी रजनी सिंह के प्रति वहाँ के निवासियों का विश्वास अटूट होने के कारण भी काफी लाभ हुआ।

कोर्ट ने बँटवारा केस पर जब विचार किया तो पता चला कि इतनी पुरानी, संपत्ति और हजारियों लोग इससे संबंधित हैं। अत: यह संभव नहीं है, और बँटवारा किस साक्ष्य पर किया जाए? अत: साक्ष्यों की माँग की गई, जो कि वह लोग जुटा नहीं पाए। धीरे-धीरे जिनका स्वामित्व है, वही इसके मालिक रहे और पति-पत्नी ने आपसी समझदारी और भविष्य के सुरक्षित

शांतिमय जीवन की कामना को ध्यान में रखते हुए पुरानी संपत्तियों को बेचकर नवीन क्रय करने की पॉलिसी से कार्य करते हुए जायदाद को बेचना ही उचित समझा। अंत में न्याय का सफल सिद्धांत समाज को शिक्षा देने में सफल हुआ कि जिसकी ईमानदार पहल होती है, उसी का ईश्वर साथ देता है। कोई किसी का हक बेईमानी से हरण नहीं कर सकता है। इनसान को कानून की पेचीदगी के साथ इंसानियत को भी अपने कर्मों में प्राथमिकता देनी चाहिए। आज नहीं तो कल ईमानदारी और परिश्रम हंस की भाँति दूध-का-दूध और पानी-का-पानी कर देती है। सन् 1938 से की गई अपील का निर्णय सन् 1976 में हुआ और उसके बाद भी 'मालिकाना हक' 'असली मालिकों' का ही रहा। 'परिश्रम से सफलता का झंडा फहराया।

❑❑❑

वंश-वाटिका

रजनी सिंह (लेखिका) पत्नी डॉ. सुरेशचंद्र सिंह

माता-पिता

श्रीमती शरबती देवी
पुत्र (3)
श्रीमान् गंगाविष्णु गुप्ता
पत्नी श्रीमती शीला देवी
श्रीमान् रामविष्णु गुप्ता
पत्नी श्रीमती मिथलेश गुप्ता
श्रीमान् रमेशविष्णु गुप्ता
पत्नी श्रीमती कमलेश गुप्ता

श्री मुरारी लाल गुप्ता
पुत्री (5)
श्रीमती सुशीला
पति डॉ. श्यामसुंदर ऐलेंस
श्रीमती चंद्रवती
पति श्रीमान् राधाबल्लभ गुप्ता
श्रीमती सरोज
पति श्रीमान् सतीश गोविल
श्रीमती रजनी
पति डॉ. सुरेशचंद्र सिंह
श्रीमती मृदुला
पति श्रीमान् ब्रह्मप्रकाश राजवंशी

सास-ससुर

श्रीमती जानकी देवी
पुत्र (3)
श्रीमान् सतीश चंद्र सिंह
पत्नी दयाव्रती सिंह
श्रीमान् ई. रमेश चंद्र सिंह
पत्नी श्रीमती राजकुमारी सिंह
श्रीमान् डॉ. सुरेश चंद्र सिंह
पत्नी श्रीमती रजनी सिंह

श्रीमान् ठा. मंगल सिंह बंसल जमींदार
पुत्री (2)
श्रीमती रामा गुप्ता
पति सूरज भान गुप्ता
श्रीमती किरन गुप्ता
पति श्रीमान् नरेशचंद्र गुप्ता

संतान

सौ. अनुभा गड़ोड़िया पति डॉ. अनिल गड़ोड़िया
पुत्र–वैभव अनंत, पुत्री–अमीषी पति रोनक पटेल
डॉ. विभा बंसल पति डॉ. सिद्धार्थ गौड़
पुत्री–मानसी नयम

डॉ. श्वेता बंसल पति डॉ. अजय गर्ग
पुत्री–शैरी स्वप्निल
डॉ. जया बंसल पुत्र गौरांग बंसल
डॉ. रूपम वाला

महाराणा प्रताप हल्दीघाटी म्यूज़ियम

चेतक स्मारक, हल्दीघाटी
गांव पोस्ट - बलीचा
जिला - राजसमंद 313322
फोन : 02953-299075 (म्यूज़ियम)
0294-450187 (निवास)

डॉ. मोहन श्रीमाली
09928975040

परम आदरणीय,

श्रीमती रजनीजी, सादर नमस्कार! आपने कठोर परिश्रम से 400 वर्षों का पारिवारिक सचित्र वर्णन किया है : पढ़कर चकित रह गया कि आपने इतने लंबे समय के पूर्वजों के नाम, रहन-सहन का जीवंत-वर्णन करना कठिन ही नहीं, असंभव कार्य था, जिसको आपने सफलतापूर्वक पूरा किया, इसके लिए आपको बहुत-बहुत बधाई एवं हार्दिक शुभकामना, यह उपन्यास आपके परिवारवालों के लिए अमूल्य निधि होगी।

मैंने जैसे ही प्रारंभ में आपके परिवार का इतिहास पढ़ा, जिस कठिन दौर से परिवार गुजरा, उस वज्रपात को कैसे सहन किया होगा? कैसे उस दुःख से उभरा होगा?

औरंगजेब के अत्याचार को कैसे सहन किया होगा। ऐसा आपके परिवार के अतिरिक्त हजारों परिवारों के साथ ऐसा हुआ होगा। औरंगजेब ने हमारे पूर्वजों पर बहुत अत्याचार किए, साथ ही हमारी संस्कृति को नष्ट किया।

आपने 400 वर्षों के पूर्व संयुक्त परिवार की संस्कृति, रहन-सहन, खान-पान का सचित्र चित्रण किया, वह प्रशंसनीय है।

आपसे टेलीफोन पर बात हुई थी, जिसमें दो जगह उर्दू शब्द का प्रयोग किया है, जैसे ऐयाशी, मुसस्मात, मुसस्मात तो बार-बार रिपीट हुआ है।

मैं इतिहास व्यक्ति हूँ! आप बहुत विद्वान् विदुषी महिला हैं। आपने पांडुलिपि पढ़ने का अवसर दिया, इसके लिए मैं आपका बहुत-बहुत आभारी हूँ।

सम्मान समारोह में आप पधारीं, बहुत कष्ट हुआ, मेरा यह कार्य-क्षेत्र नहीं था, पर जिम्मा ले लिया था। कृपा बनाए रखें।

दिनांक : 07.10.2013

आपका छोटा भाई

डॉ. मोहन श्रीमाली

सूचना

सर्वसाधारण और विशेषकर हम अपने किराएदारों को इस नोटिस द्वारा सूचित करना चाहते हैं कि हमारी जिस दादलाई संपत्ति पर पुराना बड़ा मुकदमा, जो वासुदेव सहाय आदि बनाम श्री घासी सिंह आदि चल रहा था– उसका इजरा वाला मुकदमा 5/77 अदालत खफीफा बुलंदशहर से तारीख 13/1/2000 को खारिज हो चुका है। साथ ही उस संपत्ति का काफी भाग हम डिग्रीधारकों से पहले ही रजिस्टर्ड बैनामों द्वारा अपने भागीदारों के नाम खरीद चुके हैं। अतः यदि कोई व्यक्ति इस संपत्ति को श्री वासुदेव सहाय आदि के वारिसान से खरीदता है तो इसके लिए वह स्वयं जिम्मेदार होगा।

अधिक जानकारी के लिए कोई भी सज्जन हमसे संपर्क कर सकते हैं।

राजीव बंसल, कैलाश गुप्ता व
डॉ. सुरेशचंद्र सिंह
22/12/2013